ANDREAS SUCHANEK

INTER SPACE LEGACY

Roman

PIPER

Entdecke die Welt der Piper Science Fiction:
Piper Science-Fiction.de

Wenn Ihnen dieser Roman gefallen hat, schreiben Sie uns unter Nennung des Titels »Interspace Legacy« an *empfehlungen@piper.de*, und wir empfehlen Ihnen gerne vergleichbare Bücher.

Von Andreas Suchanek liegen im Piper Verlag vor:
Interspace One
Interspace Legacy
Stolen Kisses
Pride began on Christopher Street (mit Christian Handel)

MIX
Papier | Fördert gute Waldnutzung
FSC® C083411
www.fsc.org

PRODUZIERT MIT VERANTWORTUNG

Originalausgabe
ISBN 978-3-492-70688-9

Für einen direkten Kontakt und Fragen zum Produkt wenden Sie sich bitte an: *info@piper.de*
Redaktion: Kathleen Weise
Satz: Eberl &Koesel Studio, Kempten
Gesetzt aus der Minion
Druck und Bindung: CPI Books GmbH, Leck
Printed in the EU

TERRA

2. OKTOBER 3652

1

KALEN MCKENON

Er presste den Lauf gegen den Nacken des Klons.

Im gedimmten Licht wirkten die Gesichter der übrigen Körper in den Tanks leichenblass. Noch war ihr Gewebe unbeschädigt, die Organe funktionierten. Die meisten Klone warteten auf das zu übertragende Engramm.

»Du machst einen Fehler.« Der Verantwortliche für dieses Grauen hatte seine Sprache wiedergefunden. »Hast du eine Ahnung, wer ich bin?«

Kalen blieb gelassen. »Du bist Arken Sanders, dein Primärkörper befindet sich aktuell in Deutschland, in einem Hub in Berlin.«

Der Klonkörper vor dem Lauf versteifte. »Was …? Wer …?«

»Lass mich das präzisieren: Ich bin der Vater des Mädchens, das sich soeben in den schlafenden Klon vor dir geladen hat.«

»Shit.«

Kalen hatte Wochen damit zugebracht, den Spuren zu folgen. Seine alten Kontakte aus der Zeit beim Explorationskommando waren hilfreich gewesen, doch es gab Grenzen. Meist waren das jene, die von Gesetzen gezogen wurden.

»Während wir uns unterhalten, ist ein weiterer Lauf auf die Stirn deines echten Körpers gerichtet.« Kalen verlieh seiner Stimme jene Eiseskälte, die ihn einst berüchtigt gemacht hatte. »Außerdem haben wir Zugriff auf den MindSave in Zürich, in dem deine Engramme lagern.«

»Das ist unmöglich.«

Was beinahe stimmte. Deshalb hatte sein Team eine Molekularfaserbombe an den DataStore geheftet, die radioaktiv geladene Metallfasern direkt in das Gerät pumpte. Es war fast unmöglich, jede Speichereinheit ausfindig zu machen, in der ein Mensch heutzutage sein Engramm – seinen Geist, sein Ich – speicherte.

Kalen war sicher, dass sie dem trotzdem recht nahegekommen waren. »Halten wir uns nicht mit weiterem Small Talk auf. Hast du den Cocktail bereits verabreicht?«

Arken schüttelte den Kopf, und Kalen dirigierte ihn zum Steuerdisplay der Anlage. Noch war es für ihn nur eine schwarze Fläche aus Saphirglas. »Erteil mir die Freigabe.« Er drückte ihm den Lauf fester in den Nacken, direkt auf die dünnen, sich verästelnden Linien des Engramm-Ports.

Eine Sekunde später leuchtete in Kalens Gesichtsfeld ein grünes Icon auf. Die KI seines EyeSigns fragte an, ob er das Datenmodul akzeptieren wolle. Er blinzelte einmal kurz und war dankbar für die vielseitigen Kontaktlinsen. Seine Hände waren beschäftigt. Die rechte mit dem NanoJammer, die linke zum Zuschlagen bereit.

Durch die Freigabe erwachte das Display zum Leben. Andere würden weiterhin die schwarze Fläche sehen, doch sein EyeSign konnte nun die Kontroll-Icons sichtbar machen, Daten wurden angezeigt.

In vier Klone waren Engramme übertragen worden, alle minderjährig. Ein Strom aus Hass pulsierte durch Kalens Körper. Möglicherweise hätte er auf die anderen hören und die Anlage mit einem Klonkörper infiltrieren sollen. Mit diesem hätte er allzu starke Emotionen herunterregeln können.

»Wurde irgendwem bereits der Cocktail verabreicht?«, fragte er.

»Nur dem Jungen aus Frankreich.«

Kalen schloss die Augen. Ein weiteres Opfer der um sich greifenden Sucht.

Es hatte ihn schockiert, als er zum ersten Mal davon erfahren hatte. Jugendliche kamen auf Ideen, die er schlicht niemals in Betracht gezogen hätte. Die reicheren Kids kauften sich Klonkörper, um von Gebäuden zu springen oder auf andere Art den Tod leibhaftig zu spüren. Das Engramm wurde nicht fest verankert, es wurde gestreamt. Im Augenblick des Todes also zurückgezogen in den Primärkörper, der sicher im Bett oder sonst wo lag.

Der neueste Trend war schleichend aufgetaucht. Der Geist wurde dabei in einen Klonkörper übertragen, der dann mit einem Drogencocktail vollgepumpt wurde. Angeblich konnte man so das absolute High genießen, ohne dass der eigene Körper in Mitleidenschaft gezogen wurde. Sucht ausgeschlossen. Was die Jugendlichen nicht wussten, war, dass die Suchtstruktur von den Dealern nicht gefiltert, sondern im Engramm eingebettet wurde. Nach der Rückkehr blieb die Gier auf den Cocktail erhalten.

Kalen heftete einen Datenextraktor an die Seite des Displays. Sein EyeSign bestätigte eine erfolgreiche Verbindung. Irgendwo saß Byte-Cat (»Keine echten Namen, falls wir erwischt werden!«) und übernahm die Kontrolle.

»Sind wir dann fein?«, fragte Arken.

Auf dem Display wurde eine Warnung angezeigt. Die Suchtstruktur wurde aus dem Engramm des französischen Jungen gelöscht, kurz darauf die Rückübertragung eingeleitet. Alle Jugendlichen kehrten in die Sicherheit ihres eigenen Körpers zurück.

Kalen atmete auf. Da er Arken noch eine Antwort schuldig war, drückte er ab und zerfetzte damit dessen Port sowie das Gewebe. Der Todesimpuls würde automatisch die Erweckung seines Körpers auslösen.

Zwar verzichtete Kalen darauf, diesen ebenfalls zu töten, doch die Protektoren aus dem Deutschen Cluster waren bereits im Hub angekommen. Die hier erbeuteten Daten würden an die Ordnungsbehörden weitergeleitet werden. Damit war zumindest dieser Ring Geschichte.

In Kalens EyeSign leuchtete eine Warnmeldung auf. Der Tod des Dealers hatte Sicherheitskräfte aktiviert, die sich in der Anlage befanden. Dass er selbst die körperliche Anwesenheit bevorzugte, war jetzt ein Problem. Zwar gab es für den Fall seines Todes einen Klon mit aktuellem Engramm, doch darauf hätte er gern verzichtet.

Seine veraltete Engramm-Technologie sorgte außerdem dafür, dass er seinen Geist nur übertragen und im Zielklon verankern, aber nicht streamen konnte.

Er würde seine Tochter in ein Bootcamp auf dem Merkur schicken. Mindestens. Sobald es dort eins gab. Möglicherweise würde er es auch einfach selbst bauen! Falls er das hier überlebte.

Das Klonlabor befand sich im obersten Stockwerk eines Himmelskratzers, also über den Wolken. Hier oben gab es vier Verbindungsstege zu angrenzenden Gebäuden. Den langen Weg nach unten, nicht zu vergessen.

Bevor er flüchtete, trat Kalen an einen der Klontanks und nahm das bereitliegende Etui an sich. Die Spritzen darin waren mit dem Cocktail gefüllt.

Er verließ das Labor, als sich die Aufzugtür öffnete. Da er kein Anfänger war, hatte er Sprengladungen angebracht. Sie detonierten und zerfetzten die Sicherheitscrew. Selbst Klone mit Schutzerweiterung waren gegen radioaktive Metallfasern chancenlos.

Er rannte den Gang entlang und war zufrieden mit sich und seinem militärischen Können, als in Hörweite ein Zischen erklang. Ein Blick über die Schulter, und Kalen fluchte. Die

Sicherheitskräfte hatten sich einfach in die Klone im Labor geladen, zogen jetzt die Schläuche aus den Ports und sprangen heraus.

Damit hatten sie zwar keine Waffenerweiterungen mehr, waren aber deutlich in der Überzahl.

Er hätte die Klone natürlich alle ausschalten müssen. Anfängerfehler!

Vor ihm tauchte der Verbindungsgang zum Nachbargebäude auf. Dort befanden sich einfache Büros. Der Zugang war mit seinem militärischen Equipment leicht zu knacken. Panzerstreben entfalteten sich aus Wand, Decke und Boden, bildeten ein Spinnennetz, welches das weitere Vorankommen unmöglich machte.

»Wieder zu langsam.« Vor ein paar Jahren wäre ihm das noch nicht passiert.

Dieser Körper stand am Übergang von der vierzig zur fünfzig, und trotz sportlicher Betätigung, Pflege und einem gesunden Maß an Erweiterungen war er nicht mehr in den Zwanzigern.

Er berührte das hauchdünne Display auf dem linken Handrücken, das mit dem EyeSign verbunden war. Der SmartCom nahm Kontakt zum Verschlusssystem des Wabenschotts auf, doch der Codeschlüssel war in der Kürze der Zeit nicht auszulesen.

Damit waren alle Verbindungsgänge unpassierbar, denn die übrigen wurden zweifellos ebenfalls durch ein Schott blockiert.

Da Kalen die Aufzugskabine gesprengt hatte, blieb nur ein Ausweg: das Dach.

Hinter ihm erklangen Rufe.

Patronen surrten vorbei.

Er rannte.

2

Es geschah nicht alle Tage, dass er von einer Horde nackter Klone verfolgt wurde, die mit NanoJammern auf ihn feuerten. Er wusste nicht, woher sie die hatten, doch die Personen hinter Arken trafen für zahlreiche Eventualitäten Vorbereitungen.

Die Tür zum Dach war verschlossen, aber sein SmartCom benötigte nur Sekunden, um das Schloss zu öffnen. Es fühlte sich seltsam an, Treppenstufen zu benutzen.

Wer tat das noch in dieser Zeit?

In der Regel wurde der Körper im eigenen Heim durch Nanotechnik fit gehalten. Muskelstimulatoren, entsprechende Nahrung, DNA-Therapien und spezielle Depots mit Vitalstoffen zur Zelloptimierung. Außerhalb benutzte man einen Klon. Fernübertragung in andere Länder, auf Raumstationen oder einfach ins Restaurant war die Norm.

Für alle.

Außer Kalen.

Über die Gründe wollte er selbst nach all den Jahren lieber nicht nachdenken.

Er erreichte das Dach und trat hinaus. Ein leichtes Prallfeld überzog das Gebäude, um die Atmosphäre für das Servicepersonal zu halten. Heizaggregate pegelten die Temperatur auf Normalniveau ein, sprangen jedoch erst an, wenn die Tür zum Treppenhaus geöffnet wurde. Damit war sichergestellt, dass es wärmer wurde, doch das dauerte. Aktuell war Kalen noch umgeben von eisiger Kälte bei minus fünfundvierzig Grad. Ohne seine Einsatzkleidung, die aus den Zeiten beim Explorationskommando stammte, hätte das böse Folgen gehabt.

Über Blicksteuerung erlangte er via EyeSign Zugriff auf die Gebäudesteuerung und stoppte die Temperaturregelung. Er zitterte, und seine Extremitäten würden es nicht lange aushalten. Die Klone allerdings noch weniger.

Er rannte zum Dachrand und blickte in die Tiefe. Zweieinhalb Meter unter ihm befand sich das Dach des Verbindungsgangs. Darunter sah er ein Wolkenmeer.

Beinahe hätte ihn der Anblick das Leben gekostet. Vier Klone traten durch die Tür. Während drei aufgrund der Kälte innehielten, stürzte sich ein vierter auf Kalen. Sie rangen miteinander. Dieser Klon besaß keinen NanoJammer, es hatte also eine begrenzte Anzahl gegeben.

Leider flog sein eigener durch den Aufprall über die Kante und verlor sich in den Wolken.

Kalen trat dem Klon die Beine weg, zog eine Spritze mit dem Cocktail aus dem Etui und rammte sie ihm in den Hals. Die Augen des Klons bekamen einen träumerischen Ausdruck, das High setzte ein.

Die anderen hatten inzwischen ihren Schock überwunden und legten den Nanojammer an. Ihnen musste klar sein, dass diese Körper in den nächsten Minuten an Unterkühlung sterben würden. Bis sie sich in neue geladen hatten, verging Zeit. Außerdem kamen sie nicht mehr so leicht hier herauf.

Das sorgte für eine gewisse Rücksichtslosigkeit. Sie feuerten. Die winzigen Kapseln waren Nanodepots, die sich beim Eindringen in den Körper entfalteten. Kalen war überzeugt davon, dass sie in diesem Fall darauf programmiert waren, seine Lebensfunktionen einzustellen.

Er atmete kurz ein und wieder aus.

Dann sprang er. Trotz der geringen Höhe schickte der Aufprall Schmerzwellen durch seine Beine. Kalen rollte sich ab, kam an den Rand des schmalen Dachstreifens …

… und glitt darüber hinaus.

Seine vielfach geschulten Reflexe wurden aktiv. Er drehte sich und bekam mit den Fingern die Kante zu fassen. Schüsse schlugen wenige Zentimeter entfernt ins Dach ein und hinterließen Durchschusslöcher im Material.

Er korrigierte sich. Die Kugeln waren keine Nanodepots, es handelte sich um Mikrosprengladungen. Sie detonierten bei Aufprall.

Die Lippen der Klone über ihm waren blau angelaufen, ihre Hände zitterten. Damit war klar, warum sie auf diese Entfernung so miserabel zielten. Einer kippte um, ein anderer musste bereits zuvor das Bewusstsein verloren haben. Es stand lediglich noch ein letzter.

Kalen zog sich mit einem Ruck wieder hinauf und robbte das Dach entlang in Richtung des verbundenen Gebäudes. Hinter ihm endeten die Schüsse. Er blickte über die Schulter zurück.

Der letzte Klon war ebenfalls gesprungen. Auf allen vieren nahm er die Verfolgung auf. Ein Geist, der sich fokussierte, denn der Körper war längst mehr tot als lebendig. In seinen Augen loderte ein Feuer, das nur ein Ziel kannte: Kalen zu verbrennen.

Angespornt durch den Ausblick auf ein Stelldichein mit einem Mörderklon ging Kalen in die Hocke, richtete sich auf und rannte. Vorsicht würde ihm hier nicht weiterhelfen. Fernab vom Gebäude sank die Temperatur, die Wärmeaggregate waren zu weit entfernt.

Jetzt wurde es auch für ihn ungemütlich. Seine Muskeln reagierten langsamer und verkrampften. Beim Ausatmen stiegen kleine Kondenswolken auf. Der Weg kam ihm lang vor, doch er erreichte das Ende des Verbindungsgangs.

Die Hände ausgestreckt, versuchte Kalen, das Dach zu erreichen. Es fehlten nur noch wenige Zentimeter.

Der Klon war heran. »Kalen McKenon.«

»Kennen … wir uns?« Die Worte kamen langsam heraus, er spürte eine seltsame Müdigkeit.

»Ehemaliges Mitglied des Explorationskorps«, keuchte der Klon.

Die Worte gefielen ihm nicht. Der Klon hatte sein Gesicht abgeglichen und zugeordnet. Sie hatten also irgendwie Zugriff auf militärische Datenbanken erhalten. »Wer …?«

Der Angriff kam abrupt.

Das Sprechen war Ablenkung gewesen, oder der Lenker hatte einfach begriffen, dass nicht mehr viel Zeit blieb. Wobei es letztlich keinen Ausweg für Kalen gab, der andere würde sich schlicht in seinen Körper zurückziehen.

Der Hass, der im ersten Schlag lag, war persönlich. Kalen hatte das komplette Unternehmen lahmgelegt. Viele Menschen verloren an diesem Tag eine Menge Geld. Durch die Kälte mochten die Glieder des Klons zittern, aber unter normalen Umständen hätte er saubere Kampfschläge ausgeführt. Jene, die auch Kalen kannte. Militärische Ausbildung, Einsatztruppe.

Nicht gut.

Dem ersten Schlag konnte er nicht ausweichen, er traf in den Magen. Den Schmerzreflex ignorierend, blockte er jedoch den zweiten. Er musste von diesem verdammten Dach runter, und das schnell. Leider konnte er seinen Gegner wohl kaum bitten, ihm eine Räuberleiter zu machen.

Ihm kam ein Gedanke.

Als die nächsten Schläge kamen, glitt Kalen zurück, bis er mit dem Rücken gegen die Wand des Gebäudes stieß. Bei der darauffolgenden Attacke wich er aus, packte den Klon und schmetterte ihn an die Hauswand. Ein harter Tritt an dessen

Knie, und der Klon sackte in die Hocke. Er versuchte noch, sich irgendwie mit einem Bein in Position zu halten. Doch ein zusätzlicher Tritt in den Magen, und er krümmte sich. Damit war er exakt dort, wo Kalen ihn haben wollte. Er trat auf dessen Rücken, stieß sich ab und sprang in die Höhe. Mit den Fingern erreichte er die Dachkante und zog sich hinauf.

Schwer atmend lag er auf dem Dach, blickte in den Himmel, wo die Sterne zu sehen waren. Alles wirkte so friedlich. Dort oben herrschte nicht das atemlose Pulsieren einer Welt, die mit Originalkörpern und Klonen befüllt war, wo um Ressourcen gestritten wurde und Frieden ein zerbrechliches Gut darstellte.

Manchmal vermisste er es.

Immer dann, wenn die Albträume eine Zeit lang fernblieben.

Sein EyeSign schickte eine Warnmeldung. Die Unterkühlung nahm ein gefährliches Ausmaß an. Er musste vom Dach.

Kalen riss sich zusammen, rollte herum und kam auf die Beine. Unter ihm lag auf dem Verbindungsgang der erfrorene Klon.

Taumelnd kam Kalen bis zur Dachtür, das Schloss war von seinem SmartCom längst geknackt. Er trat durch die Tür. Wärme umhüllte ihn, seine steifen Glieder ließen sich wieder bewegen. Er eilte zum nächstgelegenen Aufzug. Die Büros hier wurden zivil genutzt, denn die Sicherheit war armselig. Die Kabine trug ihn in die Tiefe des Gebäudes bis ins Erdgeschoss.

Er trat hinaus, passierte die Eingangshalle und grüßte den Wachmann mit einem Nicken. Es wurde freundlich erwidert.

Minuten später stieg Kalen in einen Gleiter, der ihn hinauf zu einem AirHub brachte. Völlig erledigt bestieg er einen Atmosphärenjet, der in Richtung Heimat davonschoss.

Dort wartete ein ernstes Gespräch auf ihn.

3

Kalen fühlte sich müde, als er in den frühen Morgenstunden des 3. Oktobers 3652 die Haustür hinter sich schloss.

Durch die Fenster sah er das Morgenlicht, das die Baumwipfel umschmeichelte. Der Herbst zeigte sich von seiner goldenen Seite. Hier, am Rand der Silver Star Mountains, fühlte er sich zu Hause.

Ganz im Gegensatz zu Trisha, die laut Haussystem im Obergeschoss schlief. Seine Tochter war nur knapp einer grauenvollen Sucht entkommen, die selbst mit Engrammbereinigung (die er sich nicht leisten konnte) ihre Spuren hinterließ.

Kalen gähnte, öffnete seine Boots und stellte sie neben der Tür ab. Hinter der Tür gab es einen gemütlichen Eingangsbereich, in dem Jacken hingen und Schuhe standen, an einer Pinnwand hatte er altmodische Fotografien aufgehängt. Darauf waren Trisha und er zu sehen, auf manchen lächelte auch Vivien in die Kamera. Schwere erfasste ihn.

Über einen lautlosen Befehl gab er durch sein EyeSign einen Kaffee in Auftrag. Als er die Küche betrat, war die Tasse bereits gefüllt. Sie war aus Porzellan, bemalt mit der Silhouette der Silver Star Mountains.

Kalen drehte sich um und erstarrte.

Vor ihm lag das weitläufige Wohnzimmer, auf einer Seite vom Boden bis zur Decke verglast. In einem der Sessel saß eine hochgewachsene, schlanke Frau mit grauem Haar, die er auf den zweiten Blick erkannte. Sie trug noch immer den Dutt, der ihr eine Aura der Strenge verlieh. Trotz der Lachfalten um die Augen strahlte sie jene eiserne Willensstärke aus, die man bei Militärangehörigen in Führungspositionen häufig vorfand.

Dass er seinen Reflexen nicht freien Lauf ließ, die Kaffeetasse warf und den Feindalarm auslöste, hatte lediglich einen Grund: Sie war kein Feind.

»Hallo, Kalen«, sagte Admiralin Nissa Jäger. »Es ist lange her.«

»Und da dachtest du, es sei eine gute Idee – um der alten Zeiten willen –, hier einzubrechen?«

»Habe ich mir verdient.« Sie schob ein hauchdünnes Pad über den Tisch, auf dessen Oberfläche er selbst zu sehen war. »Einbruch, vierfache Klontötung, Sachbeschädigung.«

Er setzte sich ihr gegenüber auf den Sessel und trank seinen Kaffee. »Seit wann ist das Explorationskommando zuständig für solche Delikte?«

Sie beugte sich vor und nahm das Pad wieder an sich. »Wie es der Zufall so will, wollte ich dich aufsuchen. Eine Prüfung vor einigen Tagen ergab, dass du umtriebig bist. Wir konnten die Datenspuren analysieren und deinen heutigen Einsatz verfolgen. Du hast nichts verlernt.«

Er würde ein ernstes Wort mit Byte-Cat sprechen müssen. Sie hatte ihm versichert, alle Datenströme im Blick zu haben.

»Was willst du?«, fragte er.

»Geht es Trisha gut?«

Kalen nickte. »Zumindest körperlich. Vivians Tod hat seine Spuren hinterlassen. Sie spielt mit dem Adrenalin.«

Glücklicherweise beging sie dabei Fehler. Um in einem Klonkörper Drogentrips zu erleben, musste das Original in einem sauberen Tiefschlaf gehalten werden. Zwar hatte der Trip nicht stattgefunden, doch der Deltawellen-Modulator war auf Zeitschaltuhr. Trisha würde den ganzen Tag schlafen, es sei denn, er deaktivierte das Gerät manuell.

»Es tut mir leid, dass ihr sie verloren habt«, sagte Nissa.

»Spar dir das.« Die Worte kamen kälter als beabsichtigt. »Du hättest mir damals helfen sollen.«

»Der Einsatz ging schief, Menschen sind gestorben«, erwiderte sie. »Trotzdem habe ich dir geholfen. Im Hintergrund. Leider gab es zu viel politischen Einfluss, man wollte einen Sündenbock. Du weißt, wie das Spiel ab einem gewissen Punkt gespielt wird.«

Kalen hätte eine Menge erwidern können, doch es war sinnlos. Die Wahrheit war, dass sie recht hatte. Niemand hätte ihn oder sein Kernteam damals davor bewahren können, entlassen zu werden. Er hatte einen Fehler gemacht.

»Wir haben auch die Datenströme deiner Gegner verfolgt«, sagte Nissa. »Bei einem davon handelte es sich um René Dupont. Ehemaliger Militär, der Technologie auf dem Schwarzmarkt verkauft hat. Deshalb konnte er dich zuordnen.«

Das erklärte den Hass, den der Klon ihm entgegengebracht hatte.

»Nach seiner Entlassung heuerte er bei einem Syndikat an.«

»Lass mich raten: eines, das ganz groß im Geschäft der Engramm-Sucht tätig ist, Minderjährige ködert und sie dann auf ihre Trips schickt.«

Sie nickte. »Er wurde zusammen mit den übrigen Beteiligten verhaftet.«

Ein Tropfen in einem Meer aus Drogencocktails. Kalen hatte einen winzigen Ring zerschlagen, ein neuer würde dessen Platz einnehmen. Syndikate waren Kraken mit tausend Armen.

Er rieb sich müde die Augen. »Ich kann sie nicht ewig beschützen.«

»Sie wird in Kürze achtzehn?«

»Und laut planetarem Gesetz damit volljährig«, bestätigte er. »Als wäre das nicht genug, erhält Trisha dann Zugriff auf den Trust-Fonds, den ihre Mutter angelegt hat.«

Spätestens an diesem Punkt würde sie jede Grenze sprengen, sich Spezialklone zulegen und auf die endgültige Zerstörung zusteuern. Trishas Seele war verletzt, doch anstatt zu heilen, zerstörte sie Körper und Geist. Das schien ihr leichter, als den beschwerlichen Weg der Heilung zu beschreiten.

»Mir ist bewusst, dass dies ein ungünstiger Zeitpunkt ist, aber ich bin hier, weil etwas vorgefallen ist.«

»Zumindest so viel war mir bereits klar.« Kalen nahm den letzten Schluck des Kaffees und stellte die Tasse auf dem Tischchen zwischen ihnen ab. »Ich nehme an, ihr benötigt meine Expertise zu einem alten Einsatz?«

Es kam überraschend oft vor, dass er aufgrund seiner alten Einsätze über Wissen zu einem Gebiet verfügte, das hilfreich war. In der Regel kam dann jedoch eine kurze Anfrage, die er in Textform beantwortete. Mehr wollte er nicht vom Explorationskorps und es nicht von ihm.

Wenn die leitende Admiralin hier auftauchte, um etwas zu besprechen, musste es ernst sein. Und geheim. Kurz prüfte er die Konnektivität des Hauses und war nicht überrascht, dass ein Nullfeld etabliert worden war. Keine Daten konnten von hier verschickt werden oder eingehen. Überwachung war unmöglich gemacht worden.

»Dieses Mal benötige ich nicht deine Expertise«, erklärte Nissa. »Es geht um mehr.«

Er erwiderte ihren Blick mit gerunzelter Stirn und hatte keine Ahnung, wovon sie sprach.

»Wir … Ich brauche dich für einen Einsatz.«

Er zuckte zurück. Sie musste den Verstand verloren haben.

4

»Kalen?« Nissa betrachtete ihn besorgt.

»Ich überlege gerade, ob ich meine Gedanken dazu laut aussprechen soll oder ob ich es lieber lasse, weil das gegen ein Gesetz verstößt.«

Was hoffentlich von ihr übersetzt werden konnte in: *Bist du wahnsinnig, du kannst mich mal, verpiss dich.*

Doch Nissa gab sich professionell unbeeindruckt. »Ich präzisiere das: Das Explorationskommando benötigt dich und dein gesamtes damaliges Team für einen Noteinsatz. Hierfür erhaltet ihr eine Einstellung im alten Rang, eure Akten werden gesäubert, und ihr bekommt den Sold rückwirkend für die letzten sechs Jahre.«

Er starrte sie an.

Ein triumphierendes Lächeln zeigte sich auf ihrem Gesicht. »Ich wusste doch, dass ich dich irgendwann einmal dazu bekomme, die Klappe zu halten.«

Mit einem derartigen Angebot konnte jeder Einzelne im Team sein Leben zurückbekommen, aus finanziellen Problemen entkommen und, wenn gewollt, wieder für das Explorationskommando arbeiten. Jahrelange Karrieren, die wegen ihm gekappt worden waren, würden erneut Fahrt aufnehmen. »Was zur Hölle ist passiert?« Es musste gewaltig sein, wenn sie so ein Angebot machte.

»Ich habe dir doch gesagt, dass ich alles Mögliche getan

habe, um dir zu helfen«, sagte Nissa. »Damals waren mir die Hände gebunden, aber es war klar, dass irgendwann etwas Großes auf uns zukommen würde.«

»Ach, das war es?«

»Wir haben den Kontakt zu einer Kolonie der Stufe drei verloren.«

Kalen rief sich in Erinnerung, was er wusste. Stufe drei bedeutete, dass die Welt autark überlebensfähig war und aus sich selbst heraus wachsen konnte. Das technologische Niveau erlaubte einen regelmäßigen Datentransfer über einen Interspace-Pointer. »Schickt ein Interspace-Team. Oder ein Raumschiff.«

»Womit wir bei einem der Probleme angekommen wären.« Nissa erhob sich, verschränkte die Arme hinter dem Rücken und schritt durch den Raum. »Wir haben ein Schiff zum Planeten geschickt. Das übliche Verfahren: Eine KI steuert autark das Ziel an, dann werden Engramme in die Klone übertragen.«

»Was ist schiefgegangen?«

»Wir kennen den Grund noch nicht, aber am Ziel werden die Daten zersetzt«, erklärte sie.

Das war neu. Und überaus beunruhigend. »Die Bewusstseine werden gelöscht?«

Sie nickte. »Es ist ein spezifischer Virus, der den Codec von Engrammen angreift, die über einen Interspace-Pointer eingehen. Sie erreichen das Schiff, können dort aber nicht mehr weitertransportiert werden.«

Womit das Raumschiff die Position hielt, darüber hinaus jedoch unbrauchbar wurde. »Was ist mit Sensordaten der Oberfläche?«

Nissa schüttelte nur bedauernd den Kopf. »Wir bekommen nichts rein. Die Datenübertragung zurück zu ZENTRUM ist vollständig gekappt.«

»Könnten die Kolonisten selbst dafür verantwortlich sein?«

Sie hielt inne, erwiderte seinen Blick und seufzte. »Wir haben eine Vermutung. Kurz vor diesen Ereignissen meldete der Sicherheitschef der Kolonie eine Sichtung. Eine Kamera hat ein Gesicht erfasst, das auf der Fahndungsliste steht.«

»Jemand Großes?« Es gab nicht viele Personen, die galaxisweit gesucht wurden, was schlicht daran lag, dass man die meisten erwischte, bevor sie Terra oder ihre jeweilige Kolonie in irgendeiner Form verlassen konnten.

»Sein Name ist Nils Sheft, er war Adjutant von Admiral Derek Hale.«

»Oh, verdammt.«

Es lag nun zweiundvierzig Jahre zurück, dass Admiral Hale mit einer Gruppe von Verschwörern das Team einer Explorationseinheit unter Liam Mikaelsson zu einer der verbotenen Welten umgeleitet hatte. Die Folgen mündeten beinahe in einer Katastrophe. Ein Großteil der Akten war unter Verschluss, doch Hale war in einem Prozess zum Engramm-Freeze verurteilt worden. Seitdem befand er sich in einer virtuellen IceBox.

Erst in den Folgejahren war erkannt worden, dass sein Netzwerk viel weiter gereicht hatte und die zugehörigen Personen noch immer nach einem Weg suchten, die Hinterlassenschaften einer toten Zivilisation nutzbar zu machen. Das betraf das Auslösen von Seuchen durch Superviren, Versuche mit Klonhybriden und Engramm-Veränderungen. Der Geist war aus der Flasche. Zumindest bisher ohne eine Chance, ihn wieder einzufangen. Hale war mehrmals befragt worden, verweigerte jedoch die Kooperation.

Mehr war der Öffentlichkeit nicht bekannt, und auch Kalen wusste nichts darüber.

»Diese Verbindung ist bisher lediglich eine Vermutung«,

bekräftigte Nissa. »Du weißt, dass auch andere Faktoren in Betracht kommen.«

Auf einer eher arktischen Welt hatte es Viren gegeben, die durch den Eisabbau freigesetzt worden waren. Die Pandemie war so schnell und endgültig erfolgt, dass alle Engramme auf Terra relifed werden mussten.

»Was wäre der Auftrag?«, fragte Kalen.

»Ihr begebt euch zum Ziel und baut die Datenverbindung wieder auf«, erklärte Nissa. »Die eingelagerten Engramme werden nach Anschluss des lokalen MindSaves nach Terra geholt. Sobald wir ein neues Zuhause für die Bewohner gefunden haben, relifen wir sie dort.«

Die Bevölkerungsdichte war aktuell derart hoch, dass ein Relife auf Terra unmöglich war.

»Wenn möglich, findet den Grund für den Verbindungsabbruch und Nils Sheft«, ergänzte sie. »Egal, wie es ausgeht, ihr habt eure alten Leben wieder.«

Doch das führte ihn zur alles entscheidenden Frage: »Warum wir? Und wie wollt ihr uns dorthin bringen?«

»Ah, das hatte ich vergessen.«

Was er Nissa keine Sekunde glaubte.

»Der Virus greift den aktuellen Codec an, doch wir haben ein Testpaket übertragen, das durchkam. Du und dein Team habt noch alte Technologie in euren Schädeln.«

Er begriff. Wenn er sein Engramm übertrug, ging das langsamer vonstatten, die Komprimierung durch den Codec war nicht so stark. Gleichzeitig wies das Ergebnis eine andere Signatur auf, die vom Virus nicht erkannt wurde.

Es gab im Explorationskorps schlicht niemanden mehr, der sechs Jahre alte Technologie in sich trug. Die Anpassungen erfolgten im jährlichen Turnus, sowohl Software als auch Hardware betreffend.

»Wir brauchen euch, Kalen«, sagte Nissa eindringlich.

Er schuldete ihnen nichts, sie ihm aber eine ganze Menge. Seinen Leuten wiederum schuldete *er* alles. »In Ordnung.«

Sie atmete auf.

»Allerdings erweitere ich unsere Abmachung um einen Punkt, der nicht verhandelbar ist.« Er verschränkte die Arme.

»Ich höre.«

Er sagte es ihr.

Nissa war alles andere als erfreut, stimmte am Ende aber zu. Welche Wahl blieb ihr auch?

Damit lag es an ihm, das alte Team zusammenzutrommeln.

5

MISA WEB

»Wir haben sie auf dem Monitor«, erklärte die NetSpec.

»Nicht verlieren.« Die Worte kamen pro forma, doch auch wenn jeder im Einsatzzentrum die Bezeichnungen des Militärs trug, waren es Zivilisten. Gut ausgebildete, aber eben trotzdem Zivilisten. Manchmal vergaß Misa das.

»Vier Gleiter nähern sich der Übergabestelle«, ergänzte die NetSpec.

Sie war dafür zuständig, die Datenströme zu überwachen, vor allem jene von MindStreams. Falls die Käufer zu früh aufmerksam wurden, würden sie den Killswitch ihrer Klone aktivieren und den Stream abbrechen. Es sei denn, die NetSpec ließ das nicht zu.

»Haben wir mittlerweile Kontrolle?«, fragte Misa.

»Gleich.«

»Was bedeutet das in Zeit?«

Die NetSpec lächelte schmallippig. Sie besaß violettes Haar und einen Nasenstecker, davon abgesehen hielt sie nicht viel von Hierarchien. Man konnte wohl sagen, dass sie zwei Gegensätze waren, die aufgrund ihres Könnens auf eine Zusammenarbeit angewiesen waren.

»Es bedeutet, dass jede Ablenkung das ›gleich‹ zu einem ›demnächst‹ werden lässt.«

Misa verzichtete auf eine Erwiderung und ließ sie arbeiten. Der Tank war wie vermutet am Hafen von Osaka eingetroffen.

Es hatte Jahre gedauert, das Netzwerk so weit zu infiltrieren, dass sie diese Fuhre entdeckten. Der Kauf konnte nicht über einen Mittelsmann erfolgen, die Ware musste DNA-fixiert werden.

»Es gab zwei Watchdogs«, erklärte die NetSpec. »Ich habe sie ausgeschaltet.«

Misa hätte das gern selbst erledigt. Oder von einem gut ausgebildeten Sicherheitsteam durchführen lassen. Leider waren ihre Inserts veraltet und konnten aufgrund gewisser Vorfälle auch nicht außerhalb des Militärs aktualisiert werden.

Sie galt genau genommen als überholt. Immerhin besaß sie dafür das notwendige Wissen, um Sicherheitsteams aufzubauen, anzuleiten und sich rasend schnell in neue Situationen einzufinden.

»Überwachungsteam vor Ort«, meldete der Teamleiter. »Wir haben alles im Blick.« Seine Stimme war nur in ihrem Ohr, die Audio-Implantate hatten sich nicht groß verändert.

»Wenn ihr das glaubt, führ eine weitere Untersuchung durch«, verlangte Misa. »Wir sprechen hier nicht von irgendjemandem. Dieser Kerl ist den Protektoren auf der ganzen Welt durchs Netz geschlüpft, wir müssen ihn kriegen.«

»Komm schon …« Er verhielt sich viel zu vertraut.

»Sie sind da«, meldete die NetSpec. »Ich habe den Stream gepinnt. Die kommen nicht weg.«

Immerhin eine gute Nachricht. Sie zog sich den visuellen Stream vom EyeSign der Teamleitung in ihr Gesichtsfeld.

Dicke Regentropfen prasselten auf die Schiffscontainer im Hafen herab. Das Team überwachte alles mit Nachtsichtgeräten und Nahbereichsübertragungen durch versteckte Linsen. Es gab sogar Sensoren, die Luft und Boden permanent auf Veränderungen prüften.

»Ziel im Visier«, meldete der Teamleiter.

Misa ging zur Liege. Sie musste auf alles vorbereitet sein. Während sich ihr Körper entspannte, konzentrierte sie sich auf die Daten in ihrem Gesichtsfeld. Signaturen, die Datenströme symbolisierten und halb transparent über der Szene lagen.

Ein Gleiter sank zu Boden, die Seitentür wurde aufgeschoben. Ein hochgewachsener Mann im Mantel kam heraus. Er besaß hohe Wangenknochen, ein hervorstehendes Kinn und einen intelligenten Blick.

»Das ist kein Klon«, sagte der Teamleiter.

»Nein«, bestätigte Misa das Offensichtliche. »Er ist ein Original.«

Das Alter des Körpers mochte die hundert überschritten haben oder die zweihundert. Es geschah nicht oft, dass sich jemand so kurz vor dem Tod seines Körpers nach draußen begab. Normalerweise wurde an diesem Punkt der Übergang zum nächsten als Original eingestuften Körper vorbereitet. Hier ging etwas vor, was sie nicht erkannten.

»Wieso hat er nicht einfach die DNA-Probe für die Fixierung mit einem Klon überbracht?«, drang es in Misas Ohr.

Exakt diese Frage stellte sie sich auch. Ihre Zielperson handelte normalerweise nur über Mittelsmänner. Persönliches Eingreifen geschah maximal mit einem Klon. Doch der Originalkörper … Das war seltsam.

»Haben wir grünes Licht?«, fragte der Teamleiter.

»Warten!«, befahl Misa.

Die Zielperson steuerte den Container an. Eine Sensorlinse wurde aktiv und schickte grüne Strahlen über ihren Körper. Es zischte, als das Siegel gebrochen wurde. Im Inneren befand sich eine Konsole.

»Wo sind die Körper?!«, entfuhr es Misa.

Fragen wurden hin und her geschickt.

Die Zielperson legte die Hand auf einen Scanner. Das Ergebnis musste positiv sein, denn ein Stuhl erhob sich aus dem Boden. Alles ging so schnell, dass Misa kaum noch Zeit hatte zu reagieren.

Die Zielperson setzte sich auf den Stuhl, aktivierte den Pointer und startete die Extraktionsprozedur.

»Wir haben uns geirrt«, sagte die NetSpec. »Es geht hier nicht ums Multi-Klonen.«

»Nein.« Misa fluchte innerlich.

Ihre Zielperson war auf dem Radar der Behörden aufgetaucht, weil sie zur Verübung von Straftaten auf Multi-Klonen setzte. Jeder Mensch durfte lediglich *einen* Primärkörper besitzen. Dessen Aufenthaltsort und MindStream konnte nachgewiesen werden. Auf diese Art konnte niemand Morde begehen, sich selbst Alibis geben oder andere illegale Dinge durchführen.

»Er gibt seinen Primärkörper auf«, sagte Misa. »Er wechselt in einen anderen. Ich brauche einen Nahbereichscan!«

»Läuft. Positiv, es gibt multiple Streams.«

»Nur einer ist der richtige, wir müssen ihn finden!« An den Teamleiter sendete sie: »Zugriff.«

Und damit brach am Hafen die Hölle los.

Misa wartete nicht ab. Sie aktivierte den Pointer und ließ ihren Geist in einen der Klone übertragen, die sie rings um den Hafen vorbereitet hatte. Äußerlich waren es Kopien ihrer selbst. Das Haar schulterlang; Gesichtszüge, die einen japanischen Hintergrund vermuten ließen. Schlanke, athletische Gestalt. Der Trend ging dahin, Klone wieder mit den eigenen Charakteristika zu versehen. Das Thema Individualität gewann an Bedeutung.

»Ich brauche das Ziel«, sagte sie. »Ich bin vor Ort.«

Sie holte die Szene ins EyeSign. Mittlerweile war der Primärkörper der Zielperson tot, irgendwo erwachte sie soeben in einem speziell designten neuen Klon inklusive Primärstatus. Damit war die alte Identität nicht zurückzuverfolgen, es gab keine offiziellen Aufzeichnungen darüber.

»Wir …« Eine Explosion schnitt die Worte des Teamleiters ab.

Ein Container nach dem anderen explodierte am Hafen. Misa konnte sehen, dass die Körper des Sicherheitspersonals der Zielperson tot zu Boden sackten, die Limousine detonierte ebenfalls. Er verwischte seine Spuren.

Sie benötigte lediglich Sekunden, um das Muster zu erkennen. Er hatte einen Bereich des Hafens verschont. Vermutlich um seinen neuen Körper nicht zu gefährden.

Misa rannte zum bereitstehenden Gleiter und raste zu jener Stelle. Eine weitere Explosion schleuderte Trümmerteile in die Nacht, beinahe hätte ein Schrapnell ihren Motor getroffen. Doch sie erreichte unbeschadet ihr Ziel.

Die Tür eines Containers stand offen. Im Inneren befand sich ein Klontank, leer.

Misa durchdachte die Situation. Was hätte sie getan? Die Zielperson hatte Jahre Zeit gehabt, die Operation zu planen. Trotzdem war sie ein Zivilist. Ungeschult in derlei Aktionen und paranoid genug, niemanden hinzuzuziehen.

Hinzu kam, dass der neue Körper erst eingetragen werden musste.

Das Wasser!

Sie rannte zum Hafenbecken. In der Ferne war noch der Motor eines Boots zu hören.

»Verdammt!«, entfuhr es ihr. Sie blickte zur Seite.

Ein kleines Mädchen starrte sie verängstigt an. »Da waren böse Männer.«

Misa erwiderte den Blick, atmete auf und schickte ein Signal an die Zentrale. Zielperson in Gewahrsam. »Lassen Sie mich raten, die wurden von jemandem gewarnt, dass Sie hinter sich aufräumen, und sind geflohen.«

»Was?« Der Blick wurde noch unschuldiger.

»Ich bin Misa Web«, sagte sie. »Und verhafte Sie wegen Multi-Klonen und Verbrechen in sieben Ländern, darunter Mord an drei Primärkörpern.«

»Aber …«

»Versuchen Sie es gar nicht erst, das ist nur ermüdend. Ich habe auf Tiefraummissionen unzählige Verbrecher gejagt, die weitaus schlimmere Tricks angewendet haben.« Unweigerlich kam ihr jener Einsatz in den Sinn, bei dem ein verurteilter Kriegsverbrecher eine ganze Familie getötet hatte, um sein Engramm beim Relifing in den Ehemann zu spielen. Ihn damit zu ersetzen. Zuvor hatte er alles über diesen gelernt, die Historie bis hin zu jeder Vorliebe. »Das hier ist ein vorhersehbares Klischee. Aber dass Sie sich noch mal die Pubertät antun, Respekt.«

Das Mädchen seufzte auf. »Misa Web. Ich hätte mich zuerst um Sie kümmern sollen.«

»Da habe ich mir wohl einen Ruf erarbeitet.«

Die anderen trafen ein, und die Verhaftung wurde vorgenommen.

Ein Tag ging erfolgreich zu Ende. Das glaubte Misa, zumindest bis sie zwei Stunden später in ihrem Penthouse eintraf und dort bereits erwartet wurde.

»Hallo, Misa«, sagte Kalen McKenon.

6

Sie tötete ihn nicht, obwohl die Waffe im Reflex bereits in ihrer Hand lag.

»Beeindruckende Arbeit am Hafen von Osaka«, sagte er. »Du hast dir einen Ruf erarbeitet.«

»Muss ich wohl, du bist schon der Zweite, der das heute behauptet.« Sie hängte den Mantel auf, legte die Waffe beiseite und streifte die Schuhe ab. »Gibt es einen Grund, warum du hier einbrichst und darauf hoffst, dass ich dich nicht durch das Fenster wieder hinausbefördere?«

Er war mit seinem Originalkörper angereist. Vermutlich mit einem Stratosphärenjet. Eine teure Angelegenheit und gleichzeitig Statement, das er zweifellos absichtlich getroffen hatte. Gleiches galt für das Hacken ihres Sicherheitsnetzwerks. So etwas gelang nur jemandem, der sie sehr gut kannte. Und der über ausreichend Equipment verfügte. »Was will das Explorationskorps?«

Er wirkte beeindruckt. »Du hast nichts verlernt.«

Sie schwieg. Die Frage war gestellt, Geplänkel zwischen ihnen überflüssig. Die Freundschaft von einst gab es nicht mehr.

»Admiralin Jäger hat mich aufgesucht«, erklärte Kalen. »Sie möchte das alte Team noch einmal auf eine Mission schicken.«

»Das ist ein Witz.« Der Schmerz kehrte zurück. Der Tod. Die Entlassung. Der tiefe Fall.

»Volle Rehabilitation, rückwirkender Sold.« Er hielt ihrem Blick stand. »Ein Neuanfang.«

»Weshalb wir?«

Er gab die Informationen weiter, die er wohl von der Admiralin erhalten hatte. Das ließ einige Fragen offen, klärte jedoch die wichtigsten.

»Bedauerlicherweise ist das verlockend«, gab sie zu. »Riskant und doch verlockend.«

»Du bist dabei?«

Misa sah keinen Grund, lange zu überlegen oder zu diskutieren. »Ich will die Bestätigung durch die Admiralität, eine vorab gesiegelte Rehabilitation und den Sold auf meinem Konto.«

Sie hatte es gerade ausgesprochen, da ging eine Nachricht von Kalen in ihrem persönlichen Speicher ein. Es war eine offizielle Begnadigung. Die Wiedereinsetzung im alten Rang. Der verlorene Sold war eben auf ihrem Konto eingegangen. Sie war sprachlos.

»Nach Abschluss der Mission erhalten wir außerdem die neuesten Inserts«, erklärte er. »Vorher ist das aus naheliegenden Gründen nicht möglich, aber die Zielkörper sind entsprechend für die Mission ausgerüstet.«

»Du wusstest, dass ich nur so mitgehe?«

»Das Gleiche habe ich ebenfalls von der Admiralin verlangt«, sagte er. »Außerdem kenne ich dich. Wir …«

»Nein«, unterbrach sie ihn. »Meine Teilnahme bedeutet, dass ich professionell agiere. Trotzdem gibt es kein ›Wir‹, Kalen. Diese Mission, danach sehen wir uns nie wieder. Und …« Sie lauschte auf ihr Innerstes. »Keine Hierarchie zwischen dir und mir. Du magst der Teamleiter sein, aber ich unterstehe dir nicht.«

Er erwiderte ihren Blick lange und intensiv. Da mochte eine Spur von Traurigkeit aufblitzen, vielleicht war es auch Ärger oder Schuld. Misa wusste es nicht, doch das war egal. Sie mussten zusammen eine Aufgabe erledigen, dazu war sie problemlos in der Lage. War sie schon immer gewesen.

Professionalität bis in den Untergang. Nur dieses Mal würde sie keine Befehle befolgen, die sie dorthin führten.

»Misa …«, setzte Kalen an.

»Wir werden auch nicht über damals sprechen.« Sie hatte einfach kein Interesse mehr daran. »Die Mission, die Rückkehr. Ende. Darüber hinaus hast du nichts von mir zu erwarten.«

»In Ordnung.« Er wirkte nicht zufrieden, akzeptierte es aber mit einem neutralen Nicken. »Keine Hierarchie zwischen dir und mir. Was den Rest des Teams angeht, bin ich der Commander. Die übrigen Spezifikationen befinden sich in der dir soeben übertragenen Datei. Das Militär weiß, dass du zugesagt hast.«

Sie verstand, dass es schnell gehen musste. Während sie hier sprachen, wurden die Klone längst vorbereitet. Das Schiff war am Ziel. Die Übertragung sollte zügig erfolgen, schließlich ging es um eine ganze Kolonie. »Also, fliegen wir zu ZENTRUM?«

»Noch nicht«, erwiderte er. »Das Militär kontaktiert die anderen und setzt sie ins Bild. Wir werden zuvor jedoch jemanden aufsuchen, der sich mit der Hale-Verschwörung auskennt. Die Admiralin hat mir geheimes Material zugänglich gemacht.«

Misa ahnte bereits, worum es ging. Was in den Jahren geschehen war, bevor die Admiralität von Hales Netzwerk erfahren und es ausgehoben hatte, wusste niemand. Doch wie alles herausgekommen war, war längst der Stoff zahlreicher Dokumentationen, Bücher und Holovids. Und damit auch die Namen der Beteiligten.

»Niemand weiß, wo sie leben«, sagte sie. »Einmal habe ich für einen Auftrag mit ihnen sprechen wollen, aber keine

Chance. Die wissen, was sie tun. Außerdem war sie eine Sec-Spec.« Es hatte etwas von beruflicher Ehre, dass Misa ab einem gewissen Punkt nicht weitergesucht hatte.

»Die Admiralität hat mir Koordinaten übermittelt, an denen ich sie treffen kann«, erklärte Kalen. »Du bist ebenfalls eingeladen. Kein MindStream, keine Klone. Die beiden leben zurückgezogen auf dem afrikanischen Kontinent.«

Die Namen Liam Mikaelsson und Kendra Meisner waren legendär. Nach den Ereignissen um die Hale-Verschwörung hatte die Admiralität Interspace-Spezialeinheiten gegründet. Kalen und Misa waren Teil von Interspace-Two gewesen. Es war Mikaelssons und Meisners Vermächtnis.

Misa steckte die Waffe wieder ins Holster, streifte Schuhe und Mantel über. »Nach dir.«

Kalen erhob sich.

7

KALEN MCKENON

Flüge gehörten zu jenen Dingen, die hauptsächlich das Militär durchführte. Es gab noch ein oder zwei Fluglinien für bestimmte Strecken, doch die wurden eher von Personen genutzt, die aus medizinischen oder genetischen Gründen nicht mindStreamen konnten.

Wer setzte sich schon gern über Stunden in einen Stratosphärengleiter, wenn er auf einer Fitnessliege Platz nehmen konnte? Der Geist wurde übertragen oder gestreamt und der Primärkörper währenddessen fit gemacht. Und das lediglich auf eine maßvolle Art, die den Verschleiß minimierte.

Es gab erste Überlegungen, bei neuen Himmelskratzern weder Aufzug noch Treppen einzubauen. Man konnte als Außenstehender einfach einen bereitstehenden Klon nutzen, sich hineinladen und essen gehen. Besucher konnten das ebenfalls so handhaben.

Kalen fragte sich, wann der erste Superreiche die Überlegung anstellte, dass Körper nicht mehr benötigt wurden. Es gab längst virtuelle Boxen, die für bestimmte Strafen oder Verhöre genutzt wurden. Wieso den Körper nicht einfach ablegen und als reine geistige Entität beliebig zwischen Körpern wechseln?

Was war die Primäridentität dann?

Er schüttelte den Kopf ob dieser zutiefst philosophischen Frage, die ihm gar nicht ähnlich sah. Er schob es auf das Wiedersehen mit Misa.

Irgendwie hatte ein kleiner Teil von ihm gehofft, dass sie den alten Schmerz verarbeitet hätte und ihm offener gegenübertreten würde. Ein Trugschluss. In seinem Innersten hatte sich wieder jener vertraute Klumpen gebildet, der ihn seit damals begleitete.

Der Stratosphärenjet ging tiefer und landete schließlich auf einer Bahn, die zwischen den vertrauten Glas-Stahl-Konstruktionen einer Militärbasis lag. Ringsum herrschte dichte Vegetation.

Afrika, der grüne Kontinent. Symbol für ein herumgerissenes Ruder, das ebenso zur Auslöschung der Menschheit hätte führen können. Zahlreiche Generationen und Terraforming später war dieser Kontinent die Lunge der Welt.

Dass Liam Mikaelsson und Kendra Meisner sich hier niedergelassen hatten, wunderte ihn nicht. Hier lebte es sich ausgezeichnet.

Ein Gleiter stand bereit und brachte sie automatisiert zu den Zielkoordinaten. Eine kleine Lichtung innerhalb eines Waldstücks. Die exakten Koordinaten waren ihnen nicht genannt worden, und das Cockpit blieb verdunkelt. Auf diese Art sollten das exakte Zielland und die -stadt verborgen bleiben. Fast erinnerte es Kalen an daheim, sah man davon ab, dass die Art der Vegetation diesen Breitengraden angepasst war.

Sie wurden bereits von einem hochgewachsenen Mann erwartet. Er besaß ein offenes Gesicht, dichtes blondes Haar und von der Sonne gebräunte Haut. Der Vollbart war gepflegt. Die gerade Haltung trug eine Spur des Militärs in sich, die er wohl nie abgelegt hatte.

»Liam Mikaelsson?«, fragte Kalen.

»Willkommen.« Er schüttelte zuerst Misa, dann ihm die Hand. »Kommen Sie.«

Er trat zwischen die Bäume, und erst jetzt erkannte Kalen dort einen schmalen Pfad, der über feuchte Erde, vorbei an dichtem Gestrüpp und Bäumen führte. Nach einigen Minuten erreichten sie ein Gutshaus, das er in dieser Form eher in Montana, jedoch nicht hier erwartet hätte.

»Kendra hatte noch mit einer Reparatur zu tun, wird aber gleich zu uns stoßen.«

Er bat sie ins Wohnzimmer, wo sie sich vor einer transparenten Wand niederließen. Sie bot den Blick auf einen kleinen Fluss, der sich hinter dem Haus fröhlich entlangschlängelte.

Ein Hausbot brachte fruchtige Getränke, und kurz darauf traf Kendra Meisner ein. Sie wischte sich die Hände an einem Lappen ab und begrüßte sie herzlich.

»Ich musste mich um einen der Saatbots kümmern«, berichtete sie. »Admiralin Jäger hat uns mit ihrer Anfrage überrascht. Wir wurden mehrfach zu den Ereignissen befragt.«

»Wir hatten gehofft, Sie könnten noch etwas ergänzen«, erklärte Kalen. »Das Hale-Netzwerk hat damals alle fassungslos zurückgelassen, und die Perfidität, mit der Sie in einer Endlosschleife gehalten wurden, hat es mit einem Knall offenbart.«

»Knall trifft es ganz gut«, sagte Mikaelsson, und Kalen bemerkte den Schleier, der sich über seinen Blick legte. »Wir sind auf einem Raumschiff erwacht, das eine Bruchlandung hingelegt hatte. Allerdings nicht auf unserem Zielplaneten. Wir fanden Tote, hatten eine Bombe an Bord, und am Ende stellte sich heraus, dass frühere Klone von uns damit Hales Plan verhindern wollten. Er lud uns ständig neu aus dem Speicher, wenn eine Crew versagt hatte. Unterschiedliche Konstellationen.«

Der Gedanke ließ Kalen erschauern und zeigte erneut die Gefahren der Kloning-Technologie auf. »Am Ende haben Sie es aber geschafft und dabei auch mit Hale gesprochen.«

»Es ging um die Bergung eines Monoliths, der mit Klangcodierung arbeitete und in dem Engramme gespeichert waren«, sagte Mikaelsson. »Die Bewusstseinsinhalte einer kriegerischen, längst ausgestorbenen Spezies. Hale hatte sich darin verbissen, diese Technologie in seinen Besitz zu bekommen. Dafür hat er aus genetischen Hinterlassenschaften einen Klon erzeugt, den er mit seinem Bewusstsein beleben und dann die Informationen aufnehmen wollte. Es scheiterte.«

Kendra Meisner atmete schwer aus. »Hale vertritt die Meinung von der absoluten Stärke. Er wollte mit der Technologie seine Macht zementieren. Sie haben die Charakterstudien und seine Abhandlung der frühen Jahre sicher studiert. Vielfalt ist ihm verhasst, er propagiert sogar die Unterwerfung der übrigen Nationen, um Terra kontrollieren zu können.«

Kalen hatte die abstrusen Manifeste gelesen. Hale war außerdem davon überzeugt, dass früher oder später ein Aggressor von außen auftauchen würde. Hierfür sollte die Terra gewappnet sein. Diese Bedenken konnte Kalen nachvollziehen. Doch Hales Ziel war es weiterhin gewesen, alle Kolonien zu militärischen Außenposten umzubauen sowie eine diktatorische Regierung zu installieren. Von seinen Ideen zur Genetik wollte Kalen gar nicht erst anfangen.

»Sein Netzwerk besteht zwar primär aus ehemaligen Militärs«, sagte Mikaelsson, »eigentlich sind es aber Jünger. Hale ist eine Art Sektenanführer. Bedenken Sie das. Es geht bei einer Auseinandersetzung nie um Logik. Sie sind ihrem ›Meister‹ vollkommen ergeben. Und behalten Sie stets im Blick, dass er Ex-Admiral ist und seine Getreuen jahrzehntelang die Admiralität unterwandert haben.«

»Was wollen Sie damit sagen?«, fragte Misa.

Mikaelsson lächelte bitter. »Das war eine ganz besondere Überraschung, die bereits in den Bauplänen verborgen war.«

8

»Ein Zwischendeck, das nicht verzeichnet war?«, echote Kalen.

Misas Augen weiteten sich. Als SecSpec musste sie das in tiefster Seele schmerzen. »Die haben Ihnen ein Schiff gegeben mit einem komplett geheimen Deck?«

Dieser Teil war nicht öffentlich bekannt geworden.

»Das macht wohl deutlich, welchen Einfluss Admiral Hale damals besaß«, sagte Mikaelsson. »Ich gehe davon aus, dass es selbst heute noch Sympathisanten gibt, auch wenn Admiralin Jäger ordentlich aufgeräumt hat. Untersuchen Sie Ihr Schiff gründlich bei Missionsstart.«

Kalen ging davon aus, dass Misa Drohnen ausschicken würde, um jeden Wartungsschacht zu kartografieren.

»Arbeiten Sie bei Hale und seinen Leuten stets mit der Annahme, dass es einen Plan hinter dem Plan gibt«, merkte Kendra Meisner an. »Auf den ersten Blick mögen Dinge offensichtlich erscheinen, aber diese Gruppe plant bereits seit langer Zeit. Wenn auf dieser Kolonie etwas passiert ist – und Hales Mann vor Ort damit zu tun hat –, kann alles dahinterstecken.«

Ebenso gut war es natürlich möglich, dass die zwei Dinge nichts miteinander zu tun hatten. Sheft entzog sich der Verfolgung, erreichte die Kolonie in einem Stasetank und tauchte dort unter. Dann geschah etwas, das eine Katastrophe auslöste. Der zeitliche Zusammenfall zwischen der Entdeckung des

Mannes und dem Abbruch der Kommunikation konnte Zufall sein.

Es mochte unwahrscheinlich sein, war aber möglich.

»Ich glaube, darüber hinaus können wir Ihnen nicht viel helfen.« Mikaelsson wirkte unglücklich bei diesen Worten. »Wir beide sind nach dem Vorfall aus dem aktiven Dienst ausgeschieden, und das gilt auch für den Rest unseres damaligen Teams.«

»Verständlich.« Kalen nippte an seinem Cocktail und genoss den fruchtigen Nachgang, obgleich er die Frucht nicht zuordnen konnte. »Bei über hundert Jahren Dauereinsatz haben Sie sich das verdient.«

»Es ist seltsam«, sagte Mikaelsson sinnierend, »was so ein Erlebnis mit einem macht. Es führt vor Augen, wie anfällig der Geist für Manipulation ist; wie bedeutsam die Verbindung zwischen unserer physischen und psychischen Existenz. Wenn der Körper jederzeit ausgetauscht und Engramme angepasst werden können, gibt es dann überhaupt einen unveränderbaren Teil des Ichs?«

Die beiden mussten schon häufig über das Thema gesprochen haben, denn seine Frau – und die Ringmarkierungen deuteten darauf hin, dass sie verheiratet waren – ergriff seine Hand und drückte sie.

»Ich wollte keine alten Wunden aufreißen«, beeilte sich Kalen zu versichern.

»Es geht uns nur darum, bestmöglich vorbereitet zu sein«, ergänzte Misa.

»Das ist absolut verständlich.« Mikaelsson deutete mit einem Lächeln an, dass er gern half. »Mit den Erlebnissen haben wir abgeschlossen, aber die Spuren davon kann man wohl nie gänzlich abstreifen. Es ist seltsam, nicht wahr? Das Ganze liegt zweiundvierzig Jahre zurück. Trotzdem treffen wir noch heute einmal im Jahr unser altes Team und sprechen über das, was passiert ist.«

»Sie haben Sie heil zurückgebracht«, sagte Misa.

Kalen wusste nicht, ob es ein absichtlicher Stich in seine Richtung war, aber es fühlte sich so an.

»Ich denke da anders«, entgegnete Mikaelsson. »Wir haben das gemeinsam geschafft. Erfolg oder Misserfolg liegt doch in einem solchen Einsatz immer bei allen. Vielleicht ein wenig mehr beim Commander, aber grundsätzlich …«

Kalen wusste, dass Misa da anderer Meinung war. Und es stimmte. Das damalige Scheitern ihres Teams ging auf seine Kappe, da machte er sich nichts vor.

»Wann brechen Sie auf?«, fragte Mikaelsson.

»Von hier aus geht es auf direktem Weg zu ZENTRUM. Die Übertragung soll noch heute stattfinden«, erwiderte Kalen. »Da der Kontakt zu einer ganzen Kolonie abgebrochen ist, gibt es politischen Druck.«

Das war zweifellos der Grund dafür, dass Admiralin Jäger all diese Zugeständnisse hatte machen können. Was auch immer dort geschehen war, stellte für ihn und sein Team einen Glücksfall dar.

»Dann bleibt uns wohl nur, Ihnen eine gute Reise zu wünschen.« Kendra Meisner leerte mit einem Zug ihr Glas. »Wenn man so weit gereist ist wie wir, ist der Erhalt des eigenen Zuhauses das Kostbarste. Aber mir ist durchaus klar, dass die Arbeit der Interspace-Teams das erst möglich macht. Terra platzt aus allen Nähten.«

Mikaelsson verzog abschätzig das Gesicht. »Ich habe gehört, dass einige Regierungen aufgrund von Platzmangel darüber nachdenken, Social Scorings einzuführen. Niedrigere Scores sollen ihre Existenz in virtuelle Realitäten verlegen, die Körper werden geiced. Der menschliche Leib verbraucht dann gar nichts mehr; weder Platz noch Ressourcen.«

Die Überbevölkerung hatte in manchen Ländern mittlerweile beängstigende Ausmaße angenommen. Bisher tat die

Politik sich schwer damit, eine Lösung zu finden. Ein Großteil der Menschen wollte sich nicht zu unterentwickelten Kolonien ausschiffen lassen oder die Existenz ausschließlich in den virtuellen Raum verlegen.

Doch es gab eben erste Länder, in denen Körperlichkeit zum Privileg wurde.

Kalen betrachtete versonnen die Rückstände der violetten Frucht in seinem Glas. Ja, er gehörte zu den Privilegierten, die in einem Land mit freier Fläche und guten Lebensbedingungen aufgewachsen waren. Doch während die Amerikanische Union, die Europäische Allianz und die Arktische Allianz mittlerweile eine feste Symbiose durch einen Handelsbund und ein Verteidigungsbündnis eingegangen waren, sah es im Rest der Welt turbulenter aus.

Misa erhob sich, und das war auch das Zeichen für ihn.

»Ich danke Ihnen beiden für das freundliche Willkommen und die Informationen«, sagte Kalen.

»Melden Sie sich doch gerne nach Ihrer Rückkehr«, bat Mikaelsson. »Es würde uns interessieren, wie diese Sache ausgegangen ist.«

»Das werden wir«, versprach Misa. »Wir gehen dieser Sache auf den Grund.«

Sie verabschiedeten sich und verließen das Anwesen. Der Weg zum Gleiter war nun bekannt, doch Kalen erhaschte einen Blick auf zwei Camouflage-Drohnen zwischen den Bäumen. Eines stand fest: Liam Mikaelsson und Kendra Meisner legten ein gehöriges Maß an Sicherheitsbedenken an den Tag. Falls Hales Netzwerk tatsächlich so weit reichte, war das sogar angebracht.

»Sollten wir beunruhigt sein?«, murmelte Kalen.

Misa erwiderte seinen Blick für eine Sekunde. »Absolut.«

Sie stiegen in ihren Gleiter und rasten in Richtung ZENTRUM.

9

MISA WEB

Der eigentliche Machtbereich von ZENTRUM war eine gewaltige Kugel aus Glas und Metall im Dreiländereck von Deutschland, Schweiz und Frankreich. Umgeben war das Hauptgebäude von mehreren ringförmigen Arealen, die vollgestopft waren mit sekundären und tertiären Verwaltungsgebäuden und Abwehranlagen.

Es gab insgesamt drei Fusionsreaktoren, die den gewaltigen Energiebedarf für die Interspace-Pointer lieferten. Bewusstseinsinhalte über die Entfernung von Hunderten Lichtjahren zu übertragen, kostete enorme Ressourcen.

Während der Gleiter langsam im Leitstrahl tiefer ging und von zahlreichen Sensoren abgetastet wurde, nahm Misa den Anblick in sich auf. Damals war dieser Ort für sie das Sinnbild von Erhabenheit gewesen, einer idealisierten Zukunft.

Heute sah sie nur noch ein Knäuel aus Bürokratie und politischer Einflussnahme, getrieben von öffentlichen Umfragen und reißerischen Schlagzeilen. Eine berufliche Existenz war nichts wert, jede Person austauschbar.

Sie schalt sich selbst für ihre Verbitterung. Es waren die Narben, die unzählige Befragungen hinterlassen hatten. An einige der Berichte von sogenannten Fachleuten war sie später herangekommen. Was darin stand hatte ihr Blut zum Kochen gebracht.

»Du siehst aus, als würdest du gleich vor Wut aus dem Gleiter springen und ganz ZENTRUM einreißen.« Kalens Blick wirkte emotionslos.

Früher war das nicht so gewesen. Er hatte seine Emotionen stets für alle sichtbar getragen, meist ein Lächeln. Heute war er ein verbittertes Abbild seines damaligen Selbst.

»Du siehst dafür aus, als hättest du dich in einen Klon ohne Emotionen geladen«, gab Misa zurück. »Wo ist deine Wut?«

»Der Fehler lag bei mir.«

»Stimmt.« Selbst bei diesem Eingeständnis wurde sie wütend. »Aber sie hätten dir trotzdem den Rücken frei halten müssen. Und uns.«

Damit war alles gesagt.

Sie wusste, dass die anderen nicht so nachtragend waren wie sie.

Der Gleiter setzte auf, die Landeklammern schlossen sich, und das Schott glitt zur Seite. Genug der Gedanken an damals, das hier war wichtiger.

Vor dem Ausstieg warteten bereits zwei Wachen in dunkelblauer Montur. Zweifellos aufgerüstet und bis an die Zähne bewaffnet. Der Hangar war angefüllt von Technikern und Ingenieuren, über ihnen schloss sich die Landeluke im Dach. Es gab vier Gleiterbuchten, wovon jedoch drei leer waren. Die beiden Wachen führten sie zu einem Magnetgleiter, der Sekunden später durch unterirdische Tunnel raste. Im Inneren war von den 600 km/h nichts zu merken. Die Fahrt währte nur Minuten und endete in einem Tiefgeschoss der zentralen Kugel. Das blauweiße Licht schien aus den Wänden zu fließen und erzeugte das Gefühl, sich im Tageslicht zu bewegen.

Hinter einer transparenten Tür erwartete Misa ein Konferenzraum.

Sie waren alle gekommen.

Lisa Otth, die deutsche IT-SecSpec und Spezialistin für Datenströme und Engramm-Übertragungen. Sie hielt sich aufrecht, besaß weiche Gesichtszüge und müde Augen. Das Haar hatte sie abrasiert, eine Tätowierung zierte ihre Glatze; ein undefinierbares Symbol, in dem Misa Einsen und Nullen erkannte.

Neben ihr stand Yuma Kikiac. Der Inuk war Xeno-Anthropologe und gehörte zur ehemals verfeindeten Arktischen Hegemonie, die sich umbenannt hatte. Seine Augen begrüßten sie mit einem sanften Blick der Freude.

Die Letzte im Bunde war MedSpec Amy Crest. Sie kam direkt aus London, wo sie nach ihrem Ausscheiden aus dem Explorationskorps eine Privatpraxis für fehlerhafte Engramm-Implantationen eröffnet hatte. Sie war beruflich erfolgreich, doch Misa wusste, dass ihr Ego Ruhe nicht zuließ. Amy wollte hinaus in die Kolonien, um dort neue Viren zu finden, die Auswirkungen von Engramm-Technologie zu studieren und schließlich durch Entdeckung eines Heilmittels ihren Namen unsterblich zu machen.

Die Begrüßung fiel überraschend herzlich aus, obgleich sie sich Jahre nicht mehr gesehen hatten. Misa war die Einzige, die – durch ihre Expertise in der Lage dazu – das Team im Blick behalten hatte.

Admiralin Jäger betrat hinter ihnen den Raum, blickte in die Runde und nickte zufrieden. »Dann sind wir vollzählig. Bitte nehmen Sie alle Platz, Sie erhalten eine Einweisung von mir.«

Misa setzte sich zwischen Kalen und die Admiralin, um ihren Stand zu verdeutlichen. Jeder hier musste wissen, dass sie nicht Kalens Stellvertreterin war.

»Jede hier anwesende Person weiß in den Grundzügen, worum es geht, und hat das Angebot angenommen«, begann die Admiralin. »Das Team wird von einer Doppelspitze aus Kalen McKenon und Misa Web geleitet. Sie alle haben Ihre ursprünglichen Positionen der alten Interspace-2-Struktur wieder eingenommen.« Jäger berührte eine Stelle auf der weißen Tischplatte, deren Funktion nur sie ausmachen konnte, und aus Projektionslinsen in Decke und Tisch wurde eine Holografie erzeugt. »Dies ist Gliese 667. Ein Planetensystem dreiundzwanzig Lichtjahre von Terra entfernt. Es ist ein Dreifach-Sternensystem. Gliese 667 A und B gehören der Spektralklasse K an, Gliese C ist ein Roter Zwerg der Spektralklasse M.«

Misa konnte sehen, dass Yuma interessiert die eingeblendeten Details betrachtete. Vermutlich machte er sich als Xeno-Anthropologe bereits Gedanken über Flora und Fauna, die in entsprechenden Umgebungen zu finden waren.

»Die besagte Kolonie, um die es geht, ist Gliese 667 Cc«, sprach Admiralin Jäger weiter. »Der Planet ist Teil der habitablen Zone, hat die vierfache Erdmasse und umkreist in achtundzwanzig Tagen seinen Stern. Die Kolonie wurde vor sechzig Jahren gegründet, als ein Explorerschiff eintraf. Heute trägt sie den Namen *Red Pearl*. Da lediglich ein Basisterraforming notwendig war, kam es zu einem soliden Wachstum von Flora und Fauna, die Wirtschaft konnte nach zwanzig Jahren aus sich selbst heraus bestehen, und die Bevölkerung wuchs. Vor fünfzehn Jahren wurde die wirtschaftliche Autarkie erreicht, doch der Rat der Kolonie verzichtete auf eine Lossagung von der Erde.«

Misa hatte sich im Zuge ihres Einsatzes für Interspace-2 auch mit der Geschichte der jeweiligen Einsatzgebiete – also Kolonien – beschäftigt. Jene, die sich zu früh von Terra lossagten, gingen oft geradezu in den Untergang. Es mochte Autarkie und eigene Gesetzgebung bedeuten, doch für Handelsgüter fielen andere Zölle an, bei internen Streitigkeiten oder Umstürzen war das obendrein nicht mehr Sache der terranischen Welten. Es existierte kein Schutz.

Mittlerweile gab es verschiedene Phasen der Autarkie, die eine Kolonie einnehmen konnte.

»Also gute Beziehungen?«, fragte Kalen.

Admiralin Jäger wiegte den Kopf hin und her. »Größtenteils. Die Kolonisten stammen aus Teilen der Arktischen Allianz, der Europäischen Allianz und der Amerikanischen Union.«

»Illegale Interspace-Übertragungen?«, fragte Misa.

»Nicht dass wir wüssten.« Die Admiralin wandte sich ihr zu. »Der Sicherheitsdienst hat keinen Black-Pointer gefunden, aber wir wissen, dass das nichts heißen muss.«

Allzu oft gelang es Spionen aus verfeindeten Nationen, Schläfer einzuschleusen. War eine Kolonie ausreichend gewachsen, errichteten sie einen geheimen Interspace-Pointer.

Misa schwieg, obgleich ihr vollkommen klar war, dass eine Unauffindbarkeit eines Black-Pointers nicht zwangsläufig bedeutete, dass tatsächlich keiner vorhanden war.

10

»Was erwartet uns vor Ort?«, fragte Misa. »Gibt es irgendwelche Hinweise?«

»Außer der Tatsache, dass der Kontakt abgebrochen ist?« Admiralin Jäger schüttelte den Kopf. »Wenige Stunden zuvor war alles in Ordnung, dann kam der Abbruch. Wir übertrugen die Engramme, doch der Virus im System des Schiffs zersetzte sie.«

Misa betrachtete nacheinander ihre alten Gefährten. »Aber wir sind nachweislich sicher?«

»Was die Übertragung angeht, ja.« Die Admiralin projizierte die Ping-Daten eines Interspace-Pointers. »Wir haben eine stabile Verbindung, es gibt keine Interferenzen. Das Ziel erweist sich auch als korrekt, das Schiff wurde nicht umgeleitet oder Daten korrumpiert. Was immer geschieht, ist ein Problem der Oberfläche. Der Virus innerhalb der Schiffssysteme bezieht sich nur auf Engramme.«

Misa nickte zufrieden.

»Wir werden also permanent Kontakt mit Ihnen halten können.« Auch Kalen wirkte beruhigt. »Die Grundparameter sind: Reinigung der Schiffssysteme, worauf weitere Crewmitglieder übertragen werden können. Außerdem Erkundung der Oberfläche. Was immer dort geschehen ist, wir finden es heraus.«

Die Admiralin verschränkte die Finger ineinander. »Das

fasst es zusammen. Prinzipiell haben Sie Ihren Auftrag damit erfüllt.«

Es war für Misa noch immer schwer zu fassen, doch sie hatte die Dokumente selbst gesehen und geprüft. In dem Augenblick, in dem ihr Engramm übertragen wurde, hatte sie alle Anforderungen erfüllt. Sie würde bereits bei ihrer Ankunft bei Gliese 667 Cc – Red Pearl – rehabilitiert sein. Was dort geschah, hatte keinen weiteren Einfluss darauf.

»Die Klone an Bord wurden nach Ihren hinterlegten Vorgaben angepasst, dank Beschleunigern konnte Ihr jeweiliges individuelles Profil übernommen werden«, erklärte die Admiralin. »Die physische Charakteristik ist der Kolonie angepasst. Dort herrschen eine leicht höhere Schwerkraft, ein anderes Sauerstoff-Stickstoff-Verhältnis und weitere Besonderheiten. Sie finden alles in Ihrem Missionsbriefing.« Damit erhob sie sich. »Nehmen Sie sich noch ein paar Minuten Zeit, dann erwarte ich Sie beim Interspace-Pointer.«

Die Türen teilten sich lautlos, als sie den Raum verließ. Hinter ihr fügten sie sich wieder zusammen.

»Es ist schön, euch zu sehen«, sagte Kalen.

Die anderen lächelten, im Fall von Yuma warm und freundlich, bei Lisa eher distanziert, bei Amy kam es mit einer Prise huldvoller Erhabenheit. Sie alle hatten die Ereignisse der Vergangenheit mehr oder weniger abgehakt. Ob das im aktiven Einsatz so blieb, würde sich zeigen.

»Es gibt noch einen Punkt, den ich ansprechen muss«, sagte Kalen. »Ein weiteres Engramm wird mit uns gemeinsam übertragen.«

Das hörte Misa zum ersten Mal. »Spezialist für?«

Er schüttelte den Kopf. »Es ist meine Tochter.«

»Bitte was?« Beinahe wäre sie aufgesprungen. »Das ist ein Scherz.«

»Keinesfalls.«

Kalen berichtete vom Abdriften seiner Tochter zu immer problematischeren Kloning-Events, wie es im VRNet genannt wurde. Inklusive Drogentrip, Tötungsnachstellungen und mehr. Misa wusste, dass unter dem Begriff »Dark Kloning« zahlreiche Untergliederungen in übelste Erfahrungen mündeten. Ihr selbst hatte sich der Magen umgedreht, als sie ein paar der Darstellungen aus dem Subgenre »Dark Romance« geprüft hatte.

»Das tut mir aufrichtig leid, Kalen.« Sie meinte jedes Wort ernst. »Aber was glaubst du, wird ein Einsatz auf einer anderen Welt deiner Tochter vermitteln?«

»Dass es da draußen ein echtes Leben gibt«, erwiderte er. »Echte Menschen und Erfahrungen. Was auch immer auf Red Pearl geschehen ist. Uns ist allen klar, dass es nichts Gutes sein wird.«

Ausgerechnet jene Person, von der Misa sich Unterstützung und Gegenargumente erhofft hatte, nickte. »Schocktherapie kann sich auf Engramm-Strukturen auswirken«, bestätigte MedSpec Amy Crest. »Es wird sie auf jeden Fall durchbrechen und ein adaptives Verhalten auslösen. Ob sich das langfristig positiv oder negativ auswirkt, sei dahingestellt.«

»Es ist meine letzte Chance, sie aus dem Sumpf zu ziehen«, erklärte Kalen. »Falls wir mit Gefahrenpotenzial konfrontiert werden, bleibt sie an Bord.«

Es war kaum zu fassen, dass diese Mission so begann. Und vollkommen klar, weshalb Kalen dies erst jetzt kommunizierte. Zuvor hätte sie sich ihm vehement in den Weg gestellt. Für Schocktherapien konnte man auch eine virtuelle Umgebung aufbauen. Zugegeben, das war das Gegenteil seines Ziels, die Tochter aus dem Sumpf des VRNet in die reale Welt zu ziehen. Ein anderer Planet war jedoch ein wenig extrem.

»Sie unterliegt deiner Verantwortung.« Misa blieb kaum eine Wahl, sie musste die Situation an diesem Punkt akzeptieren. Die Admiralität hatte das offensichtlich getan. »Aber ich werde mich nicht um einen bockigen Teenager kümmern.«

»Meine Verantwortung«, bestätigte Kalen. »Und vergessen wir nicht, dass unsere Original-Engramme hier sicher verwahrt sind.«

Misa lag ein »Das dachten wir schon einmal« auf der Zunge, sie schluckte es jedoch herunter. Das wäre tatsächlich nicht fair gewesen. »Legen wir also los.«

Kalen verließ mit Amy an seiner Seite den Raum, beide in ein Gespräch vertieft.

»Ich hätte nicht gedacht, dich heute wiederzusehen.« Yuma schritt neben ihr in Richtung Interspace-Pointer.

»Das Angebot war zu gut.«

»Deine Wut lodert in dir wie eine ewige Flamme. Möge sie dich nicht verzehren, alte Freundin.« Damit ließ er sie hinter sich.

Misa schloss für einen Moment die Augen. Wie hatte es so weit kommen können, dass plötzlich sie die Außenseiterin war? Blickte sie zu skeptisch auf die damaligen Ereignisse zurück? Hätte sie mit dem Schmerz längst abschließen müssen? Allerdings war sie es auch gewesen, die das meiste an jenem Tag verloren hatte.

Ein Gedanke für einen anderen Zeitpunkt. Einen, den sie mit einem vollen Konto und rehabilitiert in ihrem Penthouse beim Trinken verbringen würde. Und einem anschließenden Spaziergang über den Friedhof.

Sie schluckte den Kloß im Hals herunter, schüttelte den Kopf und betrat als Letzte den Interspace-Pointer. Die Tanks waren bereits vorbereitet. Misa stieg in den ihr zugewiesenen.

Vermutlich wurden sie am Zielort von einer roten Warnleuchte begrüßt, da ging sie jede Wette ein. Für Notfälle waren sie wenigstens ausgebildet.

Der Tank schloss sich, die Verbindung zum Interspace-Port in ihrem Nacken wurde hergestellt.

Es ging los.

11

KALEN MCKENON

Sein Bewusstsein wirbelte durch einen Mahlstrom aus Farben. Die Engramm-Übertragung benötigte in der Gegenwart nur noch wenige Minuten. Bei Nutzung des alten Codecs jedoch deutlich länger, inklusive der bemerkbaren psychedelischen Effekte.

Doch schließlich spürte er seinen Zielkörper.

Die Vitalisierung war bereits beendet, und er schlug die Augen auf. Reflexartig richtete sich Kalens Blick auf die Anzeigen. Alle standen auf Grün, keine Problematik vorhanden. Sein Klonkörper war voll funktionsfähig. Er stieg aus dem Tank und aktivierte die Hologrammfunktion. Winzige Kameras erfassten seinen Körper und projizierten ein Spiegelbild in den Raum.

Er besaß sein typisches Antlitz. Braunes Haar, einen Körper im äußerlichen Zustand von Ende vierzig und breite Schultern. Er schlüpfte in die multifunktionelle Hose aus schwarzen Spezialpolymeren und streifte die Jacke über. Der Transponder war dem Klon bereits injiziert, auf seinem linken Handrücken klebte der SmartCom. Okularlinsen, die chirurgisch ins Auge gesetzt worden waren, mussten nicht mehr wie früher wie Kontaktlinsen eingesetzt werden. Gerade in Kampfgebieten verhinderte dies eine mögliche Problematik, wenn sie herausfielen oder von Feinden herausgenommen wurden.

Seine MemoryZellen gingen online. Sein Unterbewusstsein

begann damit, die Schiffsfunktionen ins Bewusstsein zu integrieren.

Er ließ sich von der Kabinensteuerung die Daten des MedCore übertragen. In seinem Gesichtsfeld erschienen Namen mit grünen Symbolen. Das gesamte Team war wohlbehalten aufgetaucht.

Kalen trat an den zweiten Klontank in seiner Kabine und aktivierte die Weckfunktion.

Trisha blinzelte, gähnte und schlug die Augen auf. Im nächsten Augenblick erschien ein Ausdruck der Wut auf ihrem Gesicht. Ihr musste in diesem Moment klar geworden sein, dass der Drogentrip nicht stattgefunden hatte. Erst mit dem zweiten Gedanken setzte sich die Erkenntnis durch, dass das hier nicht ihr Bett, nicht das heimische Zimmer war. »W-was?« Trisha kam langsam in die Höhe.

»Atme tief durch und hör mir zu«, sagte Kalen bewusst ohne jede Emotion. »Der Dealer, der dich in einen Klon geladen hat, um dich für den Rest deines Lebens in ein drogenabhängiges Wrack zu verwandeln, wurde geeist. Ich habe den gesamten Ring hochnehmen und die Jugendlichen zurückübertragen lassen. Offensichtlich ist es dir wichtiger, dein Leben zu zerstören, als dich mit den echten Problemen des Erwachsenwerdens auseinanderzusetzen. Ich habe es mit Verständnis versucht. Damit, dir Freiheiten zu lassen. Stattdessen bist du immer tiefer abgerutscht. Betrachte das hier als letzte Intervention.«

Es fiel Kalen schwer, so neutral zu sprechen. So distanziert zu sein. Obwohl er Trisha doch eigentlich in eine Umarmung ziehen wollte. Beim letzten Mal hatte sie mit ihm geweint und versichert, dass sie nie wieder etwas tun würde, was das eigene Leben gefährdet. Am nächsten Tag hatte sie sich in der VR eingeloggt, um den Drogentrip vorzubereiten. Sie log. Eine Erkenntnis, die ihn erschüttert hatte.

»Du befindest dich auf einem Raumschiff im Orbit einer Kolonie«, sprach er weiter. »Der Klon wurde auf dich individualisiert, allerdings ohne militärische Erweiterungen. Du wolltest an die Grenzen gehen, jetzt kannst du es tun. Im echten Leben, mit Gefühlen, die nicht hin und her gepegelt werden.«

»Dazu hattest du kein Recht!«, brüllte Trisha.

Sie sprang aus dem Tank, strauchelte und stürzte. Kalen wollte sich zu ihr hinabbeugen, hielt sich aber im letzten Augenblick zurück. Wenn sie fiel, musste sie lernen, allein wieder aufzustehen. Sein Innerstes fühlte sich an wie eine schwelende Wunde, doch er verbot sich Emotionen. Das hier war die letzte Chance.

Trisha rappelte sich auf. »Ich möchte nach Hause zurück. Sofort!«

»Nein«, erklärte er. »Die Admiralität hat dich für diese Mission in den niedrigsten Rang innerhalb des Explorationskommandos eingestuft. Du wirst hier an Bord jedem Spezialisten zur Hand gehen, der etwas benötigt.«

»Das ist Sklaverei!«

»Du wirst fürstlich dafür bezahlt, auch wenn Geld für dich bald sowieso keine Rolle mehr spielt«, entgegnete er.

»Ich hasse dich.«

»Schon klar.«

»Du bist schuld an Moms Tod!«

Der Stich saß, war allerdings bereits so oft geführt worden, dass der Schmerz nur noch ein dumpfer Schatten war. »Red dir ein, was immer du willst.«

Trisha ballte die Fäuste. Er hätte ihren Transponder auslesen können, um Puls, Atmung und Herzschlag zu erfassen. Kalen hatte jedoch entschieden, dass er dies nicht tun würde. Falls der MedCore sich meldete, war das etwas anderes. Doch solange keine Lebensgefahr vorlag, wollte er Trisha hier nicht behandeln wie seine Tochter. Sie bekam Pflichten des Bordalltags zugewiesen, hatte aber auch alle damit einhergehenden Rechte.

Zudem würde Admiralin Jäger von ZENTRUM aus immer wieder auf Trisha blicken. Falls die Probleme zu groß wurden und die Mission gefährdeten, würde sie die Extraktion befehlen. »Hast du Fragen?«

»Lass uns das zu Hause weiter besprechen«, sagte sie mit überraschend echt wirkender Freundlichkeit. »Ich sehe ja ein, dass das heftig war. Zu heftig. Viel zu heftig. Wir haben doch nur uns, da sollten wir nicht streiten. Die Sache mit dem Trip war eine dumme Idee – und nicht einmal meine. Du kennst das selbst mit dem Gruppenzwang.« Sie lächelte zaghaft.

»Du hast Zugriff auf alle Datenbanken der Stufe eins«, erklärte er, um nicht einzuknicken. »Mach dich mit Umgebung und Ablauf vertraut. Ich begebe mich zur Kommandozentrale.«

So schnell die Freundlichkeit aufgetaucht war, so zügig verrauchte sie. »Ich hasse dich«, wiederholte sie.

»Zur Kenntnis genommen.«

»Ich hasse dich wirklich! Wenn ich volljährig bin, werde ich gehen und nie wieder ein Wort mit dir reden. Meine *echten* Freunde warten bereits auf mich.«

Kalen wandte sich der Tür zu. »Deine MemoryZellen enthalten auch den Lageplan deiner Kabine.«

Die Tür teilte sich auf sein Signal hin zischend. Er trat auf den Gang. Hinter ihm glitten die Hälften wieder zu.

Kalen schloss die Augen, atmete langsam ein und aus. Sein Herzschlag beruhigte sich. Er hatte Teams bei Geiselbefreiungen geleitet, havarierte Raumschiffe instandgesetzt und sich im Krieg Feinden gestellt. Trotz allem war dieses Gespräch eine seiner größten Herausforderungen gewesen. Wo kam der Hass nur her? Wann hatte seine Tochter damit begonnen, ihre

Schläue einzusetzen, um sich selbst zu zerstören und ihn zu verletzen?

Er durfte nicht länger darüber nachgrübeln. Kurz dachte er darüber nach, Admiralin Jäger um Trishas sofortige Extraktion zu bitten. Damit wäre die emotionale Herausforderung aus der Gleichung entfernt. Doch dann entschied er sich dagegen.

»Nicht aufgeben«, flüsterte er.

Es war Trishas letzte Chance.

Und seine ebenfalls.

12

Die *INTERSPACE-FOUR* entpuppte sich als hochmodernes Raumschiff für Notmissionen. Im Zentrum befand sich ein Ovoid, in dem auf mehreren Decks alle wichtigen Systeme untergebracht waren. Sowohl in der Mitte als auch am Rand gab es zahlreiche multidirektionale Lifts, die innerhalb kürzester Zeit jeden Punkt erreichen konnten.

Umgeben war dieser Bereich mit einem umlaufenden Ring. Dieser bot sowohl Drohnen für wissenschaftliche Aufklärung als auch dem Material für die Kloning-Kammern und 3D-Drucker Platz. Angeflanscht waren die Schutzschildprojektoren, Laser und Torpedomagazine.

Kalen ließ sich von einer Kabine bis zur Kommandozentrale tragen und ging gedanklich seinen Körper durch. Spezialisten für Kloning empfahlen stets, eine Meditationszeit einzubauen, wenn man einen Wechsel einleitete. Im Fall von deutlicher Änderung in Alter oder Geschlecht war das immens wichtig. Kalen hatte gelernt, diesen Ablauf in kurzen Ruhephasen durchzugehen. Die Muskeln nacheinander anspannen, Finger bewegen, ein Gefühl für frische Agilität und veränderte Muskelkraft zu erhalten.

Es zeigte ihm einmal mehr, warum er in seinem Alltag auf Klonkörperwechsel verzichtete. Nur allzu leicht wurde man süchtig danach, den immer besseren, immer jüngeren Körper zu besitzen. Glatte Haut, keine Falten, maximale Agilität. Der

Körper wurde zu einem Wegwerfprodukt. Schon jetzt bemerkte er, dass sein Nacken nicht mehr verspannt war, seine Gelenke knackten nicht, und Bewegungen fielen leichter.

Der Lift hielt mit einem Zischen und beendete Kalens Erspüren seines Körpers.

Wie auch der Maschinenraum und einige andere neuralgische Bereiche wurde die Zentrale von einem Doppelschott versiegelt. Beim Näherkommen wurde sein Transponder erkannt, und es rollte zur Seite.

Misa saß bereits hinter der Konsole der SecSpec und studierte eine Anzeige, die nur sie sehen konnte. In seinem Inneren spürte er ein Gefühl von Freude darüber, sie an seiner Seite und im alten Team zu haben, direkt gefolgt von einem Stich. Die Freundschaft von damals existierte nicht länger.

Da die Anzeige von der Konsole generiert wurde, konnte Kalen ebenfalls darauf zugreifen. Er fixierte das entsprechende Icon in seinem Gesichtsfeld, und über der Sicherheitskonsole erschien ein Hologramm.

»Die KI wurde abgeschaltet«, sprach Misa, bevor er die Daten interpretieren konnte. »Jemand hat den Kern von allen Informationen gereinigt, die zuvor über die Kolonie gesammelt wurden.«

»Wie kann eine KI deaktiviert werden?« Bisher war er davon ausgegangen, dass Schiffe entsprechende Sicherungen aufwiesen.

»Die modernen Interspace-Raumer benötigen eine KI, um alle Funktionen steuern zu können«, erklärte Misa. »Die Grundbesatzung besteht aus dreißig Personen. Damit ließe sich ein Schiff dieser Größe nicht vernünftig kommandieren und warten. Außerdem ist oftmals viele Monate niemand an Bord. Genau deshalb gibt es diese Sicherungen tatsächlich, aber irgendwer hat Kreativität bewiesen und sie ausgehebelt.«

Noch während sie sprach, bot sein SmartCom diese Informationen ebenfalls an. Er wischte sie mit einem Blick beiseite. »Bedeutet das ein Problem für uns?«

Misa schüttelte den Kopf. »Ich lasse bereits ein Säuberungsprogramm laufen. Nach Abschluss kann die KI wieder gestartet werden. Der Abschaltevorgang war wohl nur möglich, weil jemand einen nicht autorisierten Befehl im Basiscode hinterlegt hat.«

»Damit bekommt die Theorie, dass es einen Verräter in den Reihen der Admiralität gibt, neue Nahrung.« Kalen verschränkte die Arme. »Wenn du die KI wieder gestartet hast, lass eine weitere Diagnostik auf mögliche Hintertüren laufen.«

»Schon vorbereitet. Was denkst du von mir?«

»Kannst du die gelöschten Daten wiederherstellen?« Er ging auf ihre Frage nicht ein.

»Unmöglich. Wer auch immer das getan hat, hat nicht nur Speicherzeiger gelöscht, da wurde mit viel Spaß Bit-Memory gespielt. Alles weg.«

Was ihnen lediglich die Möglichkeit ließ, sie selbst wiederzubeschaffen. »Was ist mit dem Interspace-Pointer? Ich würde liebend gerne weitere Spezialisten hierherholen.«

»Nicht zu empfehlen«, sagte Misa. »Ich kann den Virus zwar erkennen, aber es scheint, als habe jemand an der Hardware gespielt. Es wurde nicht durch Übertragung eingeschleust, sondern befand sich bereits auf einem Chip. Da dieser eigentlich nicht vorhanden sein sollte …«

Kalen verstand. Jemand hatte entweder bei der Konstruktion des Pointers oder später vor Abflug des Schiffs einen Chip verbaut, der den Virus enthielt.

Damit konnten sie die Systeme lediglich durch eine Entfernung des Chips reinigen. Das sollte recht simpel machbar sein. Vorausgesetzt, sie fanden den Chip.

»Wir kriegen also den Pointer und die KI wieder hin?«, fragte er.

Misa nickte mit beruhigender Überzeugung. »Die KI kann ich sogar von hier aus neu booten, das benötigt lediglich Zeit. Der Pointer ist für uns sowieso kein Problem, daher werde ich mich als Zweites darum kümmern. Alle anderen Systeme sind einsatzbereit. Und eines muss man sagen, die *I4* ist ein ziemlich tandes Schiff.«

Das Schmunzeln konnte Kalen nicht unterdrücken. Er wusste, dass Misa technikbegeistert war. Dass sie Jugendslang wie »tand« benutzte, daran musste er sich gewöhnen. Aber auch er fand die Ausstattung genial.

Er ging zum Sitz des Kommandanten im Zentrum. Dieser ließ sich um 360 Grad drehen, um jeden Bereich des kreisrunden Raums im Blick zu behalten. Die Konsolen waren überall ringsum verteilt und boten Platz für den jeweiligen Spezialisten und dem zuarbeitenden Zweitoffizier.

Das Rollschott zur Kommandozentrale öffnete sich, und nebeneinander traten Yuma und Lisa ein. Laut Transponder befand sich Amy auf der Krankenstation. Dort würde sie erst einmal den Zustand der Klonkörper gemäß der Sensoren aus den Tanks prüfen. Außerdem musste Material vorbereitet werden, mit dem notfalls weitere Klone produziert werden konnten. Eine Sicherheitscharge ging aktuell bereits in Produktion, falls einem von ihnen etwas zustieß.

Yuma nahm hinter seiner Konsole Platz, entsperrte und griff auf die bekannten Basisdaten der Kolonie zu. Lisa beschäftigte sich mit den möglichen Datenverbindungen. Es galt, schnellstmöglich auf die Überwachungssysteme zuzugreifen, Sensoren zu nutzen und die Oberfläche zu untersuchen. Kalen musste auf Basis der Daten abschätzen, ob sie sich in einen Klon dort unten luden oder ihre aktuellen Körper benutzten. Im Fall des Letzteren benötigten sie den Transmitter. Was ihm auch deutlich lieber war, als in irgendeinen Sekundärklon zu wechseln.

Sie alle kannten die Einsatzberichte von Teams, die in Körpern landeten, die bereits in Gefangenschaft festsaßen. Oder die Engramme wurden bei der Übertragung in virtuelle Gefängnisse umgeleitet. Auch geschehen: Nach Ankunft wurden fleischfressende Mikroben aktiv, was das Gastspiel im neuen Klon stark verkürzt hatte, von den Schmerzen ganz abgesehen.

»Ich brauche von jedem eine Analyse des Status quo unter Missionsgesichtspunkten«, sagte er.

»Was macht unser zusätzlicher Gast?«, fragte Misa.

»Akklimatisiert sich. Und ist nicht begeistert.«

»Das war abzusehen.«

»Sie kann mit mir zusammenarbeiten«, schaltete sich Yuma ein. »Die Beschäftigung mit außerirdischer Natur, Flora und Fauna, wird sie erden.«

»Sprechen wir jetzt von diesen fleischfressenden Dingern, die uns damals beinahe als Hauptspeise vertilgt haben?« Misa schürzte die Lippen.

»Oder diesen süßen Tierchen, die plötzlich ein weiteres Maul unter dem Fell auf der Brust hatten«, ergänzte Lisa. »Eines mit nadelspitzen Zähnen, die auch noch Gift absonderten?«

»Wir müssen das Leben respektieren«, verkündete Yuma huldvoll über das Kichern der beiden anderen hinweg. »Und gegebenenfalls recht schnell davonlaufen.«

Kalen gönnte sich ein Lachen. »Werfen wir einen Blick auf Red Pearl.«

Die Okularimplantate waren alle auf den primären Datenstrom geschaltet. Die Außenkameras übertrugen auf seinen Befehl hin ihre Aufnahme, und jeder konnte das Ergebnis vor sich in der Luft schweben sehen.

»Shit«, sagte Misa.

Dem konnte Kalen nur zustimmen.

13

MISA WEB

Red Pearl war eine rot leuchtende Kugel, was ihr den Namen eingebracht hatte. Durch genetische Kreuzungen im Verlauf des Terraformings war eine Pflanzenart entstanden, deren Blüten bis in die oberen Atmosphärenschichten aufstiegen und sich über den Planeten verteilten. Das einfallende Sonnenlicht glitzerte darauf.

Da eine andere Kolonie bereits den Namen Ruby trug, war man auf Red Pearl ausgewichen. Kameras und Satelliten kamen also lediglich an manchen Stellen bis zum Erdboden herab.

Der gewaltige Krater war trotzdem sichtbar, da an diesem Punkt die Blüten durch eine Veränderung im Luftstrom umherwirbelten.

»Was kann so einen Krater verursachen?«, fragte Kalen fasziniert.

»Kein natürliches Phänomen«, erwiderte Yuma sofort. Als XenoSpec kannte er sich mit derart vorkommenden Elementen von Flora und Fauna aus. »Ein Asteroid hätte durch seine Hitze einen Großteil der Blüten verbrannt und auf die Luftschichten und die darunterliegende Topologie gewirkt.«

Misa als SecSpec war bereits drei Schritte weiter. Es hatte eine Explosion gegeben, das sagte ihr geschultes Auge. Atom- und Fusionsbomben besaßen eine entsprechende Sprengkraft, allerdings hätten beide weitaus mehr verändert. Hier war etwas anderes genutzt worden. Sie prüfte bereits über Vektoralgorithmen, ob eine Attacke von außerhalb oder innerhalb der Kolonie erfolgt war.

»Wir schleusen eine Sonde aus.« Kalen nickte ihr auffordernd zu.

Misa aktivierte den Abwurf und schaltete die Telemetriedaten für alle frei.

Die Wissenschaftssonde war für das Kartografieren aus dem Orbit heraus geeignet, konnte aber bis in die Troposphäre hinabtauchen. Misa hatte mit Absicht eines der teureren Geräte gewählt, falls sie den Krater genauer studieren wollten.

»I4-T erreicht die Exosphäre und beginnt mit Aufnahme«, erklärte sie. »Ich lenke sie zum Zielbereich und gehe tiefer.«

Jeder in der Zentrale starrte vor sich hin, doch alle sahen das Gleiche. Die Übertragung der Drohnenkameras und Sensoren in der eigenen Sicht. Das rote Aufleuchten eines Nahbereichssensors ließ Yuma zusammenzucken, Misa hatte damit gerechnet. Sie blieb gelassen. Eine Rakete raste mit zweifacher Schallgeschwindigkeit heran, detonierte und riss die Drohne in den Untergang. Die Explosion vergrößerte den Krater im Blütenmeer und ließ in der Umgebung die Luftströme chaotische Muster bilden.

»Womit klar wäre, wie dieses Loch entstanden ist«, kommentierte Kalen. »Misa, wie lange bräuchte eine solche Rakete von der Oberfläche bis zu unserem Schiff? Würden wir sie rechtzeitig bemerken?«

»Die Sensoren können sie erfassen, sobald der Blütenteppich durchdrungen wird«, erwiderte sie. »Von da an bleiben vier Minuten. Ausreichend Zeit für die Schutzschilde und die Nahbereichsabwehr. Letzteres ist allerdings ohne die KI bei Mehrfachbeschuss schnell überfordert.«

Da die *I4* jederzeit Abstand zwischen sich und die Kolonie bringen konnte, war Kalen nicht besorgt. Die Schilde hielten zudem allem stand, dass eine Zivilisation dieser Entwicklungsstufe abfeuern konnte. Was die Frage aufwarf, wieso eine Kolonie Derartiges überhaupt tun sollte? Es gab schlicht keinen Grund.

»Haben wir irgendwelche Daten von der Oberfläche erhalten?«

Leider musste Misa das verneinen. »Die Drohne war so kurz in der Luft, sie konnte nicht einmal den Abschusspunkt der Rakete orten.«

»Ich habe in der Zwischenzeit nach den offenen Ports der Kolonie gescannt«, schaltete sich Lisa ein. »Normalerweise ist mindestens ein Interspace-Pointer für offizielle Besuche geöffnet. Nichts. Dort unten ist alles dicht. Wir können uns nicht in einen Klon auf der Oberfläche übertragen.«

»Wunderbar«, sagte Kalen bitter. »Wir müssen also körperlich hinunter, wobei jedes Gerät abgeschossen wird, das eine Landung versucht.«

»Aktuell gehe ich von einem Automatismus aus«, erklärte Misa. »Aber das ist lediglich eine Theorie.«

»Vorschläge?«

»Ich möchte ungern Tests mit unseren wissenschaftlichen Drohnen durchführen, das wäre ein teurer Spaß«, erwiderte sie. »Aber wir könnten ausgehöhlte Torpedos benutzen. Abwurf an verschiedenen Punkten. Das würde uns dabei helfen, das Verteidigungsnetz auf Lücken zu prüfen. Zusätzlich wäre das ein Test, ob alles abgeschossen wird oder nur Dinge mit aktiven Systemen.«

Kalen nickte bestätigend, und Misa programmierte eine Abwurffrequenz.

Es würde eine Weile dauern, doch am Ende mochten sie einen Überblick besitzen. Alles, was sie benötigten, war eine kleine Lücke. Falls sie diese nicht fanden, blieb nur eine Landung mit der *I4*, was theoretisch möglich war. Die Admiralität würde das in einen Tobsuchtsanfall stürzen, denn die Schiffe vermochten zwar im Notfall zu landen, Starten war danach allerdings ein Problem.

Das Türsignal erklang.

Da Amys Transponder ihr den Weg freigegeben hätte, blieb nur eine Person übrig. Kalen gab den Zugang frei, das Schott rollte zur Seite.

Sofort verspürte Misa wieder ein dezentes Aufwallen von Wut darüber, dass Kalen es irgendwie geschafft hatte, die Anwesenheit seiner Tochter durchzusetzen. Sie hatte Trisha einige Male gesehen, diese aber immer als »Kind« wahrgenommen. Süß, aber eben irrelevant für jedes Gespräch über den Job.

Trisha war mittlerweile siebzehn Jahre alt und besaß dunkle Locken. Auf den ersten Blick wirkte sie eingeschüchtert, ihr Blick glitt hektisch durch den Raum. Doch Misa hatte sich vor dem Start ihre Akte angesehen. Natürlich hatte Admiralin Jäger eine angelegt, schließlich sollte jeder informiert sein. Dieses Kind würde Ärger machen, da war sie sicher.

»Hallo.« Sie hob die Hand und grüßte in die Runde, anschließend lotete sie die Reaktionen aus.

Nun, das war nicht Misas Problem, Kalen musste sich darum kümmern. Ihre Priorität war die Mission. Familienprobleme hatten dabei nichts zu suchen. Es hatte seinen Grund, dass sie Single war und auch vorhatte, das zu bleiben.

»Wo starrt ihr denn alle hin?«, fragte Trisha.

»Ich gebe dir die Ansicht des primären Datenstroms frei, du kannst es ansehen«, sagte Kalen.

Kurz darauf bekam das Mädchen jenen glasigen Blick von Menschen, die etwas sahen, das alle ohne Freigabe im Raum nicht sehen konnten.

»Wow«, hauchte sie.

Diese Reaktion war echt. Der Anblick einer fremden Welt verschlug jedem den Atem.

Misa widmete sich wieder ihrer Anzeige und lächelte. »Ich habe eine Lücke.«

14

»Die gute Nachricht ist: Ich habe eine Lücke gefunden«, sagte Misa. »Die schlechte: Alle Drohnen wurden vom Verteidigungssystem der Kolonie abgeschossen.«

Trisha schwieg, wohl noch immer gefangen im Anblick von Red Pearl. Im Gegensatz zu der Teenagerin begriffen Lisa, Yuma und Kalen, was die Nachricht bedeutete.

»Jemand hat die Zielvorgaben verändert«, sagte Kalen. »Die *I4* strahlt einen Code von ZENTRUM ab. Wenn sie trotzdem angegriffen wird, hat da unten vermutlich nicht mehr der Rat der Kolonie das Sagen.«

Oder die Kontrolle, ergänzte Misa in Gedanken.

Es kam durchaus vor, dass sich im Lauf der Entwicklung einer neuen Welt politisch so starke Extreme herausbildeten, dass es zu einer Art Bürgerkrieg kam oder ein Umsturzversuch unternommen wurde. So etwas konnte in Massakern enden, ebenso in Geiselnahmen.

Glücklicherweise gelang in der Mehrheit der Fälle eine friedliche Entwicklung.

»Könnte die Lücke eine Falle sein?«, fragte Kalen.

»Darüber habe ich bereits nachgedacht«, entgegnete Misa. »Aber selbst wenn das so wäre, hätten unsere Gegner nichts davon.« Sie legte eine topografische Karte in den primären Datenstrom. »Direkt darunter ist nichts Gefährliches, und jeder Pod könnte von dem Punkt aus einen anderen ansteuern.«

Moderne Transmitterpods hatten in den letzten Jahren Quantensprünge in der Entwicklung gemacht. Zwar benötigten sie nach wie vor eine Menge Energie, doch gerade wenn Personen nicht permanent Klon-Hopping betreiben wollten, wurde eine Möglichkeit des Transports benötigt. Auch vom Orbit einer Welt zum Boden hinab.

»Starten wir einen Versuch«, sagte Kalen schließlich.

Misa ließ den Transmitterpod aus dem Schiff ausschleusen und durch die Lücke gleiten. Gespannt beobachtete sie die Anzeige, hielt Ausschau nach möglichen Gefahren, einem Anstieg von Strahlung oder sonstigen Hinweisen auf Probleme. Beim Einflug in die Atmosphäre hielt sie unweigerlich den Atem an, doch nichts geschah. Der Transmitter suchte sich einen geschützten Bereich, landete und ging in den Bereitschaftsmodus.

»Der Ping kommt klar durch«, sagte Misa. »Wir können jederzeit hinunter.«

»Ist die Umgebung des Pods sicher?«, fragte Kalen.

Er wusste selbst, dass man eine absolute Sicherheit bei diesen Missionen niemals hatte, doch die Kameras und Sensoren bestätigten, dass die Fläche ringsum keine sichtbare Gefahr aufwies.

»Das Team wird aus Misa, Yuma, mir und Trisha bestehen«, legte er daraufhin fest.

Misa stand kurz davor, ihn vor versammelter Mannschaft zusammenzubrüllen.

»Tat«, sagte Trisha.

Was nicht Misas Erwartungen entsprach. Hätte die Teenagerin nicht wütend sein sollen? Stattdessen wollte sie dort hinunter?!

Yuma nickte gelassen.

Lisa war als IT-SecSpec sowieso besser an Bord eingesetzt. Und Amy noch in der Krankenstation zugange.

»Auf ein Wort?«, sagte Misa zuckersüß.

Kalen musste damit gerechnet haben. Oder hatte er tatsächlich geglaubt, dass er seine Tochter mit nach unten nehmen konnte und Misa das kommentarlos schlucken würde?

Doch bevor er etwas erwidern konnte, sagte Yuma: »Das ist eigenartig.«

Er sprach meist sehr pointiert, beschäftigte sich intensiv mit Daten und meldete nur, wenn es etwas zu melden gab. Damit hatte er automatisch die Aufmerksamkeit aller.

»Was meinst du?«, fragte Kalen.

»Ruft bitte meine Konsolendaten in eure EyeSigns«, bat er.

Misa tat es umgehend, und die xenobiologischen Analysedaten erschienen in ihrer Sicht. »Sind das die Blüten?«

»In der Tat«, bestätigte er.

Jene Sonde, die es testweise bis in die tieferen Schichten geschafft hatte, ohne zerstört zu werden, war aktuell dabei, ihren Instruktionen zu folgen. Luftzusammensetzung wurde geprüft, nach Feinden Ausschau gehalten. In diesem Fall gehörte auch dazu, dass sie Proben der Blüten genommen hatte.

Die schwarzen Punkte darauf gehörten normalerweise allerdings nicht dorthin.

»Was ist das?«, fragte Kalen.

»Kann ich noch nicht sagen«, erwiderte Yuma. »Dafür muss die Probe in ein Labor. Meine Empfehlung wäre, dass die Sonde in der Nähe des Transmitterpods landet. Ich entnehme die Blüten dann. Die Sonde kann weitersuchen und ich die Probe analysieren.«

Auf diese Art sparten sie Ressourcen, da die Sonde nicht zurückkehren musste.

»So machen wir das«, bestätigte Kalen wie erwartet. »Misa und ich ziehen uns kurz für ein Gespräch zurück.« Er strebte dem Schott der Kommandozentrale zu.

Misa trat mit ihm hinaus. Direkt dahinter gab es einen Gang, der zu einem neutral gehaltenen Bereitschaftsraum führte. Hier konnte der amtierende Kommandant sich für kurze Gespräche mit Crewmitgliedern zurückziehen.

Misa wartete, bis die Tür sich wieder hinter ihnen geschlossen hatte, dann rief sie mit ausgebreiteten Armen: »Bist du vollkommen wahnsinnig?«

Kalen erwiderte ihren Blick gelassen. »Möchtest du das spezifizieren?«

»Deine Tochter mit auf einen fremden Planeten zu nehmen!« Wollte er, dass sie explodierte?

»Das war von Anfang an der Plan«, erklärte er. »Ich nehme sie nicht mit in ein Feindgebiet, aber sie durch die halbe Galaxis in die Kommandozentrale eines Schiffs zu setzen, nur um dann wieder zurückzukehren, ist recht sinnlos, meinst du nicht?«

»Also …«

»Misa, ich glaube, du hast nicht verstanden, was zu Hause geschehen ist.« Seine Stimme bekam den Klang einer gespannten Stahlsaite. »Sie hätte sich getötet. Trisha kennt die Folgen von Drogenkonsum. Du weißt das. Jedes Kind bekommt das heutzutage frühestmöglich gezeigt, bevor es als Teenager irgendeine Umgehung der Sicherheitsroutinen seines Smart-Coms findet. Sobald der erste künstliche Dopaminkick da war, kann man nur hoffen, dass der Primärkörper nicht die Rolltreppe abwärts nimmt.«

Misas sorgsam zurechtgelegten Worte verflüchtigten sich. »Kalen …«

»Ich kann nicht dabei zusehen, wie sie sich selbst zugrunde richtet«, stellte er klar. »Nicht nach dem, was mit ihrer Mutter passiert ist. Auch meine Kraft hat ihre Grenzen. Das hier ist die Rettungsleine, verstehst du? Das echte Leben, ohne Sicherheitsnetz.« Er lachte auf. »Und das stimmt nicht einmal, denn letztlich kann ihr nichts passieren. Ihr Engramm kann jederzeit zurückübertragen werden. Doch wir alle wissen, dass das Gefühl der Gefahr auch in einem Klonkörper am anderen Ende der Galaxis sich verdammt intensiv anfühlt.«

»Dann lass sie hier an Bord«, entgegnete Misa. »Ich kann dich ja so weit verstehen, dass du es bis hierher durchgezogen hast. In Ordnung. Trisha befindet sich auf der *I4*, auch wenn es mir nicht gefällt. Aber verdammt noch mal, muss sie mit auf den Planeten?« Sie erwiderte seinen Blick mit aller Härte, die sie aufbieten konnte.

15 KALEN MCKENON

Er konnte Misa ansehen, dass er sie nicht überzeugt hatte. In ihr war das eine große Ziel für die Gruppe verankert: Sicherheit gewährleisten. Genau deshalb hatte er ihr gegenüber nicht erwähnt, was Trisha direkt nach ihrer Ankunft und seinem Aufbruch versucht hatte.

»Kalen?« Misa runzelte die Stirn. »Du verschweigst mir etwas.«

Kurz rang er mit sich, doch letztlich würde Misa niemals zulassen, dass Trisha mit auf die Oberfläche ging, wenn er nicht offen war. »Nachdem ich unser Quartier verlassen hatte, ist sie auf direktem Weg zum Interspace-Pointer marschiert.«

»Ich dachte, der funktioniert nicht.«

»Wusste meine Tochter aber nicht, weil sie im Gegensatz zu uns kein Briefing erhalten hat.« Er rieb sich die Augen und spürte eine Müdigkeit, die nicht durch körperliche Erschöpfung kam. »Wie sich herausstellt, ist sie ganz pfiffig. Ihr technisches Verständnis ist von unzähligen Engramm-Streams und -Pointern geschärft.«

»Sie hat es nicht geschafft.«

»Und war innerhalb von fünf Minuten auf dem Weg zum Maschinenraum.«

Misa brodelte auf kleiner Flamme. »Wir bleiben in der Nähe des Transmitterpods«, stellte sie klar. »Beim ersten Anzeichen einer echten Gefahr wird Trisha wieder hinaufgeschickt. Das ist nicht verhandelbar.«

»In Ordnung.« Es wunderte ihn, dass sie derart schnell aufgab. Allerdings hatte sie damit ihrem Job Genüge getan, und falls etwas aufgrund seiner Entscheidungsbefugnisse geschah, war sie aus dem Schneider. Es wäre nicht das erste Mal.

»Oh, und du bist der Babysitter«, schickte sie hinterher.

»Geht klar.«

Sie verließen den Bereitschaftsraum und kehrten in die Kommandozentrale zurück.

»Trisha, du wirst mit uns nach unten gehen«, erklärte Kalen. »Ich habe dafür gesorgt, dass die Standardvorgehensweise in so einem Fall in deinen MemoryZellen abgelegt wird, damit du weißt, wie du dich dort unten verhalten musst. Immerhin bist du Zivilistin.« Er gab den Cluster frei. »Bitte halte dich daran.«

Die Augen seiner Tochter nahmen den typischen glasigen Ausdruck an, jedoch nur für Sekunden. Hinterlegte Erinnerungen stiegen auf, wurden in ihr Engramm integriert und damit von unbewusstem Wissen in solches transformiert, auf das zugegriffen werden konnte. Jugendliche konnten derartige Informationen schneller verarbeiten als Menschen in Kalens oder Misas Alter. Natürlich mussten sie dieses theoretische Wissen durch eigene Erfahrungen ergänzen und ständige Routine erhalten. Andernfalls ging es wieder verloren. Langzeitintegration war eine deutlich komplexere Angelegenheit, die eher im Bereich von Amy lag.

»Das Team wird wie besprochen aus Kalen und mir bestehen«, erklärte Misa. »Dazu Yuma und Trisha. Einstweilen dürfte das reichen, um den Landeplatz zu prüfen. Wir werden die Sensoren aktivieren und die Daten der Drohne mit einbeziehen.«

Spätestens dann mussten sie Kontakt zur Kolonie herstellen können. Vom Boden aus würde das kein Problem darstellen.

»Der Transportpod ist im Zielgebiet verankert, und ich habe den codierten Datenstrom aufgebaut«, erklärte Lisa Otth. »Wir können jederzeit eine Quantenzustandsübertragung einleiten.«

»Lisa, du hältst hier die Stellung«, bat Kalen.

Gemeinsam mit Yuma, Misa und Trish verließ er die Kommandozentrale und ging mit ihnen in den Ausrüstungsraum für Außeneinsätze. Dort griff er sich einen Gürtel mit Nanodepot und aktivierte die Expansion. Sofort floss der Stoff, getragen von Naniten, über seinen Körper. Ein multifunktioneller Suit, der wie eine zweite Haut anlag, schützte jede Stelle seines Körpers. Bei Bedarf konnte er einen zusätzlichen Falthelm ausfahren. In das Holster an der Hüfte schob er einen NanoJammer. Sein SmartCom auf dem Handrücken vernetzte sich sofort mit der Anzug-KI und prüfte die Funktionen. Alle Daten über Red Pearl wurden in die Speicher geladen.

Yuma nahm sich einen Metallkoffer mit Probebehältern aus dem Fundus, Misa schnappte sich neben dem NanoJammer eine Laserklinge, zwei Armmanschetten mit Schutzschildprojektoren und einen Koffer mit Drohnen und Minen.

»Falls da unten ein Krieg ausbricht, zoomen wir das«, sagte Trisha. »Voll tat.«

Kalen hatte den Versuch längst aufgegeben, Jugendjargon nachzuschlagen. Zum einen war die Halbwertzeit überschaubar, zum anderen war es peinlich, wenn er die Worte benutzte. Was Trisha ihm deutlich zu verstehen gegeben hatte. Misa würde das neue Vokabular aber wohl übernehmen.

»Wir zoomen gar nichts«, stellte diese prompt klar. »Und hier ist auch nichts tat! Falls dort unten ein Feuergefecht ausbricht, ziehst du den Kopf ein und gehst in Deckung. Vorzugsweise springst du in den Transmitterpod und wir übertragen dich zurück.«

Trisha schluckte, presste die Lippen aufeinander und nickte.

»Die aktuellen Daten des Transmitterpods melden atembare Atmosphäre, frei von Viren oder Toxinen«, meldete Yuma. »Wir können die Helme also weglassen. Trotzdem nehme ich umgehend Proben vom Erdreich.«

Damit war die Aufgabenverteilung klar. Misa würde die Umgebung prüfen, Yuma das Erdreich. Kalen würde nach eingehender Analyse dann entscheiden, wie es weiterging.

»Crest an Außenteam«, meldete sich die MedSpec über das Interkom.

»Was gibt es, Amy?«, fragte Kalen. »Wir wollten gerade los.«

»Ich habe mir die Daten angesehen, die von der Oberfläche eingehen«, erklärte sie. »Es existiert eine winzige Diskrepanz zwischen dem Atmosphärenzustand, wie er ist und sein sollte.«

Sofort wurde auch Yuma aufmerksam. »Das Terraforming galt als vollständig erfolgreich.«

»Es ist nichts Gefährliches«, ergänzte Amy. »Die Temperatur ist höher als erwartet. So was kann in den ersten Phasen eines Terraforming-Prozesses passieren, wenn verschiedene mikrobiologische Prozesse ablaufen, aber an diesem Punkt ist das ungewöhnlich. Ohne Referenzdaten von den Sensoren der Kolonie kann ich jedoch nicht sagen, ob das schon immer so war oder erst kürzlich passiert ist.«

Kalen wandte sich an Yuma. »Sollen wir den Einsatz abbrechen?«

»An diesem Punkt nicht nötig«, entgegnete der XenoSpec. »Aber ich würde gerne von ZENTRUM die archivierten Daten anfordern, damit ich bei unserer Rückkehr einen Vergleich anstellen kann.«

Misa verschränkte die Arme. »Ich möchte sofort informiert werden, wenn das gesundheitliche Auswirkungen hat.«

»Ein wenig Risiko werden wir eingehen müssen«, erwiderte Kalen.

Der scharfe Blick seiner SecSpec traf ihn. »Sprechen wir nicht von notwendigem Risiko. Das ist meine Expertise. Und dieses Mal wird mein Befehl befolgt.«

Er konnte sehen, wie sich Yuma versteifte und kurz die Augen schloss. Trisha runzelte die Stirn. Sie wusste zwar, dass er damals aus dem Explorationskorps ausgeschieden war, weil ein Vorfall stattgefunden hatte, den Grund kannte sie jedoch nicht.

»Innerhalb der Missionsparameter werden wir alle Sicherheitsbeschränkungen einhalten«, erwiderte Kalen ruhig. »Doch wenn kein Grund besteht, dass wir den Außeneinsatz abbrechen, werden wir ihn jetzt durchführen.«

Um jede weitere Diskussion zu unterbinden, betrat er den Raum mit dem Transmitterpod. Es handelte sich letztlich um eine Kugel, die zu einer Seite hin geöffnet war. Ein gerader Boden mit Saphirglasoberfläche war eingezogen, darunter – ebenso in Wand und Decke – befanden sich die Generatoren. Nacheinander trat das Team über die dreistufige Treppe in die Kugel.

Mit einem Summen schloss sich das Schott. In Kalens EyeSign konnte er verfolgen, dass die Atmosphäre im Pod auf der Oberfläche geprüft wurde. Als alle Umweltdaten zu einhundert Prozent übereinstimmten, wurde die Übertragung eingeleitet.

Ein Wabern umgab ihn, für einige Sekunden konnte er die anderen des Teams nicht mehr sehen. Alles verschwand. Dabei wirkte es so, als geschähe gar nichts mit seinem eigenen Körper, lediglich die Umgebung veränderte sich aus seiner Sicht. Eine gefahrfreie Passage, schnell und effektiv. Der Ankunfts-Pod sah exakt so aus wie jener auf der *I4*. Alles war identisch.

Sah man davon ab, dass sie nur zu zweit waren.

16

YUMA KIKIAC

Es war stets ein seltsames Gefühl, einen Quantenzustandstransfer zu durchlaufen. Yuma war danach unsicher, ob er noch er selbst war – oder eine Kopie. Das galt auch für seinen Geist, der hierher übertragen worden war.

Er konzentrierte sich auf seine innere Mitte, das Einswerden mit allen Facetten seines Ichs. Erst danach öffnete er die Augen.

»Ist das so ein Müll, den sich mein Dad ausgedacht hat?«, fragte Trisha.

Yuma starrte sie an, suchte dann den Transmitterpod ab. Da war niemand. Er und die Tochter des Commanders waren allein am Ziel angekommen. Sofort vernetzte er seinen SmartCom mit den Systemen des Pods. Mit einem Surren öffnete sich das Ausgangsschott. Dahinter warteten die typischen drei Stufen.

Mit gezogenem NanoJammer in der einen und dem Probenkoffer in der anderen Hand trat er hinaus.

»Wieso gibt es hier einen Raum?«, fragte Trisha.

»Weil wir nicht am Ziel rematerialisiert sind«, entgegnete Yuma. »Das hier ist der Transmitter der Kolonie. So etwas ist normalerweise unmöglich. Lisa hat die Verbindung inklusive Codierung bestätigt. In den Anfangszeiten der Transmittertechnologie kam es sogar vor, dass sich Feinde eingeklinkt haben. So konnten sie den Transfer zu einer anderen Station umleiten. Aber so etwas ist seit vielen Jahrzehnten nicht mehr vorgekommen.«

Trisha stand noch immer im Eingang des Empfangs-Pods. »Das ist also keine Schocktherapie meines Dads oder so was?«

»Es ist der Pod der Kolonie«, entgegnete er sanft, aber deutlich. »Das hier ist kein Spiel. Versuch bitte, von der Konsole im Pod eine Verbindungssuche einzuleiten. Normalerweise müsste der andere Empfänger geortet werden können.«

Sie tat wie geheißen, obgleich Yuma längst wusste, dass sie keine Empfangsstation finden würde. Durch sein EyeSign waren bereits alle Daten abrufbar. Doch er benötigte einen Augenblick, um in Ruhe die Situation zu durchdenken.

Kommunikation mit der *I4* war nicht möglich. Er hatte bereits mehrfache Anfragen zum nächsten Kommunikationsrouter geschickt. Die andere Gegenstation war ebenfalls unauffindbar. Damit waren sie von menschlicher Unterstützung vollständig abgeschnitten. Blieb lediglich, mit jemandem aus der Kolonie zu sprechen. Er bekam Zugriff auf das öffentliche Netz, womit er die hiesigen Sicherheitskräfte ebenso kontaktieren konnte wie die örtliche Niederlassung des Explorationskommandos.

»Ich bekomme hier keinerlei Verbindung«, rief Trisha.

»In Ordnung, komm raus«, entgegnete Yuma.

Er schickte eine Anfrage zur Niederlassung, doch es kam keine Antwort. Blieb der Notruf. Der automatische KI-Bot ging online, um die Art des Notfalls abzufragen. Yuma verlangte, einen menschlichen Supervisor zu sprechen, aber die Anfrage wurde abgelehnt. »Großartig.«

»Was machen wir jetzt?«, fragte Trisha.

»Wir versuchen, Kontakt mit dem Team herzustellen«, erklärte er. »Und dabei können wir auch gleich herausfinden, was hier los ist. Unsere erste Anlaufstelle ist gemäß Protokoll die ranghöchste Person der Administration oder das Explorationskommando.« Er ging voraus, Trisha folgte dichtauf.

Das Eingangsschott teilte sich und gab den Blick auf einen hell erleuchteten Gang frei. Sie befanden sich im Ankunftszentrum für Engramm-Übertragungen von anderen Planeten oder Transmitterübertragungen von Raumschiffen. Die Wände waren mit dreidimensionalen Projektionsflächen für Werbung bedeckt: Shuttleservices, AR-Companions, die den Weg weisen konnten. Im Kontrast zum visuellen Overflow herrschte eine absolute Stille. Die Bodenfliesen waren blank poliert, und es roch dezent nach Reinigungsmitteln. Da es sich um den einzigen Raumhafen der Kolonie handelte, hätte Yuma hier eine dichte Menschentraube erwartet. Stattdessen lagen die Gänge wie ausgestorben vor ihnen.

»Das ist gruslig«, kommentierte Trisha.

»Finde ich auch.« Yuma räusperte sich. »Da sie allerdings den Kontakt zu Terra abgebrochen haben, könnte ein technisches Problem dahinterstecken. Vielleicht wurde der Raumhafen nicht genutzt, weil die Technologie versagt.«

»Ja, klar.« Trisha zog eine Schnute.

Yuma musste zugeben, dass die Erklärung nicht sehr wahrscheinlich war. Hier gab es dutzendfach redundante Systeme, die niemand so einfach aushebeln konnte. Sie sprachen hier von einer Lebensquelle der Kolonie. »Wir nehmen einen Vac-Train.«

Der digitale Lageplan zeigte an, dass der Hochgeschwindigkeitszug nach wie vor fuhr. Die Vollautomatisierung würde ihn auch in hundert Jahren noch fahren lassen.

Der Lift trug sie in die Tiefe. Auf der untersten Ebene konnten sie in die Kabine des Zugs steigen, die so sauber war wie der Flughafen. An Reinigungsbots hatten sie eindeutig nie gespart. Die Röhren, durch die er schoss, bildeten ein Vakuum. Ohne Reibung konnte der Zug Geschwindigkeiten bis zu

467 km/h erreichen. Sie benötigten lediglich Minuten, um die Station im Koloniezentrum anzufahren. Hier stiegen sie aus.

Ein weiterer Lift trug sie in die Höhe.

Die Türen teilten sich.

Trisha schrie auf. Mit schreckgeweiteten Augen überblickte sie die Toten, die überall in den Straßen lagen.

Yuma prüfte die Luft auf Viren, Bakterien und Toxine, denn es schien ihm völlig eindeutig, dass hier etwas lautlos über die Kolonie hereingebrochen war. Seine Sensoren meldeten zurück, dass die Atmosphäre frei von Gefahrenstoffen war.

»Was ist hier passiert?«, flüsterte Trisha.

»Ich nehme an, ein Anschlag«, sagte Yuma. »Wir befinden uns nicht in Gefahr, die Luft ist sauber. Meine Vermutung ist ein schnell abbaubares Toxin. Bitte fass auf keinen Fall einen Toten an.«

»Hatte ich nicht vor.« Sie betrachtete ihn von der Seite. »Wieso bist du so ruhig?«

»Schon ein Dutzend Mal gesehen«, erwiderte er. »In verschiedenen Variationen. Wir sind Spezialisten, die in genau solchen Fällen gerufen werden. Gerufen wurden.« Yuma trat neben eine der am Boden liegenden Bewohnerinnen der Kolonie.

Sie trug die typische Alltagskleidung aus synthetischem Stoff der hiesigen Mode. Ihre Haut war bleich, der Körper eingefallen. Es gab keinerlei Geruch, der normalerweise mit dem Tod eines Menschen einherging. Sein EyeSign zeigte keine Bakterien auf den sterblichen Überresten. Ein Ding der Unmöglichkeit. Auch Kleinstlebewesen waren abwesend. Sein Infrarotfilter verdeutlichte, dass jeder hier tot war. Doch es wirkte, als wären Maschinen umgekippt, der Tod hatte keinerlei Auswirkungen auf die Umgebung. Und die Körper schienen schlicht einzufallen, wie bei einer Mumifizierung im Zeitraffer.

Hatte er so etwas schon einmal gesehen? Es war überraschend, was irgendwelche Irren weit entfernt von Terra so taten – und glaubten, damit davonzukommen.

Er gab sein Bestes, die Unruhe nicht nach außen dringen zu lassen. Trisha wirkte überraschend entspannt, es war allerdings nicht abzusehen, wie lange das noch so blieb.

»Das hier ist eine Nummer größer, als wir dachten«, sagte Yuma. »Wir müssen sofort ZENTRUM verständigen. Das ist ein Anschlag, der eine komplette Kolonie ausgelöscht hat. Es besteht die Gefahr, dass sich das an anderer Stelle wiederholt.«

»Also gehen wir jetzt zu dieser Niederlassung?«, fragte Trisha.

Yuma nickte.

Und er konnte nur hoffen, dass sie diese erreichten.

17

Eine neue Welt konnte Wunder und Schrecken gleichermaßen bereithalten. Vor seiner Zeit bei den Spezialeinheiten hatte das Pendel eher in Richtung Wunder ausgeschlagen. Danach war es für Yuma Schrecken gewesen.

Flora und Fauna waren stets exotisch, manches Mal gefährlich, doch wenn man sich korrekt damit befasste, ließ sich beides formen. Das größte Problem war oftmals der Mensch.

Yuma sah Vögel am Horizont, die in Schwarmformation dahinglitten. Ein seltsam surrealer Anblick, so friedlich. Und das war es wohl auch, jetzt, da der störende Mensch fort war. Dank der herausragenden Sehkraft des Klons konnte er die Schuppen auf den Flügeln erkennen. Ein gleichmäßiges Muster. Sie mussten leicht sein, andernfalls wären sie wie ein Stein zu Boden gedonnert.

Wie in den alten Tagen auf Terra verstand der Mensch es nicht, im Einklang mit der Welt um ihn herum zu leben, die gewachsene Schönheit eines Ökosystems zu respektieren. Auch ein plüschiges Wesen konnte tödlich sein, ein Tier mit Echsenhaut vollkommen friedlich. Doch da gab es stets Instinkte, die ansprangen. Nicht zu vergessen: Gier.

Die verwendeten Baumaterialien und sphärisch luftigen Türme, die von moosartigen Flechten bedeckt waren, deuteten zumindest darauf hin, dass man im Einklang mit der Biosphäre gebaut hatte.

Yuma hätte an diesem Punkt gern meditiert, um sich zurückzuziehen und mit jenem Teil seiner Seele zu konferieren, der ihm Antworten bieten konnte. Doch in einer solchen Notsituation war das unmöglich.

Gemeinsam mit Trisha bewegte er sich durch die Straßen der Kolonie. An diesem Punkt bedauerte er es, dass das Mädchen keine Waffe erhalten hatte. Sollten die Auslöser des Massakers aus dem Hinterhalt zuschlagen, konnte das ein Problem sein.

»Wer tut so etwas?«, fragte Trisha.

»Unterschiedliche Gruppierungen. Wir leben in Zeiten, in denen Körper als Kollateralschäden angesehen werden. Schließlich kann man sich jederzeit in einen neuen laden.«

»Aber das waren Primärkörper«, gab sie zurück. »Die darf man nicht ... Ich meine ...« Sie schluckte. »Das Gesetz ...«

Auf ihrem weiteren Weg hatte er den Evolutionscode eines Toten ausgelesen. Mit diesem konnte festgestellt werden, ob es sich um den Primärkörper oder einen Klon handelte. Traurigerweise war es der Primärkörper gewesen. Und nicht nur bei ihm.

Yuma hatte Mitleid mit Trisha. »In früheren Zeiten hätte man manch eine Kolonie als wildes Land bezeichnet. Auf Terra wird alles überwacht, geprüft, und die Gesetze werden recht gut eingehalten. Allerdings gibt es auch hier dunkle Flecken. Soweit ich weiß, bist du hier, weil Menschen Jugendlichen genau so etwas anbieten.«

Sie blickte zu Boden. »Das sind doch nur Trips.«

»Die dazu dienen sollen, deinen Primärkörper zu beeinflussen«, entgegnete Yuma. »Die Verantwortlichen haben keinen Respekt vor der Unversehrtheit deines Lebens. Und Leben ist für mich die Einheit aus Körper, Seele und Geist.«

»Gehörst du einer Kirche an?«, fragte sie neugierig.

Er war froh, sie ein wenig von dem Grauen ringsum abzulenken, blieb selbst aber aufmerksam. »Nicht im eigentlichen Sinn, nein. Doch ich habe den eigenen Glauben. Er lenkt mein Bewusstsein, zeigt mir die Schöpfung in ihrer Schönheit und lässt mich auf die Gesamtheit eines gesunden Ichs vertrauen.«

»Und was geschieht, wenn jemand wirklich stirbt?«

Yuma atmete langsam aus und wieder ein. Der Tod von Kalens Ehefrau hatte mehr als *eine* Katastrophe ausgelöst. Die Frage war wohl zu erwarten gewesen. »Ich bin der Überzeugung, dass nichts verloren geht. So wie Wasser zu Dampf wird, geht ein zerfallendes Engramm in einen neuen Zustand über.«

Trisha nickte lediglich.

»Was denkst du?«, fragte er.

Verblüfft sah sie ihn an. »Du bist der Erste, der das wissen möchte.«

»Dein Dad …«

Sie schüttelte den Kopf. »Er will, dass ich funktioniere. Und vorzugsweise so, wie er es gerne hätte. Dabei hat er sie allein gelassen.«

Yuma schwieg. Er konnte spüren, dass Trisha Groll mit sich herumtrug. Sie suchte nach einer schuldigen Person für das Schicksal. Doch vermutlich war auch ein wahrer Kern in ihrem Vorwurf.

»Ich glaube, dass sie fort ist«, sagte sie schließlich. »So wie jeder einzelne dieser Menschen«, sie deutete auf die Toten auf den Straßen, »falls ihr Engramm nicht gesichert worden ist. Sie hätte das gerne getan. Aber …«

Er nickte.

Es gab nicht viele Menschen, deren Primärkörper die genetische Mutation eines bestimmten Gens aufwies. Vielleicht eine Handvoll pro Generation. Aus irgendeinem Grund zerfiel ihr Engramm, sobald sie übertrugen. Damit blieb ihnen nur, den Primärkörper zu hegen und zu pflegen. Ein Weiterleben nach dessen Ende gab es nicht. Kam dann auch noch eine

Krankheit hinzu, deren Behandlung so teuer war, dass normalerweise einfach ein neuer Körper bezogen wurde, war es das Ende.

»Vergiss nicht, dass dein Dad gegen die verantwortlichen Menschen für das hier kämpft«, erklärte Yuma und nickte in Richtung der Toten. »Er setzt sich dafür ein, dass genau so etwas nicht geschieht.«

»Er hätte zu Hause bleiben sollen«, sagte Trisha leise. »Um ihr zu helfen. Stattdessen denkt er, dass er mir hilft, wenn er mich hierherholt.«

Yuma atmete schwer aus. »Vielleicht glaubt er, dich besser zu schützen, wenn er dich in seine Welt holt.«

»Das ist auf jeden Fall leichter, als sich meine Welt anzuschauen.«

Damit beschleunigte sie ihre Schritte und ließ Yuma hinter sich.

Familien waren komplex, das wusste er aus eigener Erfahrung. Zwischen Trisha und Kalen gab es viel Unausgesprochenes. Das war etwas, das sie gemeinsam klären mussten. Bedauerlicherweise entpuppte sich Red Pearl als denkbar ungeeignet dafür.

Die Trümmer eines Gebäudes kamen in Sicht.

Es war die Niederlassung des Explorationskommandos.

18

KALEN MCKENON

»Hör auf, darüber nachzudenken«, forderte Misa.

Kalen hätte darauf gern entsprechend geantwortet, doch sie hatte recht. Die Sorge um Trisha hatte ihn für eine Sekunde vollkommen übermannt. Er sah Vivien wieder vor sich. Dann Trish.

»Wir sind beide hier aufgetaucht, und es gibt keine Verbindung zur *I4*«, fasste Misa zusammen. »Die Datenverbindung bestätigt, dass vier Signaturen übertragen wurden, aber nur wir sind angekommen. Ergo befinden sich deine Tochter und Yuma in diesem Augenblick in einem anderen Transmitterpod.«

»Einem von Hale.«

»Das wissen wir nicht«, entgegnete Misa. »Wir gehen davon aus, dass die beiden auf sich achtgeben, bis wir sie gefunden haben. Und das können wir nur, wenn du und ich überleben.«

Er nickte. »Verstanden. Legen wir los.«

»Drohnen sind ausgeschleust.« Misa blickte angestrengt ins Nirgendwo. »Wie vermutet. Der blinde Fleck wurde absichtlich gelassen. Der Pod steht an einem Kreuzpunkt. Sieh dir die Übertragung an.«

Kalen nahm Zugriff darauf und sah sofort, was Misa meinte. Die Infrarotdaten erkannten zahlreiche Bewegungssensoren, und damit gab es wohl auch zugehörige Minen. »Es dürfte klar sein, dass wir erwartet wurden.«

»Mikaelsson hat uns gewarnt, dass Hales Leute übel sein können«, sagte Misa. »Keine Ahnung, wie die den Datenstrom umlenken konnten, das darf sich Lisa genau ansehen. Aber wir haben sie eindeutig unterschätzt. Da nehme ich mich nicht aus.«

Das Szenario weckte in Kalen unangenehme Erinnerungen an den letzten Einsatz. Auch damals hatte er eine Entscheidung treffen müssen. Er und Misa waren aneinandergeraten. Viviens Tod hatte ihn jede Vorsicht vergessen lassen, Wut hatte seine Handlung bestimmt. Am Ende war alles seine Schuld gewesen.

»Hör auf«, sagte Misa ohne Emotion. »Ich sehe es dir an. Kalen, hier geht es nicht um uns. Diese Mission ist für die Menschen dieser Kolonie.«

»Ich weiß.« Er schob jede Erinnerung beiseite und bedeckte die Emotion mit jener Schicht Logik, die ihn auch den Alltag bewältigen ließ. »Wir können den Pfad mit den Minen nicht nehmen. Dort wird es Sensoren geben, die uns umgehend bemerken. Wir haben Glück, dass niemand den Transmitterpod abgeschossen hat, nachdem wir angekommen waren.«

»Gut möglich, dass sie ihn durch den Stealth nicht bemerkt haben«, überlegte Misa laut. »Aber das ist auch irrelevant. Da die *I4* nicht kontaktiert werden kann und wir nicht zurückkehren können, bleibt nur die zweite Wahl.«

»Diese Körper sind zwar robust und haben Muskelverbesserungen, aber sie sind nicht für das Freeclimbing gemacht.« Er besah sich die Übertragung der Drohnen, die in Richtung der Klippen geschickt wurden. »Das kostet uns mehrere Stunden, und selbst danach sind wir noch weitab von der Kolonie.«

»Aber ich gehe jede Wette ein, dass die nicht über dem gesamten Planeten Störsender aktiviert haben«, entgegnete Misa. »Und wenn wir dem Bereich entkommen, in dem diese wirksam sind, dürfte eine Kommunikation mit der *I4* unproblematisch sein.«

Kalen schaltete auf die visuelle Anzeige um, von dort wieder auf die topografische.

»Wir haben keine Wahl«, sagte Misa.

»Bist du nicht normalerweise die Vorsichtige von uns beiden?«

»Wir sind Spezialisten, und es wäre nicht die erste Klettertour. Auch wenn wir zuvor Spezialkörper besaßen. Rein prozentual ist es aber machbar. Davon abgesehen: Wir haben keine Wahl.«

Kalen war sicher, dass Lisa und Amy bereits aktiv damit beschäftigt waren, sie zu extrahieren. Die Sonde war schließlich unterwegs und musste nur zurück hierher umgeleitet werden. »Wieso lassen sie uns runter, unterbinden aber die Rückkehr? Und dann diese Aufteilung?«

»Theoretisieren bringt uns an diesem Punkt nicht weiter. Wir verlieren lediglich Zeit.«

Als sie in Richtung des verzweigten Pfads ging, der zur Klippe des Berges führte, folgte er ihr.

»Wir sollten …«

Die Druckwelle einer Explosion fegte ihm die Worte von den Lippen. Kalen fand sich auf dem Rücken liegend wieder, über ihm der rötlich schimmernde Himmel bedeckt von Blüten. In diesem Augenblick blickte er einfach nur nach oben und dachte nicht, fühlte nichts, existierte einfach nur im Augenblick. Eine tiefgreifende innere Stille. Als habe die Galaxis für einen Augenblick den Atem angehalten.

In seinem Gesichtsfeld tauchten Icons auf, die seinen Status, von den Sensoren in seinem Körper gemeldet, visualisierten. Es gab keine tödlichen Verletzungen, die Selbstreparatur war bereits in Gang gesetzt. »Misa?«

»Ich bin in Ordnung«, erklang ihre Stimme.

Geröll kullerte.

»Die Kraftfeld-Armschienen haben mich gerettet, sonst wäre ich perforiert worden.«

Kalen raffte sich auf und nahm die Umgebung in Augenschein. Vom Transmitterpod war nichts mehr übrig, Schrapnelle lagen überall herum. Dass er davon nicht getroffen worden war, war schieres Glück. Die Rückkehr an Bord war damit jedoch erst einmal ausgeschlossen.

»Wer auch immer im Hintergrund die Fäden zieht, hat dieses Szenario hervorragend vorbereitet«, sagte Misa wütend.

Kalen betrachtete das Trümmerfeld. Misa und er mussten die Hauptziele sein, wenn es darum ging, ihr Team auszuschalten. Yuma war Wissenschaftler, Trisha Zivilistin. Doch um eine Separierung zu steuern, hätten ihre Gegner die Transponder auslesen müssen. So etwas galt als unmöglich. Aber das galt auch für das Hacken verschlüsselter Transmitterverbindungen.

»Wir haben uns hier unten schachmatt setzen lassen«, sagte er. »Die werden in Kürze prüfen, ob uns die Explosion erledigt hat. Von dem Punkt an werden wir zu Gejagten.«

»Das vermute ich auch«, bestätigte Misa. »Ehrlich gesagt beunruhigt es mich aber noch mehr, dass die unsere Verschlüsselung knacken konnten.«

»Du machst dir Sorgen um das Schiff?«

Sie wiegte den Kopf von der einen zur anderen Seite. »Wäre die KI aktiv, würde ich mich nicht sorgen. Ist sie aber nicht.«

»Wir müssen so schnell wie möglich Unterstützung von ZENTRUM anfordern. Welche Schiffe auch immer in Reichweite sind, müssen hierher verlegt werden. Selbst wenn es Wochen dauert.«

Misa blickte die Klippe hinab. »So gut, wie das hier geplant ist, gehe ich davon aus, dass in wenigen Wochen bereits alles erledigt ist.« Sie deutete in die Tiefe. »Wollen wir?«

Kalen trat an den Rand des Abgrunds.

Sie hatte recht gehabt: Ihnen blieb keine andere Wahl.

19

Während im Zentrum der Kolonie eher frühlingshafte Temperaturen herrschten, war es hier oben eiskalt. Ohne einen genetisch aufgewerteten Körper und die Spezialanzüge hätte eine derartige Kletteraktion keine Chancen auf Erfolg gehabt.

Misa ließ sich nichts anmerken, doch er kannte sie zu gut. Sie machte sich durchaus Sorgen. Sowohl um die aktuelle Situation der gesamten Gruppe als auch um Trisha.

Es war nicht leicht, den Gedanken an seine Tochter zu verdrängen, doch Kalen hatte Übung darin. Wenn man sich über mehrere Jahre einmal die Woche um ihr Leben sorgte, wurde es zu einer gewissen Routine. Da außerdem Yuma bei ihr war, gab ihm das zumindest ein Grundmaß an Sicherheit.

Kalen wartete, bis Misa sich über den Rand des Abgrunds geschwungen hatte, und folgte ihr dann. Die Steilwand fiel hier abrupt nach unten ab. Ein Sturz hätte sie gegen den Felsen geschleudert und die Körper umgehend zerstört. Es wäre gleichbedeutend mit einem vollständigen Erinnerungsverlust vom Zeitpunkt des Transports zur Oberfläche. Im Fall einer Zerstörung des Schiffs würde er nicht einmal mehr wissen, was überhaupt geschehen war.

Seine Muskeln wurden bis zum Äußersten beansprucht, als eine Windböe seinen Körper herumschleuderte. Misa bot weniger Angriffsfläche, doch das machte es kaum leichter für sie. Ihre Finger krallten sich in jede Rille, ihr Gesicht vor

Anstrengung verzogen. Es war klar, wer hier die elegantere Figur bot.

Ein paar Steine lösten sich unter seiner rechten Hand. Es war einzig Kalens verbesserten Reflexen zu verdanken, dass er nicht in die Tiefe stürzte. Er fand eine weitere Kante, an der er sich festhalten konnte, und krallte sich daran fest.

Mit den Füßen gelang es ihm irgendwie, sich auf einen Vorsprung zu stellen. Für einen Augenblick musste er innehalten und durchatmen. Sein SmartCom schickte eine Warnmeldung auf das EyeSign: Das Wetter verschlechterte sich rapide. Misa übertrug eine Textnachricht in seinen Sehbereich. Auch sie hatte die Verschlechterung im Blick.

»Wir müssen uns beeilen«, sandte er zurück.

»Erzähl mir was Neues«, schickte sie. »Ich habe die Drohne eine Prognose erstellen lassen. Es geht noch fünfzig Meter an der Wand entlang, dann haben wir – vermutlich – den Bereich mit den Minen geschafft.«

»Wenn das alles ist …«

Sie schickte einen Smiley.

Heutzutage lief das über Avatare, was vor einigen Jahren zu einem Scherz zwischen ihnen beiden über ihr Alter geführt hatte. Seitdem hatten sie ein paar historische Smileys gespeichert, die bei Bedarf eingesetzt werden konnten. Sie waren sogar zweidimensional.

Misa schrie auf.

Sofort waren Kalens Sinne geschärft, die Reflexe bereit. Bedauerlicherweise war er zu weit weg. Misas linke Hand hatte den Halt verloren, der Stein unter ihrer rechten war weggebrochen. Sie fiel.

Es lief in Zeitlupe ab, weil sein System die Denkprozesse hochpegelte. So etwas war nicht lange möglich, da es dem Körper unsagbar viel Energie abverlangte, doch in Notsituationen konnte der SmartCom das autark veranlassen. Misa ruderte mit den Armen, suchte nach Halt. Ihr Gesicht zeigte für einen Augenblick entsetzte Überraschung, dann wurde sie hoch konzentriert.

Sie kam an einen hervorstehenden Stein, griff zu. Ihr Körper krachte gegen die Felswand, angetrieben von der Wucht des Falls. Ihr Keuchen war überlaut zu hören.

Trotzdem atmete Kalen auf. Der Fall war gebremst, der Stein hielt. Vorerst. »Benötigst du Hilfe?«, schickte er.

»Falls du einen Gleiter versteckt hast«, übertrug Misa zurück.

Ihr SmartCom markierte bereits die notwendigen Griffe an der Wand, sie teilte ihre Sicht. Es würde schwer werden, aber solange kein weiterer Halt wegbrach, konnte sie es schaffen.

»Kümmer dich erst mal um dich«, schickte sie.

Er bestätigte und hangelte sich weiter. Zweimal brachen Steine unter seinen Fingern weg, doch er konnte einen Fall vermeiden und erreichte das Ziel. Immer wieder warf er auf dem Weg einen Blick auf Misas geteilte Sicht. Sie hielt sich wacker. Zwanzig Minuten nach ihm zog sie sich über den Vorsprung.

»Das war übel.« Ihr Atem ging stoßweise. »Ich war schon lange nicht mehr so am Limit.«

»Dito. Diese Mission entwickelt sich deutlich anders, als ich gehofft hatte.«

»Erwarte stets das Unerwartete«, zitierte sie den Standardspruch des Explorationskorps.

Was ein Paradoxon darstellte, und jeder wusste, dass Missionen schlicht nicht vorhersehbar waren. Es gab zu viele Variablen, die unkalkulierbar waren.

Kalen zog sich den Datenstrom der Drohnen ins EyeSign. Tatsächlich schienen sie den Bereich der Minen umgangen zu haben. Damit konnten sie wieder ohne Probleme den gewöhnlichen Weg benutzen.

Zwischen bergigen Geröllhaufen und steinernen Wänden führte der Weg fort vom ursprünglichen Bereich. Ein wenig erinnerte der Anblick Kalen an Gebiete der Alpen, die er in einem Work-out-Holo genutzt hatte.

»Hier stimmt etwas nicht.« Misa hatte sich erhoben und überblickte mit gerunzelter Stirn die Umgebung.

Kalens SmartCom gab jedoch keine Warnung aus. »Was meinst du?«

»In den letzten Jahren hatte ich ein paar Missionen im Sicherheitsbereich«, erklärte sie. »Dadurch habe ich neue Algorithmen entwickelt. Einmal war ich in den europäischen Alpen unterwegs. Dort gab es einen geheimen Unterschlupf der Mafia.«

Er schmunzelte, weil sie ebenfalls den Vergleich zu den Alpen gezogen hatte. »Die Mafia«, echote er. »In den Alpen.«

Sie schüttelte traurig den Kopf. »Die Menschheit bekommt so wenig davon mit, was in den Schatten geschieht. Es ist beängstigend und traurig zugleich. Jedenfalls gab es dort ein Areal, das für den Bau einer unterirdischen Station angepasst worden war. Die Verwerfungen im Untergrund konnten aber oberirdisch nicht ausgeglichen werden.«

»Du meinst, die Landschaft ist künstlich wieder in den Ursprungszustand zurückversetzt worden?«

»Das haben sie versucht«, bestätigte Misa. »Jedoch nicht geschafft. Natur in ihrer Ursprungsform entsteht durch Gezeiten, durch Evolution, durch den Einfluss von Flora und Fauna. Es ist pures Chaos.«

»So was lässt sich schwer wiederherstellen.«

»Exakt. Ich habe also einen Algorithmus geschrieben, mit dem ich durch meinen EyeSign die Umgebung scannen und künstliche Strukturen erkennen kann.« Sie deutete auf die Felswände, zwischen denen sich ein schmaler Pfad hindurchschlängelte. »Große Teile der Wand sind nicht natürlichen Ursprungs.«

»Ich frage mich gerade, ob diese Lücke im Schirm tatsächlich eine Falle für uns war«, sagte Kalen.

Sie erwiderte seinen Blick und nahm den Faden auf. »Oh, ich glaube, ich weiß, in welche Richtung du denkst. Und das gefällt mir gar nicht.«

20

LISA OTTH

Es war einsam in der Zentrale.

Normalerweise liebte Lisa es, sich in ihre Arbeit zu versenken und an nichts anderes zu denken. In den Flow einzutauchen, alles Übrige zu vergessen. Doch es war ein Unterschied, dies zu Hause zu tun und abends noch in einen virtuellen Raum einzutauchen, eine Party zu feiern und loszulassen oder irgendwo allein auf einem Raumschiff zu sitzen.

Ein Signal erklang, das Panzerschott der Zentrale rollte zur Seite.

»Und, muss ich mich schon um Lagerkoller kümmern?«, fragte Amy. Sie kam herein, sank auf den Sitz neben Lisa und stützte das Kinn auf den Handballen. »Dieses Schiff sollte normalerweise prall gefüllt mit Klonkörpern sein, die sich auf Missionen verletzen und behandelt werden müssen. Stattdessen ist alles leer.«

»Ist dir etwa langweilig?«

»Möglicherweise«, gab sie widerwillig zu. »Sobald das Außenteam sich meldet, will ich auch in die Kolonie. Bestimmt haben die alle möglichen Dinge entdeckt. Innerhalb des ersten Jahres mindestens drei Bakterien, und von den Viren will ich gar nicht anfangen.«

Lisa konnte nur den Kopf schütteln. »Du hast dich wirklich nicht verändert. Jagst du immer noch der großen Entdeckung hinterher?«

Amy zuckte mit den Schultern. »Wir haben alle unsere Ziele. Oder willst du mir sagen, dass das bei dir anders ist?« Sie deutete auf Lisas Glatze. »Die anderen halten das vielleicht für ein simples Tattoo, aber ich habe recherchiert.«

Die einzig mögliche Antwort war ein Seufzen. »Und ich dachte, du willst mir Gesellschaft leisten.«

»Will ich ja auch.«

»Und dabei soll ich reden, mhm?«

»Es ist eine Sekte«, sagte Amy.

Damit hatte sie ihren Stand zumindest deutlich gemacht. »Du kennst mich besser. Ich bin eine Person der Logik.«

»Wie haben die dich gekriegt?«

»Würdest du das auch zu jemandem sagen, der dem Christentum beigetreten ist?«, gab Lisa zurück.

»Also wenn du mich so fragst: ja. Religion ist der Glaube an etwas Übersinnliches. Diese ganzen Geschichten, die Teil von Religion sind, sind Fantasy. Und sie haben die Prämisse, Menschen in Ketten zu legen.«

»In unserem Fall das Gegenteil.« Lisa deutete auf ihr Tattoo, das binären Code darstellte. »Wir glauben schlicht, dass der menschliche Körper gleichzusetzen ist mit Hardware. Der Geist ist die Software. Wenn du ehrlich bist, lebt unsere ganze Gesellschaft nach diesem Glauben. Wir übertragen uns in andere Körper, die konstruiert wurden.«

»Trotzdem gibt es so etwas wie einen Primärkörper, in dem wir geboren werden«, sagte Amy. »In ihm entwickeln wir uns. Und er ist verbunden mit …« Sie schwieg.

»Wolltest du ›Seele‹ sagen?«, neckte Lisa. »Und das von dir als Wissenschaftlerin. Wir sind so weit in unserer Entwicklung gekommen, aber eine Seele konnten wir bisher nicht nachweisen.« Sie wusste, dass viele den Glauben der Singulären als Sektierertum abtaten.

Dabei war er friedlich und schlicht. Sobald ein Mensch eine

gewisse Anzahl von Jahrhunderten in einem Körper gelebt hatte, der im Zeitraffer verfiel und sich nur noch durch das Existieren in Klonkörpern erhalten konnte, sollte ihm die Möglichkeit der vollständigen Digitalisierung offenstehen. Doch nicht auf der Grundlage von Zwang, wie einige in der Politik es populistisch propagierten.

Das Bewusstsein konnte dann in eine Gemeinschaft aus verschmolzenen Engrammen aufgehen und eine neue Sammelintelligenz bilden. Eine Singularität, die in Moral, Ethik und dem Streben nach Frieden alles übertraf, was die Menschheit in ihrem Individualismus erbauen konnte.

»Aus wissenschaftlicher Sicht eine spannende Möglichkeit der Beobachtung«, sagte Amy. »Engramme sind nun einmal individualisiert. Es sind Bewusstseine von Menschen. Wir bilden sie ab, doch es gibt stets ein Original. Darauf basiert unsere Gesellschaft ebenso. Wenn in der Vergangenheit versucht wurde, Engramme zu verschmelzen, ging das meist sehr übel schief.«

Was Lisa wie jeder Singuläre wusste. »Wir sind eben noch nicht so weit. Doch eines Tages werden wir diesen Punkt erreichen. Dann beginnt die Verschmelzung, und wir erheben uns über das Körperliche hinaus.«

»Ein Grund mehr, meinen Arbeitsschwerpunkt auf Engramm-Forschung zu fokussieren«, sagte Amy. »Und spannende Diskussionen mit dir zu führen.«

Lisa überlegte kurz, entschied sich dann aber für Offenheit. »Es war unsere letzte Mission, die mich für das Thema geöffnet hat.«

Amy presste die Lippen aufeinander, setzte dazu an, etwas zu sagen, schwieg aber letztlich. Und sagte dann doch: »Wir hätten uns danach stärker umeinander kümmern müssen. Stattdessen sind wir auseinandergedriftet, jeder hat versucht, den Verlust allein zu bewältigen. Und wohin hat uns das gebracht?« Sie breitete die Arme aus. »Es ist ein Wunder, wenn sich Kalen und Misa dort unten nicht an die Gurgel gehen. Wir haben außerdem einen Teenager mit im Team, und du bist einem … Glauben beigetreten. Die einzig Geerdeten sind Yuma und ich.«

Lisa verzichtete darauf, etwas zu erwidern. Amys Ego war gewaltig und instabil zugleich. Ein Himmelskratzer auf wackligem Fundament. Sie wollte hier keine Katastrophe auslösen. »Nun, dann seien wir doch froh, dass es euch beiden so gut geht.« Sie widmete sich wieder der Prüfroutine. Die Speichercluster waren tatsächlich sauber, die KI konnte hochgefahren werden. »Hier sieht es gut aus. Ich denke, es wird Zeit für ein Update an Kalen.«

»In beide Richtungen«, sagte Amy. »Ich bin schließlich nicht hierhergekommen, um mich zu langweilen. Also …«

Ein Alarm-Icon blinkte über Lisas Konsole in der Luft auf.

»Ein Annäherungsalarm vom Planeten.« Sie richtete sofort die Kameras neu aus.

Amy hatte sich in den Feed geschaltet. »Ein Shuttle. Es sendet ein medizinisches Notsignal.«

Das kleine Flugobjekt war aus dem roten Blütenmeer von Red Pearl aufgetaucht.

»Flüchtende der Kolonie?«, überlegte Lisa laut.

»Es könnte auch ein Angriff sein«, gab Amy zu bedenken. »Nach allem, was wir hier erlebt haben, wäre das nicht ausgeschlossen.«

Ein kurzer Scan bestätigte, dass sich keinerlei Waffen an Bord befanden. Weder solche, die gegen ein Schiff wie die *I4* eingesetzt werden konnten, noch NanoJammer.

»Das wäre ein ziemlich sinnloser Angriff«, bemerkte Lisa.

Das Shuttle verließ den Orbit und glitt auf die *Interspace-Four* zu.

21

»Was sagt das Protokoll in einem solchen Fall?«, fragte Lisa.

»Wir helfen.« Amy befand sich bereits im MedSpec-Modus.

Innerlich atmete Lisa auf. Sie öffnete über den medizinischen Notfallkanal eine Verbindung zum Shuttle. Es gab einen bewusstlosen Körper mit problematischen Biowerten.

»Das wird eng«, kommentierte Amy. »Der Körper scheint irgendwie zu zerfallen. Das sind seltsame Scannerwerte. Wir brauchen einen sofortigen MindSave.«

Was gleichbedeutend war mit dem Eingeständnis, dass Amy den Körper vermutlich nicht würde retten können. Einen Vorwurf konnte man ihr aber kaum machen. Lisa musste nur einen Blick auf die Daten werfen und stimmte der Einschätzung zu. Die Adrenalin- und Noradrenalinwerte gingen durch die Decke, das Gewebe destabilisierte sich, Organe versagten. Ein Wunder, dass es der Mann überhaupt ins Shuttle geschafft hatte.

»MindSave-Verbindung steht«, sagte Lisa.

Amy konnte zwar alles verfolgen, doch sie war auf die medizinische Perspektive fokussiert. Da war es manchmal hilfreich, zusätzlichen Input verbal zu erhalten. »Krankenstation ist vorbereitet«, sagte sie. »Ich habe der KI des Shuttles Anweisung gegeben, die genetische Codierung auszulesen, damit wir ihm einen Individualklon herstellen können. Aber so schnell, wie die DNA zerfällt, wird das schwierig.«

»Ein DNA-Scrambler?«, fragte Lisa.

»Wäre möglich«, gestand Amy.

Personen, die vor dem Gesetz flohen, benutzten diese Art der Retroviren. Sie zerstörten die DNA so schnell, dass keine Rückschlüsse auf den Primärkörper gezogen werden konnten.

»Falls es ein Klon ist, müssten wir uns keine allzu großen Sorgen machen«, sagte Amy.

»Der Primärkörper mag noch irgendwo existieren, aber es muss einen Grund geben, warum jemand von der Oberfläche in unsere Richtung unterwegs ist. Es könnte eine Flucht sein. Und was immer dort unten vorgeht, diese Person weiß mehr.«

Was bedeutete, dass sie sie retten mussten.

»MindSave-Verbindung steht«, sagte Amy. »In Kürze wissen wir es.«

Der Upload begann, während das Shuttle sich näherte.

»Da stimmt etwas nicht.« Lisa betrachtete den eingehenden Code. »Das ist kein Engramm, das da übertragen wird.«

»Wie bitte?« Amy wandte sich ihr zu.

»Das ist ein verdammter Virus.« Lisas Puls schoss in die Höhe. »Die haben einen Klon angepasst, damit sein Gehirn als Speicher für einen Virus fungiert, und den haben sie übertragen!«

Sofort aktivierte sie alle Routinen, die für einen solchen Fall hinterlegt waren. Wie bei Schiffen auf hoher See, deren einzelne Bereiche bei Wassereinbruch separiert werden konnten, gab es solche Möglichkeiten auch bei einem Computersystem. Sie ließ die digitalen Schotten herabsausen. Ob das noch rechtzeitig geschehen war, würde sich in wenigen Sekunden erweisen.

»Ein trojanisches Pferd«, sagte Amy grimmig. »Die wussten, dass wir einen Verwundeten nicht einfach seinem Schicksal überlassen. Also haben sie kurzerhand einen Klon erschaffen, der verwundet ist, und einen Notfall vorgegaukelt. Wie steht es um das Schiff?«

»Da wir den MindSave eingeleitet hatten, konnte der Virus den Interspace-Pointer problemlos benutzen. Und hat von dort Agenten abgesplittert, um weitere Systeme zu korrumpieren. Ich analysiere gerade, wohin es vorgedrungen ist.«

»Ausgerechnet jetzt ist Misa nicht hier.«

»Ich bin die IT-SecSpec«, stellte Lisa klar. »Misa würde ihre Fragen auch an mich richten, und gemeinsam würden wir Strategien entwickeln und einsetzen.«

»Dann hoffe ich, du schaffst das zügig. Andernfalls haben wir nämlich ein erhebliches Problem. Welche Systeme unsere Feinde auch immer anvisieren, das Ergebnis kann nichts Gutes sein.«

Lisa sah es Amy nach. Sie war als Ärztin für den menschlichen Körper zuständig und damit gewohnt, die Kontrolle zu behalten. Immer. Hier musste sie sich zurücklehnen und sich auf die Expertise von anderen verlassen. Nicht unbedingt Amys Stärke.

In zwei Systemen hatte sie den Virus bereits gestellt und durch Agenten den Code zerstören lassen. Doch drei waren noch übrig. Als wäre das nicht genug, begann der Code damit, sich zu tarnen. Die Virensignaturen der *I4* fanden keine Übereinstimmung mehr. Lisa musste den Virenscanner zeitgleich anpassen. Etwas, das auf Dauer nicht funktionieren würde. Da! Sie fand ihn erneut und säuberte ein weiteres System. »Fast geschafft.«

»Ich werde mich auf jeden Fall nie wieder über Langeweile beschweren«, sagte Amy. »Das schwöre ich hiermit.« Sie war mit ihren eigenen Analysen beschäftigt. »Der Klon im Shuttle ist tot. Weitere Lebenszeichen gibt es nicht.«

Damit hatte Lisa bereits gerechnet. Sie erwischte den Virencode in einem letzten System. Das sollte es gewesen sein. Zur Sicherheit hatte sie einen Teil davon nicht gelöscht, sondern in eine Sandbox verschoben. Sie musste dieses Miststück analysieren, um die Signaturen nachzuschärfen. So etwas durfte sich nicht wiederholen. Weder hier noch in einem anderen Interspace-Raumer.

»Lisa, da stimmt was nicht«, sagte Amy. »Ich habe soeben den Zugriff auf die Sensoren des Shuttles verloren. Sie wurden von hier aus abgeschaltet.«

Sofort weitete Lisa ihren Filter aus und keuchte schockiert auf. Der Virus hatte stets nur ein Ziel gehabt: ein Brückensystem. Um nicht erkannt zu werden, hatte er sich auf ein einzelnes Subsystem fokussiert: die Schutzschilde.

»Oh, Tak«, sagte sie.

Die Schutzschildprojektoren deaktivierten sich und fuhren herunter. Einer nach dem anderen, bis die I4 vollkommen schutzlos im Weltraum schwebte.

»Ich bin ja keine Fachfrau für Waffensysteme«, sagte Amy trocken. »Aber sollte das hier passieren?«

Die Frage war rhetorischer Natur und aus Angst geboren. Trotzdem hätte Lisa ihre Kollegin beinahe angebrüllt, einfach den Mund zu halten.

Sie musste die Systeme wieder hochfahren. Schnell. Den Virus zu löschen, war kein Problem, sie hatte ihn gefunden, die Signatur aufgenommen, und der Code war Sekunden später geschreddert. Leider änderte das nichts an den heruntergefahrenen Schutzschildprojektoren.

»Lisa …«

»Ich gebe mein Bestes.«

»Das Shuttle beschleunigt.«

Sie richtete ihre Aufmerksamkeit darauf. Die Schubdüsen leuchteten auf, das Shuttle gewann an Geschwindigkeit.

Und raste auf die *I4* zu.

22 YUMA KIKIAC

Ein Krieg, ohne dass es jemand bemerkte?

So kam es Yuma zumindest vor. Die Kolonisten waren auf irgendeine Weise mit einem biologischen Kampfstoff angegriffen und das Gebäude des Explorationskommandos zerstört worden. Gleichzeitig gelang es jemandem, einen Virus auf die *I4* einzuschleusen, der die Ankunft von zahlreichen Spezialisten verhinderte. Das zwang die Admiralität, sie einzusetzen.

»Ich verstehe das nicht«, sagte Trisha, während sie sich dem zentralen Verwaltungsgebäude näherten.

Dort hatte ein Verwaltungssekretär des Explorationskommandos ein Büro gehabt, um jederzeit mit dem Rat der Kolonie konferieren zu können. Ein Büro mit Zugang zur Explorationscloud. Während das Gebäude also zerstört worden war, würde es wohl niemandem gelingen, alle Datencluster zu vernichten.

»Was meinst du?«, fragte Yuma.

Das zentrale Verwaltungsgebäude glich einer Pyramide aus Stein und Glas. Nach oben hin wurden die Stockwerke kleiner bis zur Spitze hin, wo der Präsident der Kolonie sein Büro besaß.

»Denen muss doch klar gewesen sein, dass wir kommen«, sagte Trisha.

»Falls das alles hier schlicht ein Test für eine biologische

Waffe war, wäre es perfekt«, entgegnete Yuma, auch wenn die Worte ihn schmerzten. »Sie richten Schaden an, der sich herumspricht. Und gleichzeitig steht das Explorationskommando als der große Versager im Rampenlicht. Es wird zudem den Mythos von Hales Macht weiter zementieren.«

Wenn das so weiterging, würde der ehemalige Admiral zu einer sagenumwobenen Gestalt werden, die schlicht alle Probleme der Menschheit zu lösen vermochte. Seine Gefolgsleute glaubten dies wohl bereits jetzt.

Yuma versuchte, nicht weiter an den möglichen Drahtzieher dieser Sache zu denken. Noch wussten sie nicht, was »die Sache« überhaupt war. Stattdessen fuhren sie mit der Rolltreppe nach oben. Menschliche Wachen hatte es wohl einmal gegeben, doch der Tresen im Erdgeschoss war nicht besetzt. Im dritten Stockwerk fand sich problemlos das Büro des Explorationskommandos. Yuma konnte das Türschloss mit seinem Transpondercode entriegeln.

Dahinter wartete ein leerer Raum, sauber eingerichtet. Auf dem u-förmigen Schreibtisch lag ein Pad, daneben stand eine Tasse in einer Einbuchtung der Tischplatte. Ein Monitor war fest verbunden und ragte heraus.

Manchmal dauerte es für Yuma einen Moment, bis er sich wieder an die Art der Technik gewöhnte, wie sie außerhalb von Raumschiffen noch immer eingesetzt wurde. Je nach Kolonie variierte das sowieso. Es hing stets davon ab, welche Materialien günstig erhältlich waren, was vor Ort genutzt wurde.

Auf manchen Planeten sammelten sich Bewohner, die nur ungern Erweiterungen am oder im Körper trugen. Gerade dort wurden altmodische Monitore eingesetzt oder Holoprojektoren. Er konnte es durchaus nachvollziehen.

Wer mit der Welt um sich herum, der Natur und dem Leben verbunden bleiben wollte, wählte oft eine Existenz mit minimaler Technologie.

Trisha zog eine Platte über einer Abdeckung beiseite. »Das ist eine Tastatur.«

»Das verkompliziert die Sache.« Eingaben über taktile Resonanz nahmen weitaus mehr Zeit in Anspruch als eine Vernetzung via EyeSign und SmartCom.

Immerhin konnte er mit seinem Code den Zugang entsperren. Diese Hürde wäre unüberbrückbar gewesen. Von da an ging es Klick für Klick weiter.

»Die hiesige Vertreterin des Explorationskommandos war Tamlyn Sands. Sie stand laut diesem Log in engem Kontakt mit den Sicherheitsbehörden.« Yuma öffnete die elektronische Korrespondenz. »Der Protektor hat einen Mann verhaftet, den er für Nils Sheft hielt. Das sollte nach Terra gemeldet werden, doch die Interspace-Verbindung riss am Morgen des entsprechenden Tages vollständig ab. Die Admiralität hat also nur von der Entdeckung des Mannes erfahren, nicht aber von seiner Verhaftung.«

»Ja, klar«, kommentierte Trisha trocken. »Was für ein praktischer Zufall.«

»Da die Zelle aufgebrochen wurde und der angebliche Sheft floh, war wohl jedem bewusst, dass es sich nicht um einen Zufall handelte«, sagte Yuma. »Der Protektor war aber nicht nur Sheft auf der Spur. Er hat seine Unterlagen in einem gemeinsamen Sicherheitsspeicher abgelegt, damit Tamlyn Sands jederzeit Zugriff besaß. Darin hat er seine Theorien zu einer geheimen Hale-Zelle dargelegt. Ausgehend von einem unvorhergesehenen Wetterphänomen, das einen Riss in den Blütenkelchen geschaffen hat. Liest sich alles ein bisschen seltsam. Jedenfalls ging er davon aus, dass es hier mehrere Unterstützer des Admirals gibt.«

»Wäre ja logisch«, kommentierte Trisha. »Jemand muss diesen Sheft ja aus der Zelle herausgeholt haben.«

Yuma schmunzelte. »Ab dem Punkt hat wohl niemand mehr die Theorie angezweifelt.«

»Und dann haben diese Leute eine komplette Kolonie ausgelöscht? Wofür? Sie hätten doch einfach abhauen können. Wenn so eine Terrorzelle jemanden aus einem Gefängnis holt, kommen sie bestimmt auch hier weg.«

Taten sie das?

Da es nur einen Interspace-Pointer gab, dessen Transfers vollständig vom Explorationskommando aufgezeichnet wurden, war das gar nicht so einfach möglich. Falls sie Freunde hatten, die über ein Raumschiff verfügten, würde es Monate dauern, bis ein solches hier eintraf. Zudem war eine Reise mit allerlei Gefahren verbunden.

Doch auch die aktuelle Situation brachte ihnen nicht viel. Falls Yuma und die anderen scheiterten, würde das Explorationskommando erst richtig aufmerksam werden. Und damit war eine Flotte der Explorationsnavy gemeint, portable Interspace-Pointer, und sogar die Verlegung einer Tiefraumstation war eine Möglichkeit.

Aktuell befanden sie sich auf Terra noch im Status des hochköchelnden Problems. Sobald die Information einging, dass hier eine ganze Kolonie durch einen Kampfstoff getötet worden war, würde sich das abrupt ändern. Hörte man nichts mehr von Kalen, galt dasselbe.

Ab diesem Punkt konnte Hales hiesige Terrorzelle nichts mehr gewinnen.

Es sei denn, sie übersahen etwas.

»Da wir aktuell nicht viel tun können, sollten wir uns hier wohl einstweilen einrichten«, sagte Yuma.

Trisha zuckte ergeben mit den Schultern. »Ich bin sowieso langsam hungrig. Dort draußen gab es Automaten mit Getränken und Snacks.«

Kurzerhand überspielte Yuma ihr seinen Zugangscode. »Damit kannst du genug für uns beide holen.«

»Schon unterwegs.«

»Aber bleib auf diesem Stockwerk.«

»Versprochen.« Sie verließ das Büro.

Er belegte ihren Transponder mit einem Entfernungs-Ping. Sobald sie das Stockwerk verließ, würde er es merken. Nicht auszudenken, wenn Trisha etwas geschah, während er die Verantwortung trug.

Yuma scrollte durch die Korrespondenz und vertiefte sich in die Recherchen des Protektors.

23

Yuma studierte die Korrespondenz und bemerkte die Sorge, die sich bei den Beteiligten nach und nach aufgebaut hatte.

Immer mehr Ressourcen waren für die Suche nach Nils Sheft aufgewendet worden, bis man einer illegalen Ausgrabung auf die Spur gekommen war. Als Hales Stellvertreter dort auftauchte, schlugen die Protektoren zu. Er wurde verhaftet. Einige Stunden später – zu diesem Zeitpunkt war die Kommunikation bereits ausgefallen – hatte der Protektor das Inventar besagter Ausgrabung katalogisiert.

Gerade wollte Yuma die entsprechende Datei öffnen, da wurde die Tür aufgerissen. Er sprang auf und hob die Arme in einer Abwehrhaltung.

Trisha starrte ihn verdutzt an und begann zu kichern. »Sorry, Zuckerschock.« Sie breitete Schoko-Nuss-Riegel auf dem Tisch aus.

Yuma atmete langsam ein und wieder aus. Wütende Tiraden brachten hier nichts. »Danke, dass du dich um unsere Nahrung gekümmert hast. Auch wenn diese Körper vermutlich an einer Zuckersäureattacke auf die Zellen zugrunde gehen.«

»Das versucht Dad ständig.« Sie winkte ab. »Ich habe mit acht meine erste Zuckerschutz-DNA-Injektion erhalten. Als ob mir das Zeug noch irgendwas ausmacht. Wir leben doch nicht mehr ...« Sie wedelte mit der Hand. »Eben vor der ersten Schutzinjektion.«

»Dir ist aber klar, dass das hier Klonkörper sind«, entgegnete er. »Die haben garantiert keinen Zellschutz gegen die üblichen Schäden.«

Was vermutlich erklärte, weshalb Trisha so heftig auf den Verzehr von Schokolade reagierte.

»Ihr seid alle viel zu ernst«, sagte sie. »Jetzt reiß doch einfach eine Packung auf und iss das Teil. Oder willst du verhungern?«

Wollte er nicht. Bedauerlicherweise schmeckten die Dinger wirklich gut. Natürlich produzierte der verräterische Körper umgehend Dopamin.

»Siehst du, schon fühlst du dich besser«, sagte Trisha. »Hast du etwas Spannendes gefunden?«

»Umfangreiche Kommunikation zwischen dem Protektor und Tamlyn Sands. Anfangs wollte der Rat die Sicherheitsbedenken nicht ernst nehmen, deshalb hat der Protektor sich an sie und damit an das Explorationskommando gewandt. Mit begrenztem Budget ging das trotzdem nur langsam voran. Die Suche hat sich über Monate hingezogen. Erst als der Kreis um die Zelle enger wurde, hat der Rat endlich Unterstützung signalisiert.«

»Typisch Politik.«

»In dem Fall eher Bürokratie«, entgegnete Yuma. »Es ging letztlich gut aus, aber nur weil dieser Protektor – ein Jonas Quinn – wohl einer der wenigen Idealisten ist. Er wollte unbedingt für Sicherheit in der Kolonie sorgen.«

»Meiner Ansicht nach verdient er einen Orden«, sagte Trisha.

»Das wäre dann wohl posthum. Ich habe mir sein persönliches Profil angesehen. Wenn ein Transponder ausfällt, wird es automatisch verzeichnet. Er ist tot. Das Todessignal ging einen Tag vor unserer Ankunft ein.«

»Das Leben ist ungerecht.« Trisha hatte gerade einen Schokoriegel zum Mund geführt, blickte ihn jetzt aber an und legte ihn stattdessen auf den Tisch. »Also bringt uns das Ganze nicht weiter?«

»Gerade wollte ich mir das Inventar der Ausgrabung ansehen«, sagte er. »Dann wurde ich erschreckt.«

»Perfekt.« Sie zog sich einen Stuhl heran und blickte neugierig in Richtung Monitor. »Legen wir los.«

Mit einem Seufzen öffnete Yuma die Datei und scrollte durch den Text. »Ein Areal zwischen dem nördlichen Gebirge und der Kolonie. Dort wurde keine Genehmigung für Grabungen erteilt, weil der Gebirgsfluss wichtig für die Wasserversorgung ist. Seismische Sensoren haben die Arbeiten erfasst, und dadurch wurde Protektor Quinn überhaupt erst aufmerksam.«

»Also, ich hätte da Klonkörper eingesetzt und wäre abgehauen.« Trisha schüttelte den Kopf.

In dem Mädchen steckte zu viel kriminelle Energie. Allerdings hätte Yuma ähnlich gehandelt. Wieso spazierte Nils Sheft – nicht weniger als die Nummer zwei des meistgesuchten Mannes von Terra – zu einer illegalen Ausgrabungsstätte? Hier war die Gefahr, von jemandem entdeckt zu werden, doch viel höher als an einem anderen Ort.

»Du hast absolut recht«, sagte Yuma gedankenverloren.

»Wirklich?« Sie grinste zufrieden. »Muss also was Wichtiges gewesen sein, was die dort gesucht haben.« Sie runzelte die Stirn. »Vielleicht etwas, das nur von einem ungeklonten Primärkörper untersucht werden kann. Gibt es so was?«

Instinktiv hätte Yuma mit Nein geantwortet. Was auch immer ein gewöhnlicher Körper vermochte, konnte ebenso ein geklonter. Wenn überhaupt, konnten die einiges besser als das Original.

Er ging den Text weiter durch und betrachtete dann die beigefügten Dateien. In einer davon hatte Protektor Quinn einen dreidimensionalen Scan der Stätte gemacht. Hinzu kamen die Bilder.

Beinahe wäre Yuma aufgesprungen.

»Was ist?« Trisha folgte seinem Blick. »Was ist das? Sieht aus wie ein Monolith. Ist der aus schwarzem Glas?«

Eine Gänsehaut überzog seine Arme. »Es ist ein Speicher.«

»Was?«

Er schluckte. »Vor langer Zeit gab es ein sehr, sehr übles Volk. Eine Zivilisation aus kriegerischen Wesen. Es ist ausgestorben. Aber überall in der Galaxis finden sich Welten, auf denen sie etwas hinterlassen haben. Gefährliche Züchtungen, Prädatoren, die sich die Flora und Fauna untertan gemacht haben. Außerdem diese schwarzen Monolithen.« Yuma erinnerte sich noch an jede Zeile des Berichts, ebenso die Bilder einer der verlorenen Welten.

Das war Admiral Hales großes Ziel. Er wollte die alte Technologie benutzen. Yuma sah den Tod der Kolonisten in einem völlig neuen Licht. Wenn Sheft hier tatsächlich einen der Monolithen gefunden hatte, besaß die hiesige Terrorzelle von Hale Zugriff auf das alte Wissen.

»Damit könnten sie …« Es war kaum in Worte zu fassen, was diese Irren damit anzurichten vermochten.

»Okay, jetzt habe ich offiziell auch Angst«, sagte Trisha.

»Wir müssen die anderen finden.« Er trat an einen Schrank, kramte herum, bis er einen Datenspeicher fand, und überspielte alles.

»Ist es so ernst?«

»Glaub mir, wenn ich dir sage, dass diese Welt innerhalb eines einzigen Kontakts zur Admiralität den Status ›verboten‹ erhält.«

Ihre Augen weiteten sich. »Ich wusste nicht einmal, dass es solche Welten überhaupt gibt.«

»Außerhalb des Explorationskorps und des Sicherheitsstabs des Präsidenten weiß das auch niemand.« Yuma verstaute die Speichereinheit. »Gehen wir.«

24 KALEN MCKENON

»Dort.« Misa deutete auf eine Lücke zwischen zwei Felsbrocken.

Sie hatte den Algorithmus dazu verwendet, wahrscheinliche Strukturen durchzugehen. Das hatte schließlich zu den künstlichen Felsen geführt, in deren Spalte tatsächlich ein Gitter auf dem Boden einen Lüftungsschacht bedeckte.

Kalen hob es heraus, was mit einem kurzen Ruck und zersplitterten Metallstreben problemlos funktionierte. »Eine geheime Basis.«

»Ich habe keine Ahnung, warum Hale ausgerechnet diese Kolonie interessant fand, aber es ist ihm gelungen, sich hier einzuschleusen. Er muss eine Person im Sicherheitsrat der Kolonie haben, die hat einen toten Punkt im Überwachungsnetz geschaffen.«

»Über den auch wir hineingelangt sind«, nahm Kalen den Faden auf. »Und deshalb haben die hier eine Basis aufgebaut.«

Einerseits war das beruhigend, bedeutete dies doch, dass sie nicht mit gezogenen Waffen erwartet worden waren. Andererseits konnte sie im Inneren des Bergs sonst etwas erwarten.

Das Rohr führte laut EyeSign drei Meter senkrecht in die Tiefe, bevor es einen Knick machte und schräg verlief. Der Sprung war kein Problem, wozu besaßen die Körper verstärkte Knochen? Kalen sprang zuerst und robbte mit gezogenem NanoJammer weiter. Misa kam hinterher.

Das Metall der Röhrenwand war kühl, und ein beständiger Luftzug kam hindurch. Es musste mehrere dieser Röhren geben, um diese Basis mit Sauerstoff zu versorgen. Die Wärme wurde nach oben abgeleitet, aber von niemandem bemerkt, da die Satelliten im Orbit den Boden durch die Blüten nicht auf Infrarot prüfen konnten.

»Diese Kolonie erweist sich als gute Wahl«, bemerkte Kalen.

»Das glaube ich langsam auch. Trotzdem gibt es hier noch etliche Fragezeichen. Solange wir nicht mehr über Hales Leute vor Ort wissen, werden die weiteren Vermutungen schwierig.«

Sie erreichten das Ende des Tunnels.

Schweigend kauerten sie sich über das Gitter und lauschten. Als eine gute Minute lang nichts zu hören war, verhakte Kalen die Finger, während Misa es heraustrat. Normalerweise wäre das Gitter mit gehörigem Scheppern auf den Boden geprallt. Das konnte er verhindern. Es war überraschend schwer.

Misa ließ sich zu Boden fallen und nahm es entgegen, er folgte. Gemeinsam schoben sie es dann wieder in die Höhe und zur Seite. Auf diese Weise lag es auf, und nur bei genauerem Hinsehen konnte man erkennen, dass es herausgebrochen worden war.

»Da bisher noch kein Alarm aufheult, scheint es hier keine flächendeckende Überwachung mittels Sensoren zu geben«, sagte Misa. »Allzu sicher sollten wir uns trotzdem nicht fühlen.«

Sie hielten die NanoJammer schussbereit. Immerhin bestand noch die Möglichkeit, dass es sich hier um eine geheime Armeeeinrichtung der Kolonie handelte.

Die Wände bestanden aus unbeschriftetem Stein, lediglich an den Kreuzungspunkten waren Zahlenmarkierungen angebracht. Es stellte sich recht schnell heraus, dass die erste Ziffer das Stockwerk abbildete, die zweite war eine Durchnummerierung der Kreuzpunkte.

Es gab in jedem Gang eine Kamera etwa in der Mitte, die sich um 360 Grad drehte. Auf diese Art war es ein Leichtes, stets im toten Winkel zu bleiben. Wer auch immer die Sicherheit hier geplant hatte, Misas Kopfschütteln machte deutlich, was sie von seiner Expertise hielt. Kalen war einfach nur froh. Alles andere hätte ein unbemerktes Eindringen unmöglich gemacht.

Sie sprachen kurz über ihr weiteres Vorgehen. In einer solchen Basis befand sich der Kontrollraum entweder im Zentrum der Höhe oder ganz unten, um maximale Sicherheit zu gewährleisten. Da es neben dem Lift auch ein Treppenhaus gab, benutzten sie dieses. Alles hier war groß angelegt, mit immerhin neun Stockwerken und etlichen Türen auf jedem davon.

Die Zentrale lag tatsächlich auf dem untersten Stockwerk. Zumindest hatte zuvor nichts darauf hingedeutet. Auch Personen waren ihnen nicht begegnet.

Misa lugte um die Ecke, packte Kalen am Arm und zog ihn gegen die Wand. »Panzerschott. Kamera darüber, Bodensensor eindeutig nachträglich eingebaut.«

»Schwachstelle?«

»Auch hier der Lüftungsschacht«, sagte sie. »Diese Sicherung soll das Personal abhalten, das keine Zutrittsbefugnis besitzt. Atmen müssen die da drinnen aber trotzdem.«

Sie suchten und fanden das hiesige Gitter. Kalen hob Misa hinauf, die es entfernte, in den Schacht kletterte und Kalen heraufzog. Erneut legten sie es so ab, dass erst auf den zweiten Blick das Eindringen auffiel.

Von dort aus krochen sie in jene Richtung, in der die Zentrale zu finden war. Auf der Höhe des Schotts versperrte ein Gitter den Weg, von dem mehrere Kabel abgingen. Misa bedeutete Kalen zu warten und zog aus ihrem Gürtel ein Etui hervor. Darin befanden sich ein paar simple Feinmechanikwerkzeuge, Klemmen und mehrere Chips und Sensoren. Sie klemmte einen der Sensoren von außen an die Kabel. Dieser las die Signale aus. Misa schloss die Überbrücker an ihren SmartCom an und ließ zwei Chips so programmieren, dass sie die Signale spiegelten. Dann schloss sie einen links des Schotts, einen rechts davon an. Das Gitter war nun die tote Zone dazwischen.

Mit einem Schraubenzieher depolarisierte sie die Schrauben und drehte sie heraus. Der Weg war frei.

»Saubere Arbeit«, sagte Kalen.

Misa kroch voraus, falls es weitere Hindernisse gab, doch es schien die einzige Barriere vor der Zentrale zu sein. Hätte er auf einem geheimen Stützpunkt einer Kolonie im Nirgendwo gearbeitet, wären Eindringlinge auch nicht seine Sorge gewesen.

Unter ihnen drangen gedämpft Stimmen in die Höhe.

Kalens Reflexe schlugen sofort an. Er konzentrierte sich auf die Wahrnehmung, während er bereits Einschätzungen vornahm. Überlebende oder Gegner? Potenzielle Probleme. Wie viele befanden sich im Raum und wo? Wie immer, wenn er sich einem Problem gegenübersah, wurde er ruhig, fokussiert und konzentrierte seine Gedanken vollständig auf das Problem.

Es waren auf jeden Fall mehrere Männer anwesend. Eine Frau sprach ebenfalls. Noch konnte Kalen nicht verstehen, worüber sie sich unterhielten.

Gemeinsam krochen sie zu dem Gitter des Lüftungsschachts. Sie ließen sich Zeit, führten jede Bewegung vorsichtig aus, bis sie endlich an ihrem Ziel angekommen waren.

An das Gitter gepresst, lauschten sie den Stimmen. Kalens SmartCom führte eine Audiodatenbank mit sich, in der auch die Stimmmuster von Straftätern oder ehemaligen Militärangehörigen festgehalten waren. Sie horchten noch keine Minute, als in seinem Gesichtsfeld der visualisierte Audiostrom des Sprechenden mit einem Namen markiert wurde. Es war Nils Sheft. Sie hatten die Basis des Hale-Netzwerks gefunden.

25

»Wie dumm sind die eigentlich?«, erklang eine weibliche Stimme, die von Kalens SmartCom nicht zugeordnet werden konnte.

»Sie tun genau das, was sie tun sollen«, sagte Nils Sheft. »Dafür sollten wir dankbar sein.«

»Ich hätte ja nicht gedacht, dass es so glatt abläuft.«

»So glatt wie auf der Tiefraumstation Delta-9.«

Und so einfach, als habe das Schicksal mit dem Finger geschnippt, verlor Kalen jeden Fokus. Sein Körper erstarrte. Bilder schoben sich aus seinen Erinnerungen ins Bewusstsein. Verwirrtheit, ein toter Blick, ewig währender innerer Schmerz. Der kurze Blick, den er mit Misa tauschte, verdeutlichte, dass es ihr ebenso ging. Sie kämpfte darum, ihre Beherrschung zu wahren, schluckte, blinzelte.

»Mich interessiert nicht, was ihr hier von den beteiligten Personen denkt, verstanden? Keine Fehler. Das hier ist zu wichtig. Status?«

»Der Virus ist in den Schutzschildkontrollen.«

»Deaktivier sie, Kia.«

»Verstanden.«

Kalen warf Misa einen scharfen Blick zu. Doch sie schickte ihm sofort eine Nachricht über eine Direktverbindung. Von außerhalb war es nicht einfach so möglich, einen Virus in die Sicherheitssysteme eines Schiffs zu schicken.

Was meinte Nils Sheft damit, alles verliefe nach Plan wie auf Tiefraumstation Delta-9? Was dort geschehen war, würde Kalen ein Leben lang Albträume bescheren. Hatte sich Sheft damals dort befunden?

»Jetzt dürften sie kapiert haben, dass im Shuttle niemand in Lebensgefahr schwebt«, sagte Kia. »Wer immer dort IT-SecSpec ist, ist schnell und gut. Die übrigen Systeme sind alle wieder gereinigt. Aber die Schutzschilde sind runtergefahren.«

»Ich will …«

Das Schott der Zentrale öffnete sich, und die rauchige Stimme eines Mannes erklang. »Ich habe die Trümmerteile untersucht. Keine Leichen.«

»Was?!« Sheft klang wie eine Laserschneide, die durch Stahl wie durch Butter glitt. »Wen hatten wir?«

»Gesplitteter Transfer, wie gewollt«, antwortete Kia und prüfte irgendwelche Daten. »Oha, Kalen McKenon und Misa Web kamen hier an.«

Sheft fluchte. »Die zwei marschieren natürlich nicht in die Minen. Vermutlich haben sie den Berghang genutzt, nachdem der Transmitterpod zerstört wurde. Hätte es nicht der XenoSpec sein können? Der wäre jetzt nur noch Asche. Okay, ich will ein Suchteam dort draußen. Inklusive Drohne. Falls der Commander und seine SecSpec gerade irgendwo Freeclimbing absolvieren, verpasst ihr den beiden einen Schubs. Solltet ihr sie auf freiem Gelände antreffen: Angriff und Liquidierung.«

»Wird erledigt.« Das Schott schloss sich mit einem schabenden Geräusch.

Immerhin wussten ihre Gegner bisher nicht, dass es ihnen gelungen war, hier einzudringen. Falls Rauchstimme aber etwas von seinem Handwerk verstand oder die Drohne mit dem richtigen Algorithmus ausgestattet war, würde das nicht lange so bleiben.

»Und jetzt ab mit dem Shuttle«, sagte Sheft. »Die Schilde sind unten. Denkt daran, die *Interspace-Four* nicht zu zerstören, wir brauchen das Gerät.«

»Du wiederholst dich«, sagte Kia. »Der Vektor liegt bereits an. Ich fahre die Triebwerke hoch. Neun Minuten bis zum Einschlag.«

Da sie keinen Zugriff auf den hiesigen Computer besaßen, konnte Kalen die Übertragung nicht in den EyeSign holen, doch die Abfolge wurde klar. Falls jemand einen lebensbedrohlichen Vorfall vorgetäuscht hatte, würde Amy sofort Hilfe leisten. Inklusive MindSave. Sie mussten also mit dem Schlimmsten rechnen.

»Kommst du in das System?«, fragte Kalen Misa via Textnachricht.

Diese schüttelte den Kopf. Und zwar entschieden. Hätte sie nicht schweigen müssen, hätte sie nun vermutlich zu einer Tirade angesetzt. Über Sicherheitssysteme und dass man in diese nicht einfach so hineinspazieren konnte.

»Wer ist in der Stadt, und wo sind sie?«, fragte Sheft.

Kalen erstarrte.

»Der eine ist laut Transponder der XenoSpec, die andere kann nicht zugeordnet werden.« Kias Stimme bekam einen zufriedenen Klang. »Sie ist mit ›Zivilistin‹ markiert.«

»Ich will eine Bestätigung.«

»Wir bräuchten visuelles Material«, gab sie zurück.

»Fädle dich in einen Stream ein und mach einen Abgleich. Falls der Klon individualisiert ist, können wir die Zuordnung treffen. Aber zuerst die *I4*.«

»Du kennst mich doch, ich kann Multitasking«, gab Kia zurück und arbeitete damit wohl parallel an beidem. »Ich hole uns die Bestätigung, und dann geht es schön weiter mit dem Plan.«

»Und sorg dafür, dass die in der Stadt keine Verbindung mit

Terra herstellen können. Ich habe keine Lust auf Intervention von höchster Stelle, so kurz vor einem Erfolg.«

»Notfalls schicke ich denen eine Killerdrohne, die sie nicht kommen sehen«, beruhigte ihn Kia. »Den XenoSpec benötigt sowieso niemand.«

Auf Kalen hatte das den gegenteiligen Effekt. Falls sie Trisha für ein Problem hielten, würden sie sie einfach töten. Egal, ob sie eine tatsächliche Gefahr darstellte oder nicht. Falls sie darüber hinaus bemerkten, wer sie wirklich war, konnte alles geschehen. Von einer Geiselsituation bis hin zu einem tödlichen Statement.

»Ideen?«, schickte er via Textnachricht an Misa.

»Das Schiff zu unterstützen, ist in den nächsten fünf Minuten nicht möglich«, erwiderte sie. »Wir können auch kaum Trisha und Yuma helfen, allerdings sind sie bisher sowieso noch nicht in Gefahr. Sheft und Kia planen etwas. Wir müssen sie aufhalten.«

»Übernahme der Station?«, schickte er zurück.

Misa nickte.

Bisher hatte der Audioscan vier Personen in der Zentrale erkannt, wobei Nils Sheft und Kia mit Labeln versehen worden waren. Zwei weitere männliche Personen waren in der Datenbank bisher nicht identifiziert. Hinzu kam Rauchstimme. Sie wussten also von fünf gegnerischen Subjekten.

Möglicherweise gab es noch mehr in der Anlage, doch die Gänge waren leer gewesen. Falls es Schichten gab, konnten natürlich andere Zellenmitglieder gerade schlafen. Es gab zahlreiche Fragezeichen. Gelang es ihnen jedoch, die Zentrale einzunehmen, erledigte sich der Rest von selbst. Notfalls konnte die Belüftung temporär im Rest der Anlage abgeschaltet werden, oder sie versiegelten die Eingänge und ließen eine Drohne auf die übrigen Personen los.

In seinem EyeSign hatte der SmartCom die Punkte markiert, an denen sich die Besitzer der Stimmen aufhielten. Kalen sah entsprechende Punkte, wenn er an die Stelle des Rohrs blickte. Leider standen sie zu weit im Raum verstreut voneinander, um sie alle auf einmal ausschalten zu können. Es würde auf eine Kombination aus Attacken hinauslaufen. Sie wussten zudem nicht, wie ihre Gegner bewaffnet waren. Handelte es sich um NanoJammer auf Betäubungsmodus oder Schusswaffen, die sofort töteten? Und gab es einen Alarmknopf in der Nähe einer Person?

Sie waren für derlei Situationen ausgebildet, doch ohne Unterstützung durch die Protektoren der Kolonie oder eine solide Geländeaufklärung wurde jeder Kampf zu einem erheblichen Risiko.

»Noch drei Minuten«, meldete Kia. »Shuttle auf Kollisionskurs. Die Schilde sind unten.«

Kalen schloss die Augen.

26

LISA OTTH

»Das Shuttle wird uns rammen«, sagte Amy.

»Wäre mir gar nicht aufgefallen.« Lisa konzentrierte sich auf ihre Daten. Es gab nur eine Möglichkeit, die Existenz der *I4* zu sichern, sie mussten die Schilde wieder online bringen.

Der Virus befand sich nicht länger im System, doch er hatte die Schutzschildprojektoren nicht etwa in den Stand-by-Modus geschaltet, sondern vollständig heruntergefahren. Damit benötigten sie noch neun Minuten, um wieder online zu gehen. Das Shuttle würde aber in fünf auftreffen.

»Ich schaffe es nicht«, sagte Lisa.

»Du musst!« Amy schlug mit der flachen Hand auf das Pult. »Wir werden zwar relifed, sollte hier etwas passieren, aber die anderen sind dann allein. Das darf nicht passieren. Wir *müssen* es schaffen.«

»Wenn dein Patient stirbt, und jemand sagt: ›Du musst‹, ändert das etwas?«, gab Lisa zurück.

Wieso glaubten die Menschen immer, dass IT-Spezialisten mit der richtigen Motivation es schon hinbekommen würden? Das Gegenteil war der Fall. Meist waren sie sowieso motiviert, konnten es aber nicht mehr ändern. Der Druck in ihrem Inneren durfte nicht zu dominant werden, das hier war ein logisches Problem. Sie löste es oder nicht. Sie überlebten oder nicht.

»Wenn dieses Ding die *I4* trifft, sind wir nur noch Schrott«, sagte Amy anklagend.

»Auch das ist mir klar.« Fieberhaft suchte sie nach einem Ausweg.

Sie besaßen natürlich die Triebwerke, doch mit diesen konnten sie nicht ausreichend schnell manövrieren. Zudem war das Shuttle beweglich. In den Überlichtflug zu wechseln, benötigte wiederum Vorbereitungen. »Die haben uns ausmanövriert.«

Sie schlug die Hände gegen das Display, konnte die Wut nicht länger im Zaum halten. Technologie machte so vieles möglich, doch es war auch gnadenlose Mathematik.

»Die Nahbereichsabwehr. Was ist damit?« Amy durchbrach mit ihren Worten die Sphäre aus Wut.

»Das ist ein Shuttle.« Lisa musste sich zurückhalten, das Offensichtliche nicht zu brüllen. »Gegen kleinere Abwehrprojektile benutzt es die Schilde. Größere können wir nicht benutzen, weil die mit der Explosion einhergehende Strahlung uns ebenfalls erledigen würde. Wir bräuchten einen … mobilen Festkörper. Aber den haben wir nicht!«

Amy starrte sie an. »Ein Shuttle?«

»Wir …« Lisa blinzelte. »Okay, das haben wir schon.« Wieso war sie nicht selbst auf diese Idee gekommen? Sie benutzten einfach die gleiche Taktik wie ihr Gegner. »Aber die werden ausweichen. Du übernimmst die Fernlenkung des Shuttles, und ich kümmere mich darum, deren Telemetrie zu unterbrechen.«

Letztlich benutzten die das Shuttle, um zu beobachten und durch die übertragenen Daten zu lenken. Was, wenn sie ihre Sicht verloren? Oder gleich die vollständige Kontrolle? Leitstrahlen zur Fernlenkung waren natürlich besser gesichert.

Während Lisa auf den Status der Schutzschildgeneratoren linste, visierte sie mit den Datenlasern den Port des Shuttles an. Es war der Kolonie zugehörig und gehörte nicht dem Explorationskorps an. Mit ihrer ID kam sie also nicht in den

Computer, aber dafür war dieser auch schlechter geschützt als ein militärisches Objekt.

»Dich kriege ich klein.«

Sie jagte ihre Software-Agenten über die Laserverbindung zum Port und benutzte brachiale Gewalt. Das Codeschloss war auf einen Handshake eingestellt, der auf Terra vor einem Jahr modern gewesen war. Glücklicherweise hinkten Kolonien oft hinterher – was Sicherheitsupdates anging sowieso. »Wunderbar, die haben eine Zero-Day noch nicht geschlossen.«

»Was?«

»Selbstgespräche. Was macht das Shuttle?«

»Schleust soeben aus.«

Es verließ den Nahbereich der *I4*. Lisa legte eine farbliche Markierung in ihrer Sicht darüber und stellte fest, dass es eng wurde. Die Kollision musste in exakt einer Minute erfolgen. Andernfalls wäre das gegnerische Shuttle so nah, dass die Explosion die *I4* trotzdem in Mitleidenschaft ziehen würde. »Warum muss es nur immer so verdammt knapp werden?!«

»Wird es das denn?«, fragte Amy.

»Falls du nicht triffst, ja.« Ihr Software-Agent meldete, dass die Infiltration gelungen war. »Ich habe Zugang.«

Normalerweise hätte sie jetzt ein wenig gespielt und kurzerhand den Anflugvektor des Shuttles gespiegelt. Es wäre also nicht ausgewichen, sondern direkt darauf zugeflogen. Oder sie hätte die feindliche Einheit einfach zurück zum Planeten gesteuert. Leider blieb ihnen keine Zeit für Eleganz. »Telemetrie aus, die fliegen jetzt blind.« Sie ging sofort dazu über, auch die Fernlenkung abzuschalten, doch die war aus Sicherheitsgründen hinter einer weiteren Firewall verborgen. Wer wollte schon, dass ein Shuttle in der Fernlenkung den Raumhafen verfehlte und stattdessen in ein belebtes Einkaufszentrum krachte? »Die Lenkung bekomme ich nicht mehr rechtzeitig weg.«

Amy starrte vor sich hin, biss sich auf die Unterlippe, und ihre Finger zuckten. Lisa zog sich ihren Feed in den EyeSign.

Das Shuttle beschrieb einen Bogen, glitt seitlich an seinen Gegenpart heran und … Für eine Sekunde flammten beide Schutzschilde auf, dann detonierten die Shuttles in einer grellen Explosion. Der SmartCom zog sofort einen Abschattungsfilter hoch. Lisa sank zurück auf den Sitz und atmete langsam ein und wieder aus.

»Sieht so aus, als habe das Shuttle uns das Leben gerettet«, sagte Amy, verblüfft darüber, dass es tatsächlich funktioniert hatte.

Sie sahen sich an.

Amy atmete aus, die Spannung wich aus ihrem Körper.

»Das mit dem Shuttle darfst du jetzt Commander McKenon erklären«, stellte Lisa klar, achtete aber darauf, den trockenen Humor durchscheinen zu lassen.

»Es war doch auf deinen Befehl.«

»Seit wann lässt du dir was befehlen?«, gab sie zurück.

»Auch wieder wahr.« Amy zwirbelte eine Haarsträhne. »Andererseits habe ich die *I4* gerettet. Da wird er mir das verzeihen. Und nenn ihn nicht Commander. Ist ja furchtbar. Darüber sind wir doch lange hinaus. Es ist Kalen.«

»Außer es geht ums Missionsbudget, dann ist er der Commander.« Lisa nickte bekräftigend, während sie die eingehenden Analysen der Sensoren betrachtete. »Sonst würde er uns viel mehr tolle Spezialgeräte spendieren.« Und nach dem, was hier vor sich ging, hätten sie eindeutig mehr davon benötigt. Wer auch immer dort unten die Fäden zog, war brutal effektiv in seinem Tun.

Trotzdem hatten sie gewonnen.

Amy räusperte sich. »Warum blinkt das rote Icon in meinem Gesichtsfeld?«

Lisa realisierte, dass sie noch immer auf den Feed der

Außenkameras geschaltet war. Sie ging zurück auf die Sensoren. Ihr Innerstes wurde zu Eis. Das besagte Icon war das Symbol für Fernlenkwaffen auf der Oberfläche, die hochgefahren waren und sie mit einem Laserpointer ins Visier genommen hatten.

»Oh, Tak«, entfuhr es ihr.

Abschuss festgestellt.

Die Worte blinkten grell in ihrem EyeSign. Torpedos, laut Sensoren mit atomaren Sprengköpfen ausgerüstet, rasten auf die *I4* zu. Die Schutzschilde benötigten noch drei Minuten.

Aus, dachte Lisa.

27

»Nahbereichsabwehr und Schubdüsen!«, brüllte Amy.

Lisa hatte das längst eingeleitet, sah aber keinen Sinn darin, es auszusprechen. Es würde der MedSpec guttun, wenn sie glaubte, Einfluss nehmen zu können.

Konnte sie nur leider nicht.

Genauso wenig wie Lisa selbst. Der Algorithmus handelte bei diesem Szenario auch ohne KI autark. Da das Schiff in Gefahr war, versuchte es, durch Aktivierung der Schubdüsen Abstand zum Planeten zu bekommen. Gleichzeitig wurde die Nahbereichsabwehr hochgefahren. Eine Empfehlung ging in Lisas EyeSign ein.

»Hast du das auch erhalten? Wir sollen uns zurück zu ZENTRUM begeben?«, rief Amy.

»Standardprotokoll.« Sie lehnte sich in ihrem Kontursitz nach hinten. »Sollten Ärztinnen nicht stets kühl und überlegen handeln?«

»Es sei denn, ihr Leben ist in Gefahr«, gab Amy zurück. »Dann ist ein wenig Emotion gestattet.«

»Vielleicht solltest du die Möglichkeiten deines Klonkörpers nutzen und die Stresshormone ein wenig nach unten regeln.«

»Wieso bist du so ruhig?«

Das fragte sich Lisa ebenfalls. Gab es noch etwas zu tun? Eine Möglichkeit, einzugreifen? Es sah nicht danach aus. Die

Torpedos waren abgefeuert worden, ihr Ziel war die *I4*. Laut Anzeige gingen die ersten Schutzschildprojektoren wieder online.

Lisa setzte sich kerzengerade auf.

Das System war schneller gewesen als prognostiziert. Sie riss die Steuerung an sich, um das Schiff rotieren zu lassen. Auf diese Art würden sie den Torpedos die Schilde entgegenstrecken. Um Schaden anzurichten, mussten diese den Kurs anpassen, dadurch verloren sie Zeit, und die Nahbereichsabwehr konnte sie aufhalten.

Es waren insgesamt drei Torpedos, die bereits außerhalb der Atmosphäre auf sie zurasten. Entweder die Kolonie besaß darüber hinaus keine, oder ihre Gegner gingen von einem sofortigen Fangschuss aus.

»Erinnere mich noch einmal daran, warum ich mich für eine weitere Mission gemeldet habe«, forderte Amy.

»Ich habe keine Ahnung. Du hattest eine gut gehende Praxis. Expertin auf dem Gebiet der Engramm-Medizin. Ich an deiner Stelle hätte einen Scheiß darauf gegeben, ob in meiner Militärakte ein ›unehrenhaft entlassen‹ steht.« Lisa feuerte innerlich die Selbstreparatur der übrigen Projektoren an, und tatsächlich sprang Sekunden später ein weiteres Icon auf Grün. Sie konnten es schaffen.

»Ein Leben in Mittelmäßigkeit«, gab Amy seufzend zurück. »Ich wollte einfach mehr. Für mich, aber auch für die Gesellschaft. Und das geht nun einmal nur, wenn man nach dem Höchsten strebt.«

Irritiert runzelte Lisa die Stirn. Dazu kamen ihr tausend Fragen in den Sinn. Stellen konnte sie die aber nicht mehr. Die Torpedos waren da.

Einer der Sprengköpfe wurde von der Nahbereichsabwehr ausgeschaltet, bevor er zu nahe herankommen konnte. Die Explosion schickte einen Strahlenschauer, der jedoch von der

Hülle abgehalten wurde. Der zweite detonierte an einem Schutzschild, das eine Sekunde zuvor wieder online gegangen war. Der dritte traf die *I4* am Ring. Eine Erschütterung erfasste das Schiff, Icons leuchteten auf. Für einen Moment kam die Beschleunigung durch, als die Gravitationskraftfelder versagten. Die Schubdüsen bremsten das Schiff, doch Lisa flog bereits gegen die Wand.

Für einen Augenblick verlor sie das Bewusstsein.

Als sie blinzelnd wieder zu sich kam, leuchteten Warn-Icons in ihrer Sicht, die Zentrale war in rotes Licht getaucht. Ab diesem Punkt erwachten die Oberflächen der Displays zum Leben, da der Computer für eine redundante Eingabemöglichkeit sorgen wollte. Eine androgyne Stimme aus den internen Lautsprechern verkündete den Verschlusszustand mehrerer Abteilungen. Es war zu einem Totalverlust von zwei wissenschaftlichen Segmenten und der Kommunikationsebene gekommen.

Sie blieb am Boden liegen, den Blick in Richtung Decke gewandt. Auf ihrem EyeSign wurden die Körperpartien markiert, die verletzt waren. Die Nanodepots hatten bereits Heilnaniten ausgeschleust, doch das Bein stand in einem unnatürlichen Winkel ab. Sie deaktivierte ihr dortiges Schmerzempfinden, griff zu und brachte es mit einem Ruck wieder an die richtige Stelle. In diesem Augenblick war sie dankbar für jede Annehmlichkeit, die ein Klonkörper gegenüber einem normalen bot.

»Amy?«, rief sie.

Ein Stöhnen am anderen Ende des Raums erklang. Darüber hinaus folgte jedoch Schweigen. Sie schickte eine medizinische Anfrage an den Transponder und bekam eine »Schadensmeldung« des Körpers.

Das Ergebnis war eine lange Liste, wovon zwei Verletzungen nicht aus dem körpereigenen Nanodepot repariert werden konnten.

Lisa pegelte vorsichtig ihr Empfinden im Bein wieder in die Höhe. Der Schmerz signalisierte, dass sie nicht auf hundert Prozent gehen durfte. Doch ein leichtes Feedback der Nerven war nötig, um aufzustehen. Sie humpelte auf die andere Seite der Zentrale.

Hier sah alles überraschend unbeschädigt aus. Nichts hatte eingeschlagen, und die kurze Beschleunigung war nicht zerstörerisch gewesen. Sah man von einem einzigen Display ab, das ausgerechnet in der Nähe von Amy explodiert war. Glück im Unglück. Oder Unglück im Glück, je nach Perspektive.

Mittlerweile gingen weitere Schutzschildprojektoren online, wo der Torpedo getroffen hatte, würde jedoch weiterhin eine Lücke klaffen.

»Hey.« Schwerfällig ging Lisa neben Amy in die Knie.

Die MedSpec reagierte nicht. Ihr Atem kam rasselnd, die Lunge war perforiert. An diesem Punkt waren die Naniten bereits an der Reparatur, es bestand keine Gefahr. Doch neben zwei Knochenbrüchen und einer Gehirnerschütterung arbeitete sich ein Splitter in Richtung Herz vor.

Sie musste Amy auf die Krankenstation befördern. Andernfalls würden sich die Nanodepots erschöpfen und der Klonkörper sterben. Blieb nur die Frage, wie?

Sie prüfte kurz die Sensoren auf Torpedos, doch weitere Abschüsse wurden nicht angezeigt. Falls dort unten also keine Stealth-Torpedos zur Verfügung standen, war die *I4* einstweilen außer Gefahr.

Damit wurde Amy zum Problem, für das Lisa dringend eine Lösung finden musste. Mit ihrem angeschlagenen Körper konnte sie die MedSpec nicht tragen, sie benötigte also eine Bahre.

»Halte durch«, sprach sie der Freundin Mut zu.

Dann rannte sie in Richtung Schott.

28 TRISHA MCKENON

Es gab Augenblicke, in denen sie ihren Vater hasste. In anderen spürte sie die tiefe Zuneigung zu ihm, die irgendwo in ihrem Innersten geblieben war. Die meiste Zeit über war er ihr aber schlicht egal. Genau wie der Rest ihres alten Lebens.

Trisha ging neben Yuma die Straße entlang in Richtung des zentralen Krankenhauses der Kolonie.

Ihr altes Leben, vor dem Tod ihrer Mutter, wirkte auf sie stets wie ein Holovid. Ein lächelndes Mädchen lud ihr Engramm in einen Schulkörper, der wie alle anderen in einer Schuluniform steckte. Es war eine Ivy League School, sie gehörte also zu einer privilegierten Schicht. Sie fand Freunde, durchlebte das typische Drama des Erwachsenwerdens. Einen Teil ihrer Probleme betrachtete Trisha aus heutiger Sicht als geradezu peinlich infantil. Doch es waren die Standardabläufe. *Darf ich heute länger auf die Party? Wann werden meine Geschmacksrezeptoren für Alkohol endlich freigeschaltet? Bekommt mein Klon das neue Tattoo, das die beste Freundin schon hat oder farbige Iriden?*

Dann starb die Mutter des Mädchens.

Und plötzlich wurde die Welt grau. Der einzig verbliebene Farbtupfer war ihr Vater, doch der verschwand auf Missionen im tiefsten Weltraum. Andere Menschen und deren Glück interessierten ihn, nicht aber seine eigene Tochter.

Das zuvor warme, lebendige Haus war plötzlich leer. Die

Welt wurde zu einem grauen Einerlei aus Bedeutungslosigkeit. Bis sie zum ersten Mal in einem Klonkörper ein Gefühl verspürte, das zuvor nie da gewesen war: Angst. Dicht gefolgt von einem prickelnden Endorphinausstoß, als die gefährliche Situation endete.

So also fühlte es sich an, das Leben. Ein fremdartiges Gefühl.

Trisha ging bis ans Limit, probierte alles aus. Sie wollte mehr davon. Sie fand neue Freunde. Es kam zu Diskussionen über Körper und Geist, Seele und Engramme. Und oft um den Tod. Was spürte man in diesem Augenblick?

Ihr Vater wurde beim Explorationskorps entlassen, und plötzlich war er wieder zu Hause. Grüblerisch. Verschlossen. Ein einziges Mal hatten sie wirklich offen miteinander gesprochen – über den Tod. Er hatte wohl jemanden verloren. Außer seiner Frau.

Die Erkenntnis hatte Trisha den Magen umgedreht.

Ihre Mutter war gestorben, und es hatte ihn nicht gekümmert. Aber der Verlust eines Kollegen auf irgendeiner Welt brachte ihn nach Hause. In eine Krise.

Als das Gespräch endete, hatte sie sich innerlich so weit von ihrem Vater distanziert, dass es keinen Weg zurück gab. Er mochte wieder auf Terra sein, doch jetzt war sie emotional am anderen Ende der Galaxis.

Die Gespräche mit den Freunden wurden tiefer, länger und experimenteller. Sie übertrugen sich in verwundete Klone, die kurz vor dem Tod standen. Nahtoderfahrungen wurden zwischen den Engrammen getauscht.

Es war erst wenige Monate her, dass Trisha den Entschluss gefasst hatte, den Tod erleben zu wollen. Ihre Mutter war gestorben, und auf diese Art konnte sie ihr nahe sein. Sie konnte spüren, was Menschen in dieser Situation spürten. Und während ihr Vater noch drei Schritte hinter ihr herschnüffelte, hatte er doch keine Ahnung von ihren wahren Plänen.

Doch seltsamerweise fühlte sie sich elend.

Sie sah die Männer, Frauen und Kinder der Kolonie, die tot in den Straßen lagen. Sie hatten leben wollen, genau wie Trishas Mutter. Jemand anderes hatte die Entscheidung getroffen, dass sie das nicht durften. Einfach so.

So elitär, wie das Mädchen vor langer Zeit vor dem Tod seiner Mutter gedacht hatte, so war es auch bei dem anderen Mädchen nach deren Tod gewesen.

Es schien, als würde der graue Schleier sich langsam lichten. Und mit der harten Realität dieser Welt, dem gnadenlosen Töten, der Hoffnungslosigkeit für so viele, begriff Trisha, dass sie leben wollte.

War das auch elitär?

Irgendwie wusste sie einfach nicht mehr, was richtig war. Was sein sollte. Und durfte.

»Möchtest du deine Gedanken mit mir teilen?«, fragte Yuma.

Er besaß einen sanften Blick, der dazu einlud, mit ihm zu sprechen. Aber wie sollte sie all ihre Gedanken in Worte kleiden? Er würde es doch sowieso nicht verstehen.

»Macht dir das alles hier Angst?«, fragte er.

Total die falsche Fährte. Beinahe hätte sie laut gelacht. Er wusste gar nichts. Genau wie ihr Vater. Sie gingen durchs Leben, diese verdammten Erwachsenen, und alles war so logisch. Sie fühlten einfach nicht richtig. So kam es ihr vor.

»Schon okay«, sagte sie.

»Andere können dich nur verstehen, dich sehen, wenn du ihnen die Chance dazu gibst.«

Er hielt ihren Blick noch einen Augenblick fest, wandte sich dann aber ab. Wie sollte sie ihm erklären, was sie fühlte? Nicht erst seit heute, schon länger. Sie legte sich Worte zurecht, doch bevor sie etwas erwidern konnte, stoppte Yuma.

Er deutete auf den Eingang der Klinik. »Wir sind da.«

Sie betraten das Gebäude, um Yumas Plan zu verfolgen. Es mochte die einzige Möglichkeit sein, Trishas Vater und Misa zu finden. Falls es misslang, konnten sie nur noch warten.

Yuma betrachtete ein Display, auf dem die einzelnen Abteilungen aufgeführt waren. Mit einem zufriedenen Nicken setzte er sich in Bewegung.

Trisha folgte ihm.

29

»Wie genau funktioniert das?«

Yuma stand vor der Saphirglasröhre und berührte konzentriert die Oberfläche. Trisha schaute zu, konnte aber nur einen Teil der Funktionen erkennen.

»Da es sich um medizinische Geräte handelt, ist immer auch ein Display vorhanden«, erklärte er. »Das dient auf Kolonien der Sicherheit. Falls der SmartCom ausfällt und die Anzeige nicht in das EyeSign projiziert werden kann, ist so trotzdem noch alles steuerbar.« Er deutete auf die Röhre. »In diesem Fall handelt es sich um ein Ortungsgerät für Transponder. Es dient dem Auffinden von Kolonisten in medizinischen Notfällen. Auf diese Art kann niemand bei einem Erdbeben oder einer Flut verloren gehen. Falls ein Notfall eintritt, wird ein Signal hierher gesendet. Ärzte können aber auch von sich aus eine Suche auslösen.«

»Und du willst damit meinen Dad und Misa finden?« Trisha nickte. »Klingt gut.«

»Es wäre möglich, dass sie sich mittlerweile wieder auf der *I4* befinden und uns von dort aus suchen«, erklärte er. »Dann werden sie die Sonde hierherlenken, uns orten und dann einen Gleiter schicken. Aber falls sie ebenfalls noch hier unten sind, finden wir sie.« Yuma übermittelte etwas an die Glasröhre, zumindest bekam er den typisch glasigen Blick, der darauf hindeutete. »Okay, die Suche läuft.«

»Über Satellit?«

»In unserem Fall nicht«, erwiderte er. »Diese Kolonie ist durch die Blüten ein Sonderfall. Deshalb setzen sie stattdessen auf ein lokales Netz, dessen Stabilität durch Router gewährleistet wird.« Er schürzte die Lippen. »Eigenartig. Ich bekomme keine Resonanz.«

»Sie sind also nicht hier?« Es war wohl irgendeine Art von Schicksal, die sie und ihren Vater stets an die am weitesten voneinander entfernten Punkte eines Planeten brachte. Oder eben darüber hinaus.

Anstatt zu antworten, wirkte Yuma noch irritierter.

»Hallo?«, brachte Trisha sich wieder in Erinnerung.

»Tut mir leid, ich war nur … Die Sensoren der Kolonie haben einen Fund zurückgemeldet. Allerdings ist es kein Transponder von uns.«

»Hat doch jemand überlebt?« Der Gedanke erzeugte eine Emotion, die sie schon sehr lange nicht mehr gefühlt hatte. Freude.

»Es ist auf jeden Fall ein ziviler Transponder«, sagte er nachdenklich. »Hier, dieses Icon.«

Trisha sah auf der Röhre einfach nur irgendeinen Ausschnitt der Koloniekarte, einen blinkenden Punkt und daneben eine kryptische Zahlenfolge. »Es hat also jemand überlebt.«

»Andernfalls wäre der Transponder nicht aktiv«, erwiderte Yuma gedankenverloren. »Er funktioniert durch die Körperenergie. Bei Eintritt des Todes sendet er das entsprechende Signal und bleibt noch ein paar Stunden aktiv, dann schaltet er sich ab.«

Sie wusste aus Crime-Holovids, dass Ermittler den Transponder auch Blackbox des Klonkörpers nannten. Darin wurden alle Vitalwerte wie in einem Tagebuch aufgezeichnet. Deshalb gab es durchaus Mörder, die sie entfernten. Falls dann keine Cloudsicherung erfolgt war …

»Also ein lebender Zivilist«, sagte sie. »Wieso stehen wir hier noch herum? Los!«

»Das Signal kommt aus einem bestimmten Gebäude.« Jetzt wandte sich Yuma ihr voll und ganz zu. »Dem hiesigen Klon-Institut.«

»Ist doch nur logisch, oder? Jemand ist gestorben und hat den Kloning-Prozess eingeleitet. Und jetzt ist er abgeschlossen.«

»Das ist das Seltsame.« Yuma deutete auf die Röhre. »Es war kein Prozess im Gang. Laut Log wurde in den letzten zwei Wochen niemand mehr geklont. Und länger benötigt man auf keinen Fall.«

»Dann ist das eben ein weiteres Rätsel. Trotzdem bringt es uns nichts, wenn wir hier herumstehen, oder?«

»Mag sein, aber wir müssen jeden unserer Schritte gut durchdenken«, sagte er mit einer nervenden Ruhe. »Es könnte schließlich eine Falle sein.«

»Wozu?«

Er blinzelte. »Eine Falle dient dazu …«

»Ich weiß, was eine Falle ist«, unterbrach sie ihn ungeduldig. »Aber die wissen doch sowieso schon, wo wir sind. Immerhin haben die unseren Transporterstrom umgeleitet. Hierher. Wozu also eine Falle in einem Klon-Institut aufbauen?«

»Wir werden es wohl herausfinden müssen.«

Yuma führte sie wieder hinaus, blieb aber am Büro der Krankenhaussicherheit stehen. Dort entriegelte er ein Waffenfach mit seiner Explorations-ID und reichte ihr einen Nano-Jammer.

»Das ist … eine Waffe.«

»Kannst du damit umgehen?«, fragte er.

Sie nahm die Handfeuerwaffe entgegen. Im Lauf steckten zwei Patronen mit Munition. »Feuert winzige Projektile ab, die Nanodepots im Körper freisetzen.«

Abgefeuert hatte sie noch nie einen. Normalerweise konnten sie nur von Personen genutzt werden, deren ID freigeschaltet war. Sie stellte fest, dass Yuma ihre an die Waffe übertragen hatte. Sie bekam eine grüne Anzeige im EyeSign, dazu den Ladezustand beider Magazine. Von außen wirkte die Waffe wie zerlaufenes Metall, das ohne Naht in Form gegossen worden war.

»Immer Betäubung«, mahnte Yuma. »Alles andere übernehme ich. Du willst nicht, dass du für den Tod eines Menschen verantwortlich bist.«

Trisha überprüfte die Einstellung und schaltete die Betäubungsmunition in den Aktivmodus. Damit fühlte sie sich tatsächlich sicherer. »Danke.«

»Gehen wir.«

Sie verließen das Krankenhaus und benutzten die Bahn, um in das Klon-Institut zu gelangen. Es gehörte zur Kolonie, lag aber außerhalb des Zentrums. Hohe Sicherheitsmauern versperrten den Zugang. Dahinter erwartete sie jedoch ein Gebäude aus Glas, das lichtdurchflutet zu einem Besuch einlud.

»Kommst du mit deinem Explorationscode wirklich überall hinein?«

Das Tor vor ihnen fuhr zur Seite, und Yuma wirkte zufrieden. »Es sei denn, das Explorationskommando wurde aus der Kerndatenbank entfernt, das findet aber fast nie statt. Selbst wenn Kolonien sich von Terra entfremden, benötigen sie immer mal wieder Unterstützung. Das Explorationskommando respektiert lokale Gesetze und Regierungen. Wir handeln nach der Charta, die von der vereinigten Erde ratifiziert wurde. Jede Kolonie erkennt diese an. Andernfalls werden die Interspace-Pointer abgeschaltet.«

Sie gingen über den Hauptweg zum Eingang.

Zwanzig Minuten später standen sie vor dem gesuchten

Klontank und starrten durch die gläserne Hülle ins Innere. Im gedimmten Licht war eine menschliche Silhouette auszumachen. Ein Gesicht wandte sich ihnen zu. Junge Augen und ein ängstlicher Blick.

30 KALEN MCKENON

Es fiel Kalen nicht leicht zu warten.

Über die Gespräche in der Zentrale der geheimen Militäranlage konnte er mit anhören, wie sich die Anwesenden über den erfolgreichen Schuss auf die *Interspace-Four* unterhielten. Sie hatten das Schiff getroffen, obgleich ihm nicht ganz klar war, was damit bezweckt werden sollte.

Die Zerstörung eines Interspace-Raumers brachte die Terrorzelle kaum weiter. Im Gegenteil. Auf diese Art unterstrichen sie ihre Gefährlichkeit. Da die Kommunikation ausgefallen war, würde Admiralin Jäger begreifen, dass etwas nicht stimmte. An diesem Punkt wurden Protokolle in Gang gesetzt, an deren Ende Nils Sheft und seine Gruppe in einem virtuellen Gefängnis sitzen würden.

Kalen und Misa wollten diesen Vorgang beschleunigen.

Doch zuerst hatten Vorkehrungen getroffen werden müssen. Für seinen Geschmack dauerte es deutlich zu lange, aber schließlich kehrte sie zurück.

»Und?«, fragte er textuell.

»Ich habe Rauchstimme schlafen gelegt«, sagte sie. »Er stand am Rand der Schlucht und hat die Drohnen gelenkt. Eine kleine Drohung, und er hat mir die Codes gegeben. Ich habe ihn mit dem NanoJammer die Nerven überladen, er ist für achtundvierzig Stunden bewusstlos. Die Drohnen fliegen jetzt ein von mir festgelegtes Suchmuster.«

»Gute Arbeit.« Damit war sichergestellt, dass ihnen niemand in den Rücken fiel.

»Es gibt insgesamt fünf Personen in der Basis«, erklärte sie weiter. »Ich habe im Drohnenverzeichnis die IDs aller Personen gefunden. Abzüglich Rauchstimme also nur noch die vier Personen unter uns.«

Das war zwar eine Zwei-zu-eins-Überlegenheit ihrer Gegner, aber immerhin besaßen Misa und er das Überraschungsmoment. Falls dort unten jemand nach Rauchstimme suchte, war es jedoch dahin.

Sie warteten, bis die Stimmen entsprechend auf Position waren. Zwei Personen jeweils nah beieinander. Ein letztes Durchatmen, dann trat Kalen das Gitter heraus und sprang. Einer der Terroristen schrie tatsächlich auf.

Der Aufprall auf dem Boden war leicht zu verkraften, er rollte sich ab und schoss eine Ladung aus seinem NanoJammer auf denjenigen, der aufgeschrien hatte. Eine Frau direkt neben ihm hatte noch ausreichend Zeit, ihre Waffe zu ziehen, bevor er sie ebenfalls schlafen legte.

Leider nutzten Nils Sheft und Kia die Zeit. Sie tauchten hinter einem brusthohen Metallschrank ab, der geöffnet neben den Schreibtischen stand.

Diese waren u-förmig um einen zentralen Monitor aufgestellt, auf dem die Übertragung einer Drohne zu sehen war, die sich der Kolonie näherte. Mit dieser sollten wohl Yuma und Trisha gefunden werden. Ein weiterer Kanal zeigte die *I4*, die schwer angeschlagen im Weltraum trudelte. Trümmerteile schwebten davon, ein Teil des Rings war weggesprengt worden.

Sheft bewies, dass er bewaffnet war und zielen konnte. Sein Schuss kam schnell. Hätte Kalen nicht den Anzug getragen, sein Nervensystem wäre ebenfalls überlastet worden. Doch so kamen die Projektile mit den Nanodepots nicht durch. Er tauchte zur Seite, riss mit Misa einen der Tische herum und ging hinter der Platte in Deckung. Mehrere Treffer schlugen ein, richteten jedoch keinen Schaden an.

»Dann sind Sie wohl Commander Kalen McKenon«, rief Nils Sheft. »Und die SecSpec der Mission, Misa Web.«

»Sie können Datenbankeinträge lesen, ich bin beeindruckt«, gab er trocken zurück. An Misa ergänzte er: »Soweit ich das sehen konnte, sind beide primärkörperlich, keine Klone. Aber definitiv mit Aufwertung.«

Sie nickte.

Damit war der Vorteil offensichtlich. Wenn sie die beiden erwischten, hatten sie sie tatsächlich. Die Aufwertungen würden es ihnen aber schwer machen. Vermutlich war ein Schutz vor betäubenden NanoJammern integriert; ein sekundäres Nervensystem oder Schutz des primären.

Misa robbte zur linken Seite des Schreibtischs, Kalen zur rechten. Er pegelte die Stärke der Naniten hoch, dann gab er eine weitere Salve auf den Metallschrank ab.

»Das ist Verschwendung«, erklärte Sheft. »Unterstützung ist bereits auf dem Weg. Sie sind in der Unterzahl.«

Eine glatte Lüge, aber er verstand, warum ihre Gegner es versuchten. »Wir wissen, dass lediglich fünf Personen in dieser Einrichtung aktiv sind.«

»Vier«, ergänzte Misa. »Einer Ihrer Leute wird die nächsten zwei Tage schlafen und dann mit großen Schmerzen aufwachen. Die beiden dort drüben dürften sich auch nicht besser fühlen.«

»Ich werde die Hörigkeit von Spezialisten gegenüber der Obrigkeit nie verstehen«, rief Sheft.

»Das wird jetzt hoffentlich nicht der Versuch, uns anzuwerben.« Kalen sah, dass Kia seitlich nach vorn griff, um die Bremse unter dem Schrank zu lösen. Er schoss. Ihre Hand verschwand blitzartig. »Sie bleiben schön dort, wo Sie sind.«

»Ich kenne Ihre Akte«, rief Sheft. »Sie schulden denen doch gar nichts. Man schickt Sie und Ihr Team in feindliches Gebiet, stellt unzureichende Informationen zur Verfügung und wirft Sie dann raus. Und warum? Weil die Öffentlichkeit nach einem Sündenbock giert, nach Blut.«

Bedauerlicherweise traf jede dieser Behauptungen zu. Das machte eine derartige Saat so gefährlich, die Worte entfalteten im Nachgang ihre Wirkung. Er spürte die altbekannte Wut auf die Admiralität, die in ihm aufloderte. Der Blick von Admiralin Jäger, er konnte ihn spüren. Sie stand vor ihm, Bedauern in der Stimme.

Kalen hatte damals alles verloren, seine Frau, einen Freund, und schließlich begriffen, dass seine Tochter auch dazugehörte. Es war niemand mehr übrig gewesen, der ihm den Rücken freihielt, ihm half.

Nichtsdestotrotz besaß er nun einmal seinen moralischen Kompass. Ohne wäre sicher vieles leichter gewesen. Manchmal wünschte er sich, zu jenen zu gehören, die die eigene Macht, das Vorankommen, Luxus oder irgendetwas anderes in den Fokus ihres Sehnens rückten. Das hätte es so viel einfacher gemacht.

Misas Schädel explodierte.

31

Einen Augenblick lang starrte Kalen an die Stelle, an der Misas kopfloser Körper einfach umgekippt war. Dann warf er sich zur Seite. Wo er eben noch gesessen hatte, wurde ein weiteres Loch durch die Tischplatte gestanzt.

Alles Folgende war simples Reagieren.

Sheft besaß Infrarot, konnte ihn also sehen. Und eine panzerbrechende Waffe. Kalen hatte nichts zu verlieren. Er sprang über die Tischplatte, schoss einen Nanitenstrahl ab, der Kia frontal im Gesicht traf. Aufschreiend brach sie zusammen, zuckte noch kurz und erschlaffte.

Mit einem Tritt brachte Kalen Sheft zum Stolpern. Dieser verriss den nächsten Schuss, der in die Decke einschlug. Andernfalls wäre Kalens Klon nur eine Masse aus Blut und Organresten gewesen, die sich in diesem Raum verteilt hätte.

Kalen schoss erneut mit dem NanoJammer, doch jetzt war es Sheft, der wegtauchte und ihn mit der Schulter rammte. Der Aufprall riss sie beide zu Boden. Die Waffen schlitterten davon.

An Muskelkraft stand Sheft ihm in nichts nach, offenbar besaß er auch MemoryZellen. Schwer atmend kamen sie wieder auf die Beine.

»Sie haben kein gutes Händchen bei Ihren Missionen«, sagte Sheft schnaubend. »Irgendwie verlieren Sie ständig Leute.«

Kalen wollte sich nicht von der Wut steuern lassen, aber die

Bitterkeit in ihm hatte sich ausgebreitet. Sie hing an ihm wie Blei und verlangsamte ihn. Shefts nächster Schlag traf ihn in die Brust, ein Tritt gegen das Schienbein schickte Kalen zu Boden.

»Wirklich? Sie waren einmal einer der Besten? Ich glaube es ja nicht. Die Hoffnung, dass Admiralin Jäger eher Anfänger schickt, hat sich zwar nicht bewahrheitet, aber Sie sind das Zweitbeste, was uns passieren konnte.«

Ohne eine Umleitung seiner Nerven hätte ihn der Treffer am Solarplexus ausgeschaltet. Der NanoJammer lag ebenso wie der ShieldCrusher am Boden. Kalen rappelte sich wieder auf. »Was haben Sie mit dieser Kolonie vor?« Er musste Zeit gewinnen, um sich eine Taktik zu überlegen. Irgendwie an Sheft herankommen.

»Vor?« Sheft runzelte die Stirn und wirkte zum ersten Mal verblüfft. Doch dann: »Ah, richtig. Wissen Sie, McKenon, ich habe mich darauf gefreut, dass eines Tages sagen zu können. Vorzugsweise zu Ihrer Vorgesetzten, die als Teil einer verweichlichten Regierung die Menschheit immer weiter schwächt. Ich habe es so satt, dass ihr Gutmenschen auftaucht und glaubt, wenn ihr nur alle Regeln befolgt, wird es schon gut. Und dabei verrottet Terra unter unseren Füßen.«

»Kommt da noch etwas Sinnvolles?«

»Wir haben sie umgebracht.« Der Hohn in seiner Stimme war nicht zu überhören.

Noch einmal würde Kalen sich keine Blöße geben, er ließ seinen Gegner keine Sekunde aus den Augen. »Wen?«

»Alle natürlich.«

Beinahe wäre es ihm doch wieder passiert. »Die Menschen der … Alle?«

»Glauben Sie es nur.« Sheft sagte es hocherfreut. »Diese Kolonie ist zu wichtig. Sie ist der Schlüssel zum endgültigen Fall.«

»Der Fall?«

»Der alten Ordnung.« Jetzt wirkte Sheft tatsächlich, als habe er einen Höhlenmenschen vor sich, dem er gerade die simpelsten Strukturen erklären musste. »Liam Mikaelsson mag den Admiral damals vor Gericht gestellt haben, und er ist seitdem geiced, aber die Bewegung besteht fort.«

Wie vermutet hatte Hale jene um sich geschart, die leichtgläubig seinen Worten lauschten. Das war das Problem in einer militärischen Struktur. Sie erschuf Männer und Frauen, die darauf getrimmt wurden, Befehle zu befolgen. Wechselte dann jemand von der höheren Ebene die Seiten, konnte er nach unten hin wunderbar rekrutieren. Genau das hatte Hale mit seinen Worten von der untergehenden Menschheit getan – und nur er würde sie alle retten können.

Wieso funktionierte eine derart simple Indoktrinierung stets so gut?

Sheft hatte sich mittlerweile dezent zur Seite bewegt, auf Kalens NanoJammer zu. Das Gerede hatte wohl ablenkend wirken sollen, doch auch Kalen hatte sich bewegt – zur anderen Waffe. Sie warfen sich beide zur Seite, packten die Waffen und richteten sich auf.

Sheft blickte verwirrt auf den NanoJammer, der offenbar nicht funktionierte. Mit einem wütenden Schnauben ließ er ihn sinken. »Richtig, genetische Verschlusscodierung. Nutzlos für mich.«

»Wie steht es damit?« Kalen richtete den ShieldCrusher auf Shefts Brust. »Ich wette, dass er auslöst.«

»Als ob Sie mich tatsächlich töten würden.« Ein abschätziger Blick, Kopfschütteln. »Das hier ist mein Primärkörper, es gibt aus Sicherheitsgründen keinen MindSave. Und selbst meine Erweiterungen können einem Schuss aus dieser Waffe nicht standhalten. Damit würden Sie sich aller Informationen berauben, die ich liefern kann.«

»Stimmt.«

Sheft katapultierte sich aus dem Stand nach vorn.

Kalen hatte es kommen sehen und betätigte den Abzug. Den Lauf hatte er neu ausgerichtet. Der Schuss trennte Shefts rechtes Bein vom Knie abwärts sauber ab.

Schreiend ging Admiral Hales rechte Hand zu Boden.

Sicherheitshalber behielt Kalen die Wunde noch im Blick, doch wie vermutet sorgten die regenerativen Nanodepots für eine sofortige Versieglung. Sheft würde nicht sterben. Doch er verlor das Bewusstsein.

Schwer atmend sank Kalen auf den Schalensitz, vor dem einzigen Teil des Schreibtischs, der noch stand. Sein Blick traf Misas Klonkörper. Sie würde richtig wütend sein. Er gönnte sich ein paar Sekunden der Ruhe, damit sein Körper wieder herunterpegeln konnte.

Schließlich trat er an Misas Körper heran. Der Engramm-Port im Nacken war zur Hälfte zerstört. Die darunter befindliche Elektronik führte direkt zum Engramm-Speicher, der vielleicht mit einer Atombombe zerstört werden konnte, aber auch nur dann, wenn man sich in direkter Nähe befand. Er entnahm den Speicher.

Die Computer waren nicht das Neueste, doch solide. Die Anlage war außerordentlich gut ausgerüstet, inklusive einer Torpedoabschussvorrichtung. Wie hatte die Hale-Zelle nur all das hierhergebracht?

Kalen überprüfte die Daten und stellte fest, dass Misas Transponder ausgelöst hatte. Ihr Todesimpuls war zum Transmitterpod gesendet worden und von dort hinauf zur *I4*. Normalerweise wurde damit automatisch der Relife-Prozess gestartet. Doch der Kontakt mit dem Schiff war nicht mehr möglich.

32

Das Chaos lichtete sich nur langsam.

Kalen brachte Sheft und seine Helfer in einzelnen Zellen unter. Dabei musste er lediglich Sheft mit einem medizinischen Biokit ausstatten. Es wurde an das Bein geschnallt und übernahm die Heilung. Sobald sie abgeschlossen war, würde das Gerät Kalen verständigen. Ebenso, falls es zu einer Verschlechterung des Zustands kam.

Endlich konnte er auch mit Lisa an Bord Kontakt aufnehmen. Er konnte ihr ansehen, dass ihr der Schreck noch in den Knochen saß. Erst jetzt realisierte er wirklich, dass die unmittelbare Gefahr vorüber war. Seine erste Frage galt Trisha und Yuma.

»Wir haben herausgefunden, dass sie in der Kolonie gelandet sind«, erwiderte Lisa. »Die Drohne sucht bereits nach ihnen.«

Von den Gesprächen zwischen Sheft und seiner Crew hatte Kalen bereits erfahren, dass Trisha und Yuma noch am Leben waren. Jetzt galt es, sie zu finden.

Da die Basis einen Transmitter besaß, verschränkten sie das Gerät mit jenem auf der *I4*. Damit gab es wieder eine direkte Möglichkeit der Passage. Amy wurde aktuell noch auf der Krankenstation behandelt, doch sie war auf dem Weg der Besserung.

»Ich hätte da eine Lösung für Misa gefunden«, warf Lisa unvermittelt ein.

Es würde schwieriger werden, doch das spielte keine Rolle. Kalen bat Lisa, in der Station die Stellung zu halten, und flog mit einem Gleiter zum Klon-Institut der Kolonie. Am Ziel landete er auf dem Dach, vernetzte sich mit dem System und fuhr mit dem Aufzug hinab.

Dank seines Explorationscodes war es ein Leichtes, ein Kloning auszulösen, Zellinkubatoren gab es genug. Misas Speicher wurde direkt in den Klon gewoben, sie würde also ihre vollständigen Erinnerungen besitzen.

Als jemand um die Ecke gerannt kam, hätte er beinahe im Reflex geschossen. »Trisha?«

»Dad!« Sie blieb stehen. »Wir haben dich auf den Kameras gesehen.«

Er zog sie in die Arme, und sie erwiderte die Geste. Bis ihr bewusst zu werden schien, dass sie ihn hasste. Schon brachte sie wieder einen Schritt zwischen sich und ihn. Trotzdem hatte er das Gefühl, dass etwas mit ihr geschehen war. Ihre Ausstrahlung hatte sich verändert.

»Ist das eine Waffe?«

»Yuma wollte, dass ich mich verteidigen kann.«

»Wo ist er?«

»Bei dem Kind.«

Beinahe hätte Kalen erwidert: »Du bist doch hier«, besann sich dann aber eines Besseren.

»Ich bringe dich hin.« Sie bedeutete ihm, ihr zu folgen. Nach einer Weile fragte sie: »Wer wird da gerade geklont?«

»Misa«, antwortete er und schluckte. »Es gab Feindkontakt. Aber wir konnten alle ausschalten.«

Während sie mit dem Aufzug nach unten fuhren, berichtete Trisha stockend von ihren Erlebnissen nach der Trennung. Glücklicherweise hatten sie und Yuma keinen Feindkontakt gehabt.

Am Ziel wartete Yuma neben einem Klontank, in dem ein

Junge von etwa zwölf Jahren saß. Er trug die typische Kleidung der Kolonie und blickte sich wach um.

»Kein Klon«, beantwortete Yuma die unausgesprochene Frage. »Die Anlage hat zuletzt vor etlichen Wochen einen Klonvorgang durchgeführt. Er hat sich wohl hier versteckt.«

»Hallo«, grüßte Kalen. »Wie ist dein Name?«

Der Junge blickte zu Boden und schwieg.

»Er spricht nicht«, sagte Yuma. »Was auch immer hier in der Kolonie geschehen ist, er hat zumindest einen Teil davon mitbekommen.«

Es war nicht dumm, sich in einem Klontank zu verstecken. Da diese eine eigene Atmosphäre besaßen, war man vor Viren, Bakterien und Toxinen geschützt. Es mochte Instinkt gewesen sein, aber es hatte den Jungen gerettet. Wie lange er sich darin befunden hatte, würde sich noch erweisen. Kalen ging davon aus, dass er nur zum Essen herausgekommen, ansonsten jedoch in einem Schockzustand dortgeblieben war.

»Immerhin eine gute Nachricht«, sagte er. »Du hast den Jungen gescannt?«

Yuma nickte. »In seinem Körper gibt es keine Erweiterungen, normaler organischer Aufbau.«

Manche Terroristen kamen auf schreckliche Ideen. In diesem Fall schien das jedoch nicht geschehen zu sein.

»Also gut.« Kalen deutete nach oben. »Wir fliegen zurück zum Stützpunkt. Von dort geht es auf die *I4*. Wir haben eine Menge zu tun.«

»Was ist mit Misa?«, fragte Trisha.

»Sobald ihr Klon ausgewachsen ist – und sie ihr Bewusstsein zurückerlangt –, wird mich der Tank informieren«, erklärte er. »Dann hole ich sie ab. Bis dahin ist sie hier am sichersten.«

Sie fuhren auf das Dach. Auch auf Kalens wiederholtes Nachfragen antwortete der Junge nicht, trottete aber freiwillig mit ihnen zum Fahrstuhl und fuhr hinauf auf das Dach. Der Gleiter brachte sie wohlbehalten zur Basis. Kalen nickte Lisa dankbar zu, die alle möglichen externen Speicher angeschlossen hatte und sich einen Überblick über das System verschaffte.

Mit Trisha, dem Jungen und Yuma ließ er sich über den Transmitter auf die *I4* transportieren. Das Schiff hatte einiges abbekommen, und Amy Crest war zwar wieder auf den Beinen, aber stinksauer.

Die Krankenstation hatte ein paar Sekundärexplosionen abbekommen, war jedoch noch intakt. Die Klontanks aber nicht mehr. Den Rest würde er sich später genauer ansehen.

Bedauerlicherweise waren auch die Schutzschilde des Schiffs an mehreren Punkten nicht länger funktionsfähig, die Kommunikation lag ebenfalls brach. Die einzige Möglichkeit, mit Admiralin Jäger zu konferieren, war eine Engramm-Verbindung. Dabei verließ Kalen kurzfristig seinen Klon, um in einem Interspace-Room – einer virtuellen Umgebung – mit ihr eine Unterhaltung zu führen.

»Lisa hält in der Basis die Stellung«, sagte er an Yuma gewandt. »Amy bringt die Krankenstation in Ordnung. Kümmer du dich um den Jungen. Vielleicht bringst du ihn zum Reden.«

»Trisha versteht sich ganz gut mit ihm.«

Eine Aussage, die Kalen verblüffte. »Dann hasst sie wohl nur mich. Aber wenn sie helfen kann, bezieh sie gerne mit ein.« Er wandte sich ab.

»Kalen«, hielt Yuma ihn zurück. »Sie hasst dich nicht. Ich bin nicht so richtig sicher, was genau in ihr vorgeht, aber zu sehen, was in der Kolonie passiert ist, hat auf jeden Fall etwas in ihr ausgelöst.«

»Ich bin gespannt, was das ist«, sagte er leise. »Nach meinem Gespräch komme ich zu euch.« Ihm war bewusst, dass er dringend mit seiner Tochter reden musste. Er hatte ihr bereits angeboten, sie wieder zu ZENTRUM zurückzuschicken, was sie zu seiner Verblüffung rundheraus abgelehnt hatte. War das ein gutes Zeichen? Er würde es in Kürze erfahren. Doch die Auslöschung einer gesamten Kolonie hatte Vorrang.

Er legte sich auf das Biobett, schloss den Engramm-Port im Nacken an das Datensystem an und aktivierte die Verbindung. Die Umgebung verschwamm. Für einige Sekunden fühlte er sich desorientiert, dann stand er in einem langen weißen Raum.

Ihm gegenüber wartete Admiralin Jäger. Ihr Gesicht kündete von einem Sturm.

33

»Ich komme aus der vierten Krisensitzung mit dem Präsidenten, der darüber nachsinnt, ein Kampfschiff nach Red Pearl zu entsenden«, begann Admiralin Jäger. »Ich hoffe, es gibt eine gute Erklärung für die Funkstille.«

Kalen berichtete ihr in Stichworten, was sie vorgefunden hatten und was bisher geschehen war. »Das mit dem Kampfschiff ist also gar keine schlechte Idee.«

»Die gesamte Kolonie?« Sie war bleich geworden. »Ich hätte der Gruppe ja einiges zugetraut, aber das ist Massenmord. Wir sprechen hier von Primärkörpern.«

»Das ist leider nicht alles.« Und das wollte bei einer solchen Nachricht schon etwas heißen. »Es gibt einen Monolith.«

»Kalen ...« Der Schock war ihr anzusehen.

»Ich weiß. Offenbar haben die ihn nur ausgegraben, viel mehr konnten sie nicht tun.«

»Wir wissen seit dem ersten Kontakt mit diesen Dingern, dass darin Engramme gespeichert werden«, sagte sie. »Allerdings sind sie nicht kompatibel mit uns Menschen. Deshalb hat Admiral Hale damals ja den Hybriden erschaffen. Damit wollte er das Wissen der uralten Flotte aufnehmen, die Technologie nachbauen. Die Codierung der Monolithen sorgt außerdem für Klänge. Der letzte hat Terras Koordinaten enthalten. Nach Mikaelssons Extraktion haben wir den Hybridkörper aufs Genaueste untersucht.«

»Hier haben wir eine völlig andere Situation«, erklärte Kalen. »Hales Terrorzelle hat eine Kolonie ausgelöscht, einen militärischen Stützpunkt erschaffen und obendrein einen der Monolithen ausgegraben. Die Frage ist, woher sie überhaupt wussten, dass sich hier einer befindet? Und wie dachten die, geht das hier aus?«

»Ausgezeichnete Frage.« Sie verschränkte die Arme hinter dem Rücken. »Selbst jemandem wie Sheft muss klar gewesen sein, dass der Präsident notfalls den gesamten Planeten aus dem All fegt, bevor er zulässt, dass die Technologie der untergegangenen Zivilisation in die Hände von Terroristen fällt. Könnten die den Monolith abtransportieren wollen?«

Ein Gedanke, der Kalen auch bereits gekommen war. »In der Basis haben wir bisher nur Gleiter entdeckt, allerdings ist meine IT-SecSpec noch bei der Analyse.«

»Wie lange wird es dauern, bis Misa Web wieder aktiv ist?«

»Morgen früh. Da alle Klontanks unbenutzt waren, habe ich ihr ein Deluxe-Kloning verpasst. Ihr Speicher enthielt neben den letzten Erinnerungen auch alle Spezifikationen.«

Nissa wirkte zufrieden. »In dem Fall kann sie sich mit der Basis beschäftigen. Wir müssen ins Kalkül ziehen, dass die Hale-Gruppe ein Raumschiff besitzt. Sollte sich dieses in der Nähe oder auf dem Weg zur Kolonie befinden, wäre ein Abtransport des Monoliths möglich. Ich werde dem Präsidenten umgehend bestätigen, dass wir ein Schlachtschiff entsenden müssen. Der Weltenrat wird außerdem alles vorbereiten, die Kolonie in den Status einer ›verbotenen Welt‹ zu versetzen.«

»Das halte ich für eine ausgezeichnete Idee. Wir werden versuchen, den Interspace-Pointer wieder in Betrieb zu nehmen. Damit können alle Engramme der Kolonisten zurück nach Terra übertragen werden.«

Bei diesen Worten rieb sich Nissa die Augen. »Wir werden sie nicht relifen können.«

»Ich verstehe nicht …«

»Die Kolonie war auf dem Weg zu einer souveränen Welt«, erklärte sie. »In diesem Stadium hat die Bevölkerungsdichte einen Punkt erreicht, der vom Autarkie-Gesetz abgedeckt ist. Ich hatte es bei unserem Gespräch ja angedeutet, wir müssen für sie erst eine neue Heimat finden.«

Kalen runzelte die Stirn und versuchte, sich zu erinnern. Bedauerlicherweise besaßen seine MemoryZellen keine Inhalte zur Politik.

Nissa sah es ihm an. »Unter dem Druck eines Erstarkens rechter Parteien vor der Wahl von 3612 hat die damalige Präsidentin das Gesetz einbringen lassen.«

»Das war vor vierzig Jahren.«

Nun lachte Nissa bitter auf. »Gesetze haben die Angewohnheit, sich als resistent gegenüber Veränderungen zu erweisen. Kurz und gut: Kolonien, die den Status der Autarkie erreichen, haben keine Staatsbürgerschaftsrechte mehr von Terra. Ebenso kein Recht der Reintegration. Die Bürger erhalten damit Migrantenstatus.«

Kalen verfolgte zwar die aktuelle Politik, doch ihm ging es meist eher um die großen Verwerfungen wie Kriege. Natürlich hatte mittlerweile jeder begriffen, dass Nahrungsmittel und Land zur Neige gingen. Genau deshalb gab es sogar für Bürger eines Landes Limitierungen des Klonings. Trotzdem empfand er diese Entscheidung im vorliegenden Fall als schockierend.

»Sie wurden ermordet«, sagte er. »Alle. Ohne Ausnahme. Die Welt erhält einen Statuswechsel. Dafür kann doch niemand etwas.«

»Das spielt leider keine Rolle«, erklärte die Admiralin. »Sie erhalten einen virtuellen Space.«

Ein grauenvoller Gedanke, wissentlich in einer virtuellen Realität festzusitzen, ohne Zugang zum echten, greifbaren Leben.

Doch das Ergebnis war ein typischer Ablauf. Die Betroffenen würden klagen, was Jahre, wenn nicht Jahrzehnte dauern würde. Bis dahin gab es lediglich eine Möglichkeit, den Status zu ändern: Sie mussten erneut in eine Kolonie übertragen werden, dort einen neuen Primärkörper beziehen und von vorn beginnen.

»Niemand behauptet, das Leben sei fair«, sagte Nissa. »Aber wir sind nicht hier, um politische oder gesetzgeberische Fragen zu klären. Setz den Interspace-Pointer wieder für vollständigen Engramm-Transfer in Gang. Ich will außerdem wissen, was die Hale-Zelle dort exakt vorhatte. Wie konnten sie überhaupt so eine Basis errichten? Und was war der Exitplan?« Nachdenklich ging sie ein paar Schritte und kehrte dann um. »Bereite eine Sprengladung vor. Ich hole mir das ›Go‹ vom Präsidenten. Falls er es gibt, wird der Monolith sofort zerstört.«

»Keine Wissenschaftler, die das Ding untersuchen?«

»Kalen, wir sprechen hier von Engrammen einer kriegerischen Spezies, die Milliarden von Kampfraumschiffen besaß«, erwiderte sie. »Sollte auch nur eines dieser Wesen davon je wieder in die Galaxis in körperliche Form zurückfinden, mache ich mir um jemanden wie Hale keine Sorgen mehr. Dann ist sowieso alles vorbei.«

Was zugegebenermaßen ein ausgezeichnetes Argument für eine recht große Bombe darstellte. »Verstanden.«

»Unter den gegebenen Umständen habt ihr hervorragende Arbeit geleistet«, ergänzte Nissa. »Danke dafür. Ich gebe den Bericht weiter und melde mich.«

Ihr Abbild verblasste.

Flecken bildeten sich im Weiß des Interspace-Rooms. Die Krankenstation kehrte zurück.

Kalen schlug die Augen auf.

34

MISA WEB

Etwas traf ihren Kopf.

Der Schmerz währte eine Sekunde, doch dann war alles anders. Verwirrt blinzelte Misa. Über ihr befand sich die Wölbung eines Stasetanks. Nein, korrigierte sie sich, es war ein Klontank.

Winzige Dioden simulierten warmes Sonnenlicht, auf der konvexen Oberfläche wurden die Luftfeuchtigkeit, das Wetter und die neuesten Nachrichten aus der Kolonie angezeigt. Letzteres war ein leeres Feld.

»Sind Sie bereit, den Tank zu verlassen?«, fragte eine samtige Stimme. »In unserem Erwachungszentrum erwartet Sie ein frisch aufgebrühter Tee aus lokalem Anbau. Einer unserer Körperbegleiter wird Ihnen alle Funktionen erläutern, die in diesen brandneuen Klon integriert wurden.«

»Aufmachen!«, motzte Misa.

Die Verschalung glitt zur Seite.

Sie blickte in Kalens Gesicht, der die Hände hob. »Nicht erschießen.«

»Wer war das?«

»Nils Sheft«, erwiderte er. »Im Metallschrank lag wohl ein ShieldCrusher mit integriertem Infrarotzielglas. War Zufall, dass sie zuerst dich erwischt haben.«

Das machte es für Misa kein Stück besser, doch sie versuchte, die aufwallende Wut zu unterdrücken. Immerhin besaß sie alle Erinnerungen. Die vorhandenen MemoryZellen waren also auf Basis ihres entnommenen Speichers gezüchtet worden. Dieser Körper war damit identisch individualisiert wie ihr vorheriger Klon. Trotzdem war sie verdammt zornig. »Hast du ihn erledigt?«

»Bein unterm Knie weggeschossen«, erwiderte Kalen. »Aber es war knapp.«

Sie stieg aus dem Tank. Ihre Uniform lag bereit. Da sie keinerlei Blut oder sonstige unappetitliche Dinge an sich aufwies, musste Kalen die Kleidung gereinigt haben. »Danke.« Sie schlüpfte hinein.

Während sie sich vollständig ankleidete, gab er ihr ein Update. Viel war seit ihrem Körpertod nicht passiert, dank Wachstumsbeschleunigern konnten neue Körper zügig entwickelt werden.

»Wir haben die bösen Jungs und Mädels also erwischt, aber noch mehr Fragen als zuvor«, fasste Misa zusammen. »Und abgesehen von einem überlebenden Jungen, dessen Eltern vermutlich in einer virtuellen Umgebung landen, gibt es niemanden sonst.«

»Das wäre ein vollständiges Fazit.« Er ging aus dem Raum, und sie folgte. »Lisa gräbt sich gerade durch die Speicher der Basis. Die Admiralin hat das Missionsprofil angepasst. Ein Kampfschiff wird uns in zwei Tagen erreichen. Darüber hinaus arbeitet der Rat daran, die Welt in einen neuen Status zu versetzen. Falls das geschieht, ist unsere Mission abrupt beendet.«

Misa nickte verstehend. Die verbotenen Welten waren den gewöhnlichen Menschen auf Terra und den Kolonien eher als Legende bekannt. Etwas Derartiges konnte man nicht dauerhaft zu einem Geheimnis machen. Hinter vorgehaltener Hand »wusste« jeder, dass es einst eine außerirdische Zivilisation von kriegerischer Natur gegeben hatte. Und dass diese hochgefährliche Viren und sonstiges Zeug hinterlassen hatte.

Damit endete das öffentliche Legendenwissen aber bereits. Und darüber konnte jeder verdammt noch mal froh sein. Misa hatte im Gegensatz dazu Bilder gesehen. Solche, die sie gern wieder vergessen hätte.

»Versprich mir, dass ich Nils Sheft befragen darf«, verlangte sie.

»Grundsätzlich hätte ich nichts dagegen, aber in unser beider Interesse solltest du dich an das Protokoll halten.«

»Diese Worte aus deinem Mund.« Der Stich war heraus, bevor sie ihn aufhalten konnte. »Das war nicht so gemeint.«

»Und ändert nichts daran, dass wir am Ende dieser Mission sehr genau unter die Lupe genommen werden«, sagte er. »Das hier hat sich von einem Kommunikationsproblem zu einer ausgewachsenen Krise entwickelt. Auf Terra wird die Presse alles auseinandernehmen. Aktivisten werden die Körperlichkeit für die Kolonisten fordern. Regierungsparteien der unterschiedlichsten Länder werden für das eine oder das andere sein.«

»Wehe, die Admiralität hält uns dieses Mal nicht den Rücken frei«, zische Misa. »Dann knöpfe ich mir diese Takker einzeln vor.« Sie runzelte die Stirn. »Wieso bin ich so aggressiv?«

Kalen lachte auf. »Möglicherweise hat der Wachstumsbeschleuniger noch damit zu tun, deine Hormone richtig einzupegeln. Ich musste ans Limit gehen, damit du schnell wieder fit bist. Andererseits kenne ich dich nur so.«

Diese Retourkutsche ließ sie ihm ausnahmsweise durchgehen. Das Kloning war eben ein Spiel mit der Genetik. Man ließ sich mit dem Ergebnis besser Zeit. Beschleuniger wurden in Notsituationen eingesetzt, kamen damit aber auch zu einem Preis.

Sie stiegen in den Gleiter, hoben ab und sausten in Richtung Gebirge.

»Geht es Trisha gut?«, fragte Misa nach einer Weile.

»Ehrlich gesagt, erkenne ich sie kaum wieder.« Kalen lenkte den Gleiter tiefer. »Sie hilft dem Jungen, sich zurechtzufinden. Und gleichzeitig vertieft sie sich in alle möglichen Materialien zu den Monolithen.«

»Wieso hat sie Zugang dazu?«

Er wirkte bei seiner Antwort überaus müde. »Yuma hat ihr einen NanoJammer mit seinem Code freigegeben. Sie hat den Code kopiert und sich Zugang zu den Missionsdaten verschafft. Lisa hat Alarm ausgelöst, wir haben das Schiff nach einem weiteren Mann von Sheft durchsucht, bis wir gemerkt haben, dass der Eindringling aus unserer Mitte kam.«

»Einfallsreich ist sie, das muss man ihr lassen.« Sie hätte ihren Code niemals derart leichtfertig jemand anderem übergeben. Dafür würde sie Yuma rügen.

»Und wenigstens lenkt sie es aktuell in die richtige Bahn.«

»Dem Einbruch in unsere Datenbanken?«

Kalen lachte erneut. »Der Wissensmehrung.« Er ließ den Gleiter aufsetzen. »Da wären wir. Unsere neue geheime Militärbasis.«

»So geheim ist sie nicht mehr, aber ich werde jeden Stein hier drin umdrehen«, stellte Misa klar. »Falls Sheft etwas vor uns verbirgt, werde ich es finden. Und das, mein Lieber, ist ein Versprechen.«

Sie öffnete den Gleiter und betrat das Feld vor der Basis. Dieses Mal wurde ihr Code problemlos akzeptiert. Dieser Ort stand nun unter der Kontrolle des Explorationskommandos.

Misa würde dafür sorgen, dass das auch so blieb.

35

»Ich verstehe es nicht«, murmelte Misa.

Die Softwareagenten gruben sich durch Terabytes an Daten, doch es gab schlicht nichts Relevantes zu finden. An diesem Punkt wuchs ihre Frustration.

»Wir haben es nicht mit Anfängern zu tun«, sagte Lisa. »Die müssen für den Fall einer Entdeckung Sicherheitsmaßnahmen ergriffen haben.«

»Für den Fall?«, echote Misa. »Die wussten, dass sie entdeckt werden.«

Die Puzzleteile passten nicht zusammen.

Jemand wie Sheft, der all das hier akribisch geplant hatte, ließ sich von einem Protektor entdecken?! Ausgerechnet bei der Ausgrabung eines Monoliths. Und als wäre das nicht genug, bestand die Reaktion aus einer Auslöschung der Kolonie.

So etwas blieb nicht verborgen. Einen Menschen verschwinden zu lassen, war in Zeiten von Transpondern und MindSaves schon schwer genug, aber eine Kolonie musste jemandem auffallen.

»Das Explorationskommando.«

»Was meinst du?«

»Ich gehe gerade die Kausalkette durch«, erwiderte sie. »Vom Augenblick der Entdeckung durch den Protektor muss Sheft im Grunde genommen alles vorausgesehen haben. Die

Reaktionen, Meldungen, die Entsendung des Schiffs und eines Außenteams. Nichts davon kann überraschend gekommen sein.«

Lisa stützte das Kinn auf den Handballen und erwiderte ihren Blick. »Da die Rahmenparameter bekannt sind, stimmt das schon. Wir arbeiten mit KIs, die auf der Grundlage von Rahmendaten und einem Ausgangspunkt Szenarien kalkulieren. Das ist simpler Determinismus.«

»Aber warum?«, fragte sie. »Das hätte man doch auch anders lösen können. Wieso sich entdecken lassen? Er hätte sein Gesicht chirurgisch verändern oder schlicht einen Klon benutzen können. Nein, stattdessen spaziert er mit seinem Primärkörper zu einer nicht genehmigten Ausgrabung. In so einem Fall ist doch klar, dass das Explorationskommando umgehend reagiert. Er konnte nicht wissen, dass ausgerechnet wir kommen würden, aber ein Interspace-Team ... Das war klar.«

»Trotzdem sitzt er jetzt in einer Zelle.« Lisa zuckte mit den Schultern und ging wieder an die Arbeit. »Man ist eben nie gegen Rückschläge gefeit.«

Wenn Misa eines im Leben gelernt hatte, dann, dass Muster nun einmal Muster waren. Sie konnte weiter stundenlang grübeln, oder sie begab sich zu der Person, die Antworten besaß. Ihrem Mörder.

Da Kalen sich ihr vermutlich angeschlossen hätte, wenn er von dieser Idee gewusst hätte, verzichtete sie darauf, sie ihm mitzuteilen. Stattdessen ging sie auf direktem Weg zur Arrestzelle.

Es handelte sich um einen spartanischen Raum mit grauen Betonwänden. An jeder Wand war eine viereckige Verkleidung aus Panzerglas eingelassen, hinter der die Polyfotogeneratoren saßen. Aktuell schickten sie warmes Licht in den Raum, das Mittag simulierte.

Nils Sheft lag auf einer gepolsterten Liege. Sein abgeschossenes Bein war bis auf den Fuß vollständig nachgewachsen. In Kürze würde er körperlich wieder wohlauf sein.

Kurzerhand schickte Misa einen Erweckungsimpuls an das MedKit, das Adrenalin durch seine Adern pumpte. Seine Lider flatterten, er erwachte. Erkennen huschte über sein Gesicht. »Kopflos haben Sie mir besser gefallen.«

»Sparen Sie sich die Provokation«, gab Misa zurück. »Emotionale Trigger funktionieren bei mir nicht.«

»Das sagt anfangs jeder.« Er sah sich im Liegen um. »Aber seltsamerweise kommt am Ende doch immer eine deutliche Reaktion.«

»Dann hoffen Sie mal, dass das hier nicht der Fall ist. Ich habe nämlich die Kontrolle über die Schmerzregulatoren. Und der ShieldCrusher steht vor der Tür.«

»Drohen Sie mir etwa? Fällt das nicht unter ›Folter‹?«

»Da sind Sie mir mit Massenmord voraus«, entgegnete sie. »Ich sehe lediglich ein armseliges Subjekt vor mir, das zerstört. Wollte Hale nicht einen großartigen Staat errichten? Ihn gewaltig machen, die Menschheit an die Spitze führen. Neue Technologie für die genetische Evolution hin zu einer überlegenen Spezies?«

»Das trifft es recht gut.«

»Bisher kam dabei leider nichts heraus«, sagte Misa. »Zerstörer gab es schon immer genug. Und seltsamerweise reden sie stets von der Stärke der Vergangenheit.«

Sheft lachte. »Ist das Ihre Herangehensweise? Sie beleidigen den Admiral und wollen mich damit in Wut versetzen, wodurch ich den Masterplan verrate?«

Was Misa in ihrer Vermutung bestätigte, dass es einen solchen gab. »Dafür sind Sie natürlich viel zu überlegen. Aber egal, wie ausgefeilt Ihr Plan auch gewesen sein mag, es gibt Dinge, die Sie nicht voraussehen konnten.«

»Erleuchten Sie mich.«

»Wir sind jetzt hier.« Mit verschränkten Armen lehnte sie sich gegen die Wand. »Das Interspace-Team mit den meisten Erfolgen.«

Er lachte.

Misa musste tatsächlich aufpassen, dass sie ihm nicht kurzerhand gegen das soeben wiederhergestellte Fußgelenk trat. Sie hatte dieses feiste Grinsen so satt. Trotzdem wartete sie geduldig, bis er aufhörte zu lachen, und ließ sich nichts anmerken. »Fertig?«

»Sie sind so amüsant«, gab er zurück. »Dieser Plausch macht Spaß. Und er findet statt, weil die großartige Misa Web, die kein Muster übersieht, genau durchdacht hat, was zu diesem Punkt geführt hat.«

Ihre Nackenhaare stellten sich auf. »Wie bitte?«

»War das nicht treffend?« Er räusperte sich. »Gehen wir es mal durch. Sie haben endlich begriffen, dass jemand wie ich keinen simplen Fehler macht wie den, sich von einer Überwachungsdrohne beim Besuch einer Ausgrabungsstätte ablichten zu lassen. Dann haben wir den Monolith offensichtlich an Ort und Stelle gelassen. Oh, außerdem der Anschlag auf die Kolonie. Das alles zusammengenommen muss eine Reaktion hervorrufen. Die Admiralität schickt damit auf jeden Fall ein Schiff hierher. Wir haben Geschützbatterien, warum es also nicht einfach vernichten? Stattdessen korrumpieren wir den Code des Interspace-Pointers.«

Misa starrte ihn an. Aus der Gänsehaut war ein kalter Schauer geworden. Die Hale-Zelle hatte die KI der *I4* abgeschaltet und dafür gesorgt, dass kein Interspace-Team hierherkommen konnte. Außer ihnen.

»Ich mag diesen Blick der erschrockenen Erkenntnis«, sagte Sheft. »Jetzt dürfte Ihnen klar sein, dass wir durchaus wussten, ›welches‹ Interspace-Team hier auftauchen würde. Es gab nämlich nur noch eines, das auf die Schnelle die Möglichkeit besaß. Kampfschiffe sind zwar vorhanden, aber so weit ab stationiert, dass sie zumindest Wochen brauchen würden, bis sie hier eingetroffen sind.«

»Sie wollten, dass ›wir‹ hier auftauchen?« Misa gab sich keine Mühe, ihre Verblüffung zu unterdrücken. An diesem Punkt war das vollkommen egal. »Aber wieso?«

Er schloss die Augen und gähnte.

Zweifellos ein Hinweis darauf, dass sie entlassen war. Misa verließ die Zelle tatsächlich, schickte ihn davor jedoch mit einer ordentlichen Injektion wieder in den Schlaf. Nachlässigkeit war unangebracht. Während sie zurück in die Kommandozentrale der Basis schritt, ging ihr eine Frage nicht aus dem Kopf.

Warum wir?

36

YUMA KIKIAC

Den Transmitter mit der Kolonie zu koppeln, war kein Problem gewesen. Jetzt, wo alle Störungen beseitigt waren. Yuma hatte den Probenbehälter geholt. Sie befanden sich in einer Analyseeinheit. In Kürze würden sie also erfahren, welcher Kampfstoff die Kolonisten getötet hatte. Für weitere Kolonien konnte dann ein Schutz entwickelt werden. Simple Sensoren, die die Luft nach dem entsprechenden Toxin überwachten.

Während die Auswertung lief, konnte Yuma nicht viel tun. Er prüfte in seinem EyeSign, wo sich Kalen befand. Offenbar konferierte er erneut mit Admiralin Jäger. Lisa blieb als IT-SecSpec in der Basis, gemeinsam mit Misa. Amy hielt die Stellung in der Krankenstation.

»Wer hätte gedacht, dass Langeweile mal ein Problem wird.« Er gähnte und ging zum Kaffeeautomaten.

Die Klone für Missionen besaßen zwar automatisch eine verbesserte Konzentrationsfähigkeit, aber Kaffee besaß allein durch seinen Geruch und das Gefühl, eine Tasse in den Händen zu halten, eine gewisse stimulierende Funktion. Yuma lauschte dem Plätschern des aufgebrühten Getränks, das in seine Edelstahltasse gegossen wurde. Der Geruch füllte kurz darauf das kleine Labor.

Ein pneumatisches Zischen erklang, als die Tür sich teilte und Trisha eintrat. »Mein Dad hat mich emotional getriggert, weil ich deinen Code geliehen habe.«

»Wie bitte?« Er nahm die Tasse.

»Okay, geklaut. Also ohne dein Wissen kopiert, um ihn illegal zu benutzen.« Sie zog eine Schnute. »Er war echt sauer. Aber ich wollte doch nur lesen. Sonst komme ich mir so dumm vor.«

Yuma schnaubte. »Die Unschuldsnummer zieht ebenso wenig wie deine strebsame Persönlichkeit. Er hat mir auch schon verdeutlicht, dass ich meinen Code nicht einfach dazu benutzen kann, eine Waffe für dich zu entsperren. Wobei ich mir nicht sicher war, ob jetzt die Waffe oder der Code das Problem darstellt.«

»Du bist also gar nicht sauer.«

»Ich habe meinen Code die ganze Zeit im Blick und wurde benachrichtigt, als du auf die Informationen zu den ›verbotenen Welten‹ Zugriff genommen hast«, erwiderte er. »Ich dachte mir, dass es nicht schadet.«

An diesem Punkt grinste Trisha viel zu selbstgefällig. »Darf ich ihm das sagen?«

»Nein. Denn letztlich dachtest du ja, dass du den Code ›ohne mein Wissen kopierst, um ihn für etwas Illegales zu benutzen‹.«

»Bekomme ich einen Kaffee?«

»Nur zu.« Er bedeutete ihr, sich eine Ersatztasse zu nehmen.

Trisha trat an den Schrank, öffnete ihn und nahm die Tasse aus der Halterung. Erneut war das Geräusch von plätscherndem Kaffee zu vernehmen, als der Automat aktiv wurde. Mit einem Lächeln blickte Yuma zu dem Mädchen, runzelte jedoch prompt die Stirn. »Was ist das?«

»Kaffee? Hoffe ich doch.«

»Auf deinem Arm«, präzisierte er. »Ein Ausschlag?«

»Habe ich seit unserer Rückkehr.«

»Hat Amy sich das bereits angesehen?«

»Die hat keine Zeit.« Trisha zog die Ärmel ihres Overalls

bis zum Handgelenk. »Außerdem sind das nur ein paar Pusteln.«

»Trisha«, sagte Yuma ernst. »Du bist von einer Mission auf einem fremden Planeten zurückgekehrt. Dein Klonkörper sollte problemlos mit allem zurechtkommen, mit dem er auf einer entwickelten Kolonie konfrontiert wird. So etwas wie ›einfach nur Pusteln‹ gibt es nicht.«

Er zog einen Drehstuhl unter dem Tisch hervor und bedeutete ihr, darauf Platz zu nehmen. Sie schnappte sich die Kaffeetasse mit der linken Hand. Während er ihr den Overall am rechten Handgelenk in die Höhe schob, trank sie still.

»Die Haut ist gereizt, definitiv eine Entzündung. Außerdem sieht das aus wie eine allergische Reaktion.« Yuma schaltete sein EyeSign auf Infrarotsicht mit maximaler Vergrößerung. »Bakterielle Infektion. Hast du dich irgendwo geschnitten?«

Sie schüttelte den Kopf.

Kurz darauf bestätigte seine Untersuchung, dass die Haut nirgendwo perforiert worden war. Die Schutzschicht des Probioms hätte also intakt sein müssen. Trotzdem war es den Bakterien gelungen, die Schichten zu durchdringen.

Unruhe schlich sich auf Trishas Miene. »Ist es gefährlich?«

»Das kann ich dir gleich sagen.«

Yuma war XenoSpec, hatte dafür aber ein Medizinstudium absolvieren müssen. Zumindest rudimentär war er mit der Dermis und ihrer Zusammensetzung ebenso vertraut wie mit Bakteriologie und Virologie. Er nahm eine Probe, die vom Computer umgehend ausgewertet wurde.

»Und?«, fragte Trisha.

»Es ist ein fleischfressendes Bakterium unbekannter Art«, gab er nachdenklich zurück.

»Wie bitte?!«

»Keine Sorge, es kann sich in der Schiffsatmosphäre nicht ausbreiten, im Gegenteil. Die Zusammensetzung sorgt dafür, dass es bereits abstirbt.« Yuma nahm ein Stickstoffpflaster und klebte es auf die betroffene Haut. »So würde ich einen Primärkörper nicht behandeln, aber der Klon verträgt es. Die Haut wird an dieser Stelle von allen Bakterien gereinigt, danach trage ich dir eine probiomunterstützende Salbe auf. Mehr ist nicht nötig.«

»Was wäre, wenn wir länger dort unten geblieben wären?«

»Ich vermute, dass dann mittlerweile dein gesamter Arm … nun ja, ›abgefault wäre‹ trifft es wohl«, erklärte er. »In dem Fall würden wir jetzt ein sehr unangenehmes Gespräch führen.«

»Aber wo kommen die her? Und warum bin lediglich ich betroffen? Könnten diese Bakterien die Kolonisten getötet haben?« Ihre Augen weiteten sich.

Yuma nippte an seinem Kaffee und durchdachte diese Möglichkeit. Bisher waren sie von einem schnell wirkenden Toxin ausgegangen. Doch auch Bakterien konnten eine tödliche Wirkung entfalten. Das Problem war, dass sie eine Welt nur allzu leicht unbewohnbar zu machen vermochten. Niemand wäre so wahnsinnig, sie einzusetzen. Selbst der Hale-Gruppe konnte nicht daran gelegen sein, eine Kolonie zu einer verfallenden »Lost World« zu machen. Davon hatte keiner etwas. Oder?

»Woran denkst du?«, fragte Trisha.

»Es kann Zufall sein oder Absicht, ich weiß es nicht«, sagte er. »Aber bisher haben weder Lisa noch Misa in der Basis Informationen über dieses Bakterium gefunden. Es müsste gezüchtet worden sein, wenn die es bewusst eingesetzt haben.« Er warf einen Blick auf die entnommene Probe. »Sieht hier aber nicht so aus.«

War der Tod der Kolonisten Zufall?

Hatte das eine nichts mit dem anderen zu tun? Yuma musste mit Kalen darüber sprechen.

37 KALEN MCKENON

»Was sagt ZENTRUM?«, fragte Yuma.

Kalen war in sich gekehrt, als er den Interspace-Room verließ. »Alle möglichen Personen sind überaus besorgt. Der Präsident hat den Notrat einberufen, um das weitere Vorgehen zu entscheiden.«

»Die werden ihr typisches Ding der ewigen Diskussion durchziehen.« Yuma schob die Analyseergebnisse in Kalens EyeSign. »Sieh mal.«

Kurz herrschte Stille, während sie durch die Gänge in Richtung Kommandozentrale gingen.

»Bakteriologisch«, sagte Kalen schließlich. »Hätte ich nicht erwartet. Wie geht es Trisha?«

Sie war als Patient-X angegeben.

»Das wird kein Problem darstellen, aber mir gefällt es trotzdem nicht.«

»Da bist du nicht der Einzige.«

Sie betraten den Lift und ließen sich ins Zentrum des Raumschiffs tragen.

»Misa hatte ein Gespräch mit Sheft, das gar nicht gut verlief.«

Was Kalen berichtete, verwirrte und verstörte Yuma zutiefst. »Die wollten uns hierhaben?! Das wäre eigentlich ein Grund, umgehend zu verschwinden.«

»Es könnte ebenso ein Psychospiel von Sheft sein«, gab

Kalen zu bedenken. »Wir dürfen uns nicht auf diese Weise lenken lassen. Es besteht die Möglichkeit, dass wir etwas übersehen.«

»Zumindest Trisha sollte sofort wieder zurückübertragen werden.«

Kalen rieb sich über die Augen und sagte schließlich: »Nein. Sie lebt sich gerade so gut ein. Zu Hause bestanden ihre Tage aus Streifzügen durch das VRNet kombiniert mit Sitzungen bei einem Psychologen. Abgesehen davon will sie gar nicht zurück.«

Das verwunderte ihn nicht. Trish war zum ersten Mal wieder Teil einer Gruppe, in der man wirklich aufeinander achtgab. Außerdem gab es aktuell kein Gefühl der Bedrohung. Möglicherweise war genau das das Problem. Etwas nagte an ihm.

»Was also jetzt?«, fragte Yuma.

»Du sequenzierst das Bakterium, erstellst eine Xeno-Tabelle, und dann liefern wir ZENTRUM die Daten. Trisha bleibt einstweilen in Amys Nähe, bis der Ausschlag vollständig abgeheilt ist. Lisa und Misa nehmen dort unten jede Schraube auseinander. Sobald sie durch sind, begeben wir uns zur Kolonie und sehen uns die letzten Aufzeichnungen des Explorationskorps und des Rats an. Admiralin Jäger hat mir noch einmal versichert, dass Tamlyn Sands keine Bedrohungslage gemeldet hat.«

»Es muss also schnell geschehen sein«, leitete Yuma ab. »Oder sie hat das Protokoll ein wenig schleifen lassen. Du weißt selbst, wie leicht so etwas passiert, wenn man weit weg von Terra im Einsatz ist.«

Gerade in der Zeit der Ausbildung war Yuma ebenfalls in derartige Muster verfallen. Man betrat eine neue Kolonie in einem perfekt sitzenden Körper, führte die Untersuchungen durch und sollte dann warten. Und warten. Und warten. Die

Langeweile sorgte fast immer für abschweifende Gedanken. Das konnte tödlich sein. Bis zum Ende seiner Ausbildung war Yumas Klonkörper dreimal gestorben.

Gefährliche Fauna, tödliche Flora, wegbrechender Untergrund. Er würde keines dieser Erlebnisse jemals vergessen. Was per se schon eine perfekte Sicherheitseinweisung darstellte.

»Wissen wir etwas Neues zu dem Kind?«, fragte Yuma.

»Nach Misas Andeutungen zu einem möglichen Masterplan der Hale-Gruppe habe ich Amy beauftragt, ihn auf Herz und Nieren zu überprüfen. Scanner, Gewebeentnahme, interne Toxindepots, alles, was dazugehört.«

»Und?«

»Der Junge stellt keine Gefahr dar«, erläuterte Kalen. »Misa hat außerdem die Datenbank der Kolonie untersucht. Er ist eingetragen. Einzelkind. Hier geboren.«

Yuma atmete gewichtig aus. »Der Arme. Das wird eine heftige Traumaaufarbeitung. So etwas erleben manche in zweihundert Jahren ihres Lebens nicht.«

»Die Admiralität hält einen Kinderpsychologen in Bereitschaft«, erwiderte Kalen. »Sobald wir hier durch sind, wird die *I4* Kurs in Richtung Terra setzen. Sie muss sowieso instand gesetzt werden. Als Minderjähriger wird er ein Integrationsrecht auf Terra erhalten, seine Eltern dürfen wohl ebenfalls wieder körperlich werden.«

Wenigstens ein kleiner Lichtblick. »Ich habe ganz vergessen, wie deprimierend diese Einsätze sein können.«

»Du hast wenigstens deinen Seelengefährten«, sagte Kalen.

Yuma nickte, ein Lächeln auf den Lippen. »Heute werde ich wieder Zwiesprache halten.«

Sie erreichten das Brückenschott, das mit einem Klacken entriegelte und zur Seite rollte. Es war ein seltsames Gefühl, eine leere Kommandozentrale zu betreten. Normalerweise waren alle Stationen eines Interspace-Schiffs besetzt. Schließlich konnte jederzeit etwas geschehen.

Yuma zog sich sofort den Status in seine Sicht und prüfte die Daten. »Wenn ich das richtig verstehe, können wir die KI bald wieder aktivieren.«

»Es wird auch Zeit.« Kalen nahm auf dem Sitz des Kommandanten Platz. »Mit einer aktiven KI hätte Sheft uns nicht einfach so überrumpeln können. Wir brauchen die Unterstützung dringend. Außerdem können wir eine Kopie nach unten in den Kern der Basis übertragen. Das beschleunigt alles. Ich will zügig fertig werden und die Heimreise antreten.«

Kalen ließ sich die Übertragung der Außenkameras in Form einer Augmented Reality anzeigen. Mitten im Raum schwebte Red Pearl. Eine wunderschöne Welt, in die viel Zeit und Mühe für das Terraforming geflossen war. Hier hätten Menschen leben sollen, was gleichzeitig den Druck von Terra genommen hätte. Stattdessen würde sie nun den Status einer »verbotenen Welt« erhalten. Und das alles, weil ein paar gnadenlose Menschen sich Kontrolle und Macht sichern wollten. »Hast du schon einmal über das Auswandern nachgedacht?«

Die Frage überraschte Yuma, und er musste kurz darüber nachdenken. »Nicht wirklich. Ich gehöre auf das Land meiner Ahnen. Unser Kampf währte lange, doch wir haben die Anerkennung erreicht. Du?«

»Bisher nicht«, erwiderte Kalen. »Aber wenn ich mir so ansehe, wie gut es Trisha geht und wie schlecht es daheim war, sollte ich wohl tatsächlich einmal darüber nachdenken.«

»Was auch immer du entscheidest, sprich zuerst mit ihr«, sagte Yuma. »Vergiss nicht, dass sie bald volljährig ist. Damit kann sie selbst entscheiden, wo sie einmal leben möchte und wie. Eine Kolonie kann einsam sein.« Mit diesen Worten verließ Yuma die Kommandozentrale. Er wollte seine Arbeit im

Xeno-Labor abschließen, um die Daten an ZENTRUM zu schicken.

Kalen blieb grübelnd zurück. Aus irgendeinem Grund wich seine innere Unruhe nicht.

Wenn es sich um ein natürliches Bakterium handelte, wie war es so abrupt über alle hereingebrochen?

In einem war er sich mit Misa einig. Sie übersahen etwas. Etwas Wichtiges.

38

»Und was genau soll das sein?«, fragte Misa.

Kalen steuerte den Gleiter in Richtung Ausgrabungsstätte. Für die Statusänderung der Kolonie wollte die Admiralin eine Aufnahme des Monoliths, kombiniert mit zwei eidesstattlichen Aussagen zu dessen Vorhandensein. Zusätzlich sollte ein neu entwickelter Scanner eingesetzt werden.

»Frisch aus dem 3D-Drucker. Nach den Erlebnissen von Liam Mikaelsson und seinem Team wurde das Gerät konstruiert. Eine mobile Einheit, die Daten auslesen kann. Letztlich sind diese Monolithen auch nur Speicher. Sie geben diese spezifischen Klänge von sich und enthalten inkompatible Engramme. In einem ersten Schritt bestätigen wir damit das Vorhandensein.«

»Und der zweite?«, fragte Misa.

»Ich würde darauf wetten, dass sie Speicher mit alten Engrammen zukünftig … leeren.«

»Löschen?«

»Was dachtest du denn? Hale hat bewiesen, wie gefährlich das Vorhandensein von außerirdischen Bewusstseinsinhalten ist. Es reicht ein einziger Mensch, der damit etwas anstellen will, und plötzlich haben wir ein Problem.«

»Versteh mich nicht falsch, ich bin grundsätzlich für ein Höchstmaß an Sicherheit«, erklärte sie. »Aber die Engramme können doch sowieso nicht ausgelesen werden.«

»Laut Unterlagen hatte Hale damals eine Art Hybrid entwickelt, in den er das erste Engramm übertragen wollte«, sagte Kalen, was in jenem Teil der Akte gestanden hatte, den er erst verspätet hatte einsehen dürfen. »Es ging schief. Inkompatibilität. Allerdings landete ein Missionsteilnehmer in dem Körper. Wir dürfen nie vergessen, dass es Menschen gibt, die keine moralischen Bedenken kennen.«

Misa nickte langsam. »Betrachtet man diese Kolonie, ist das wohl offensichtlich. Ich glaube jedoch keine Sekunde daran, dass das wirklich passiert.«

Der Gleiter schwebte zwischen zwei Gebirgshängen hindurch, und Kalen lenkte ihn in eine sanfte Linkskurve. »Was meinst du?«

Am Horizont zeichneten sich dunkle Wolken ab, ein Gewitter näherte sich. Die zuckenden Blitze wirkten unter dem Schimmer des roten Blütenmeers geradezu apokalyptisch.

»Irgendein Machtmensch ist doch längst dahintergekommen, was die Technologie dieses Kriegervolks bedeutet«, sprach Misa aus, was er ebenso dachte. »Spätestens nach Mikaelssons Erlebnis und Hales Griff nach der Macht ist der Geist aus der Flasche. ›Sei dem Gegner immer einen Schritt voraus.‹ Das kann unser Militär doch nur, wenn sie es selbst tun. Die Technologie auswerten, meine ich. Und irgendwann kommt jemand auf die Idee, tätig zu werden.«

»Das ist zynisch, aber leider eine akkurate Zusammenfassung«, gestand Kalen. »Und genau deshalb bin ich froh, nicht mehr in diesem Geschäft festzuhängen.«

Verblüfft starrte Misa ihn an. »Du bist froh?«

»Denkst du etwa, ich will zurück? Mich auf Kolonien übertragen lassen und die Scheiße aus dem Ventilator kratzen? Das hier ist die Abschlussvorstellung. Das Geld fließt, mein Name ist wieder reingewaschen. Mehr erwarte ich nicht.«

Ihre Lippen verzogen sich zu einem dünnen Strich.

»Ich werde nie vergessen«, stellte er klar. »Manche Fehler lassen sich nicht korrigieren.«

Es war ein Angebot. Früher oder später mussten sie über die Ereignisse sprechen. Doch Misa ging nicht darauf ein. Stattdessen aktivierte sie die Sensoren, um das Ziel einer weiteren Sicherheitsüberprüfung zu unterziehen. Die Drohne kreiste bereits darüber, hatte aber keine Gefahr festgestellt. Das hatte natürlich – wie sie seit den Minen wussten – nicht unbedingt etwas zu bedeuten.

»Keine erkennbare Gefahr aus der Luft«, sagte Misa wie erwartet. »Die Topologie sieht nicht so aus, als sei sie verändert worden. Abgesehen vom Schacht, der in die Höhle führt. Ein Scan des Inneren ist nicht möglich.«

»Störsender?«, fragte Kalen.

»Das natürliche Gestein«, widersprach Misa. »Ich nehme an, dass der Monolith absichtlich dort vergraben wurde. Eine gewachsene Sicherung.«

Kalen ließ den Gleiter sanft herabsinken. Rings um den Zugang der Ausgrabung standen Flutlichter, die bei Hereinbrechen der Dunkelheit aktiviert werden konnten. Mittlerweile waren Wolken heraufgezogen, der Wind kam auf. Die Dunkelheit eines Gewitters bedeckte den Horizont. Misas Haar wirbelte auf.

»Ich glaube nicht, dass wir so bald wieder zurückfliegen können«, sagte sie.

Gedankenverloren kratzte sich Kalen über die juckende Stelle an seinem rechten Unterarm. »Klingt nach einem Horror-Holovid. Hoffen wir, dass der Monolith kein Monster enthält.«

»Jetzt machst du noch Witze.« Sie schnappte sich den Metallkoffer, in dem die Drohnenkugeln darauf warteten, zum Kartografieren genutzt zu werden.

Admiralin Jäger wollte eine hochauflösende virtuelle Umgebung. Kalen nahm den Scanner. Das Schott des Shuttles schloss sich, die Versiegelung wurde aktiv.

Gemeinsam traten sie in den Gang, der in die Tiefe führte. Der Boden war fest, die Überdachung wurde durch mehrfache Stützen und Streben gehalten. Kalen hätte ein sauberes Kraftfeld bevorzugt, aber es war nun einmal eine Kolonie.

Hinter ihnen zuckte ein Blitz, Donner rollte. Wind pfiff in den Schacht.

»Wir hätten wenigstens Tee mitnehmen sollen«, kommentierte Misa. »Auf diese Art würde es hier unten gemütlich werden.«

Sie mussten gut zehn Meter der Schräge folgen, bis diese in Steinstufen überging. Vor langer Zeit geschaffen, bedeckte inzwischen feuchte Erde jeden Zentimeter.

An diesem Punkt blieben sie stehen, und Misa öffnete den Koffer. Vier Drohnen erhoben sich und sausten davon. Wirbelnde Laser aus ihren Öffnungen zuckten über die Wand. Auf diese Art entstand rasend schnell eine vollständige Kartografie. Kalen sah dabei zu, wie sie in seinem EyeSign wuchs.

»Ich gehe voran«, murmelte Misa.

»Du meinst, falls es noch eine Falle gibt?«

»Dass das Klon-Institut nach wie vor funktioniert, wissen wir ja mittlerweile. Notfalls bekomme ich eben einen weiteren Körper. Du schaffst das.«

Ein Gedanke, den Kalen nicht verfolgte. Körpertode gehörten nicht zu den Einträgen, die in seiner Akte oder der eines Teammitglieds stehen sollten.

Da die Drohnen keine Gefahren aufzeigten, stiegen sie die Treppenstufen hinab. Ein in den Stein gehauener Gang führte kerzengerade in Richtung des Gebirges. Bereits nach fünf Metern erweiterte er sich zu einer Höhle.

Sie war leer, sah man von einem flachen Podest aus Metall ab, in dessen Mitte der schwarze Monolith emporragte.

39

Kalen hatte auf seinen Einsätzen bereits viel gesehen, in den Akten war der Monolith zudem akkurat beschrieben worden. Trotzdem erfüllte ihn der Anblick mit einer seltsamen Form der Ehrfurcht.

Einst hatte ein Volk existiert, das weite Teile der Galaxis bevölkerte. Heute war es verschwunden. Einzig die Monolithen kündeten noch von der alten Macht.

»Gruselig«, kommentierte Misa. »Ich möchte das hier zügig hinter mich bringen.« Sie tat einen Schritt nach vorn.

»Halt!«, rief Kalen.

Sie blieb augenblicklich stehen.

Trotz all ihrer Probleme wusste sie doch, wann seine Stimme vor Gefahr warnte.

»Komm langsam rückwärts zurück«, forderte er sie auf.

Sie tat es und stand kurz darauf wieder neben ihm. »Was?«

»Lichtschranke am Boden.« Er deutete auf eine schmale Linie. »Unser EyeSign hat sie nicht erkannt, ein Low-Level-Laser. Dort vorne zwischen dem Stein ist eine Linse versteckt.« Er war dem erweiterten Klonkörper dankbar.

»Minen?«

»Das ergibt keinen Sinn«, sagte Kalen. »Die hätten doch niemals den Monolith gefährdet.«

Er veränderte die Parameter seines EyeSigns, und kurz darauf verwandelte sich die Höhle in einen Ausstellungsraum.

Das Ausstellungsstück war der Monolith, umgeben von Dutzenden Lichtschranken. Es war unmöglich, ihn zu erreichen, ohne mindestens eine davon zu passieren. Die Frage war, was sie auslösen würden?

»Großartig«, kommentierte Misa. »In einem Holovid würde die Heldin jetzt gelenkig wie eine Katze zwischen all den Schranken hindurchbalancieren. Mein Klonkörper ist dafür nicht geschaffen.«

»Welche Alternative haben wir?«

Sie presste die Augen zu schmalen Schlitzen zusammen. »Ich suche die Linsen und schalte eine nach der anderen manuell ab, ohne den Sprengsatz auszulösen.«

Damit ging sie ans Werk.

Da die Linsen so in der Wand verbaut waren, dass sie sich teilweise gegenseitig schützten, dauerte es eine Weile, bis Misa den Startpunkt gefunden hatte. Von dort aus konnte sie sich vorarbeiten.

Kalen untersuchte in der Zwischenzeit den Rest der Höhle genauer, schaltete sein EyeSign durch verschiedene Modi. »Es gibt noch zwei Druckplatten, die von Gewicht ausgelöst werden. Aber die können wir umgehen.«

Schweigend arbeitete Misa vor sich hin.

»Wer hätte gedacht, dass das so einen Verlauf nimmt«, murmelte Kalen und blickte auf den Monolith.

Stille.

»Dein Ernst?«

»Ja«, sagte er reflexhaft.

»Wie viele Einsätze haben wir jetzt hinter uns?« Misa hatte aufgehört zu arbeiten. »Und dabei ist der letzte so derart in die Hose gegangen, dass einer von uns starb!«

»Misa …«

»Nein!« Sie legte das Feinmechanikwerkzeug beiseite und kam auf ihn zu. »Wir hatten die Wahl! Es war eine Raumstation, verdammt. Anstatt anzugreifen, hätten wir warten müssen, bis ZENTRUM das Schiff schickt. Es hätte *einen* verdammten Tag gedauert. Aber du wolltest unbedingt sofort den Kontrollraum von Delta-9 einnehmen. Jason wäre dir überallhin gefolgt, du warst so was wie sein Bruder.«

Ihre Worte stachen wie tausend Klingen. »Misa …«

»Aber der große Kalen McKenon ignoriert meinen Rat – und das Protokoll – und stürmt drauflos.«

Ganz so war es nicht gewesen. Doch sie hatte recht. Er hätte warten sollen. »Niemand konnte das wissen«, flüsterte er.

Die Terroristen hatten die Tiefraumstation nicht einfach nur übernommen. ZENTRUM hatte dem Interspace-Team nicht mitgeteilt, dass es sich um eine Forschungsstation für MindSave-Viren handelte. Das Team war in eine Falle gelaufen. Die Terroristen hatten Jasons Engramm-Port genutzt, um einen Virus in sein Bewusstsein zu schleusen. Der Rest des Teams war bewusstlos gewesen. Die Verantwortlichen waren geflohen.

Als sie alle mit dem Interspace-Pointer zurückübertragen wurden, breitete sich der Virus durch Jasons Saves aus. Sein Engramm zerfiel. Er starb langsam und qualvoll in den Armen seiner Verlobten: Misa.

»Sicherheit«, warf sie ihm entgegen, »ist mein Gebiet. Ich habe dich gewarnt.« Mit diesem Vorwurf fiel die Wut von ihr ab und hinterließ eine bleierne Müdigkeit. Ihre Schultern sackten herab. »Man kann eben selbst heute noch sterben.« Mit zusammengebissenen Zähnen ging sie wieder an die Arbeit.

»Ich weiß«, sagte er.

Der Tod seiner Frau hatte in ihm etwas verändert. Eine Zeit lang war er innerlich taub gewesen. Dann hatte er eine Art Todessehnsucht verspürt. Und mit dieser war er in den Einsatz gestürmt. Einen Einsatz, der den Schmerz noch verschlimmerte, als Jason starb. Der dazu führte, dass Zentrum sie alle entließ und Misa ihn von diesem Tag an hasste. Seit diesen Ereignissen lebte er in einem Trümmerfeld.

»Weißt du«, sagte sie, »bevor das alles passiert ist, hatte ich Mitleid. Du hattest die Liebe deines Lebens verloren. Und dieses verdammte Mitleid war der Grund, warum ich bei der Admiralität nicht interveniert habe. Ich hätte sagen sollen, dass du für den Einsatz ungeeignet bist. Aber nein, ich blieb still. Das hat mich Jason gekostet!« Sie warf eine der Linsen beiseite. »Dafür werde ich mich selbst auf ewig hassen. Genau wie dich. Aber keine Sorge, ich funktioniere trotzdem.«

Und was hätte er dazu sagen sollen? Dass es ihm leidtat? Das wusste Misa. Doch es änderte nichts an den Ereignissen. Er trug die Schuld daran. Womöglich würde er sich selbst auch für immer hassen. Es wurde eben irgendwann zur Normalität.

Stumm betrachtete er den Monolith, während Misa arbeitete. Die Dunkelheit darin strahlte eine Art von Ruhe aus, die Kalen willkommen hieß.

Irgendwann erlosch der letzte Sensor.

Misa trat neben ihn, und gemeinsam umgingen sie die Drucksensoren und stiegen auf das Podest. Die Oberfläche des Metalls war glatt, als hätte es jemand geschmolzen und in Form gegossen. Der Monolith war damit verschmolzen.

»Das ist eigenartig.« Misa ging näher an das Artefakt heran.

»Kein Klang«, sagte Kalen. »Beim ersten Monolith war die Tonfrequenz auf Basis von Rotation- und Umlaufzeit oktavanalog berechnet. Sie war Terra zuzuordnen.«

»Möglicherweise war das etwas, das durch Hale geschah?«, überlegte Misa. »Die anderen Monolithen könnten keine Klänge besitzen.«

»Das ist eine Möglichkeit.« Schließlich gab es bisher keinen Vergleich. Trotzdem war Kalen vorsichtig mit Schlussfolgerungen.

Er entnahm den dafür hergestellten Sensor, der aus einer flachen Metallplatte bestand, und heftete ihn an den Monolith. Wie vorgesehen, erzeugte er ein elektrisches Feld, das für eine Haftung sorgte. Die Verbindung mit der Datenstruktur kam umgehend zustande.

Auch Misa hatte sich vernetzt, wie er auf der Anzeige sehen konnte. »Keine Daten enthalten.«

»Das erklärt, warum sie hier überall Sprengfallen aufgebaut haben. Dieses Objekt hat keinerlei Nutzen für die Hale-Gruppe.«

»Aber was verdammt noch mal ist dann überhaupt ihr Plan?«

Kalen hatte keine Antwort darauf.

40

AMY CREST

Die Notfallprozeduren traten in Kraft.

Amy überprüfte den Standort der Transponder. Kalen befand sich mit Misa am Ausgrabungsort. Durch das Gewitter konnten sie einstweilen die Basis – und damit auch die *I4* – nicht mehr erreichen.

Lisa hatte sich auf das Schiff zurückgezogen. Die Gefangenen waren in Arrestzellen an Bord gebracht worden. ZENTRUM hatte alle Befehle bestätigt.

In Amys EyeSign lief am rechten unteren Rand der Countdown ab.

»Geht es ihm nicht gut?«, fragte Trisha.

Sie saß neben dem mobilen Tank des Jungen, den Amy in Tiefschlaf versetzt hatte. Auf diese Art war der Countdown verlangsamt worden. Doch was in Gene eingebaut war, wurde früher oder später aktiv. Manchmal war schlicht die Zeit der Trigger.

»Es gibt zahlreiche Rätsel, die ihn umgeben. Seine Gene weisen eine Mutation auf, die ich mithilfe des Tanks untersuchen kann«, gab sie zögerlich zurück. Kalen hätte an diesem Punkt sofort nachgehakt, doch ein Teenager dachte sich nichts dabei. Zumindest war das zu hoffen. Sie musste Trisha loswerden. Ihre Anwesenheit wurde mit jeder Minute zu einem größeren Problem. »Hier kannst du einstweilen nicht viel tun. Möchtest du vielleicht lieber Lisa Gesellschaft leisten?«

»Ich bleibe hier.« Sie blickte durch die transparente Fläche in den Tank. »Er braucht mich.«

Amy räusperte sich. »In seinem aktuellen Zustand bemerkt er dich nicht.«

»Das haben die Ärzte auch immer gesagt, als meine Mutter …« Trisha zuckte mit den Schultern. »Aber sie hat gelächelt, wenn sie aufgewacht ist und mich gesehen hat.«

Amy atmete aus. Das würde schwerer werden als gedacht. »Ich muss einige Untersuchungen durchführen.«

Trisha erhob sich. »Ich kann dort drüben warten.« Damit ging sie zu einem Stuhl und setzte sich.

Der Countdown in Amys Gesichtsfeld war bedrohlich gesunken. Und allein konnte sie das hier nicht tun. »Also schön.« Jetzt galt es.

Mit einer fließenden Bewegung zog sie den NanoJammer, legte auf Trisha an und schoss ihr eine Partikelsalve in den Magen. Das Mädchen starrte sie verwirrt an und rutschte vom Stuhl.

»Was …?«

Doch Amy beachtete sie nicht länger. Ab sofort tickte noch eine andere Uhr. Sie eilte zur medizinischen Konsole und stellte alle Transponder auf stumm. Damit war sichergestellt, dass niemand von medizinischen Notfällen erfuhr.

Sie verließ die Krankenstation und codierte den Zugang. Mit zügigen Schritten eilte sie zu Shefts Zelle, gab den Code ein und atmete auf, als das vertraute pneumatische Zischen erklang. Im Inneren überprüfte sie kurz das Bein, das vollständig wiederhergestellt war. Sie startete die Erweckungsprozedur, und er öffnete blinzelnd die Augen.

»Wie weit?«, fragte er.

»Phase eins.« Sie gab eine kurze Zusammenfassung.

»Trisha und McKenon?« Er erhob sich.

»Keiner hat etwas bemerkt«, erwiderte sie.

»Die Übertragung?«

»Erfolgte in Datenpaketen«, erklärte sie. »Er ist vollständig im Speicher. Da die KI noch ausgeschaltet ist, wurde er nicht entdeckt.«

Sie verließen die Kammer. Amy reichte Sheft einen Nano-Jammer aus einem der Sicherheitsfächer, die Tür zur Arrestzelle wurde versiegelt.

Mit zügigen Schritten eilten sie zum Lift und ließen sich zu den Klontanks tragen.

»Ich habe ihn wie gewünscht individualisiert«, erklärte sie. »Alle Erweiterungen sind integriert. Der Evolutionscode wurde auf Primärkörper gesetzt.«

»Hervorragend. Ich würde ja gerne McKenons Gesicht sehen, wenn er begreift, dass er das alles möglich gemacht hat.« Sheft lächelte versonnen. »Und Misa.«

»Wie vermutet hegt sie noch immer einen Groll gegen ihn«, erklärte Amy.

Alle Vorbereitungen griffen ineinander.

Eines musste man Admiral Hale lassen, er wusste, wie man einen Plan ausarbeitete. Als Amy damals in die Interspace-Gruppe eingeschleust worden war, hatte man die Tiefraummission zu Delta-9 als Schlüssel festgelegt. Zum damaligen Zeitpunkt war McKenons Frau gestorben, er war angreifbar gewesen. Also hatte sie für die Betäubung gesorgt und Jason mit dem Virus infiziert, den sie selbst erschaffen hatte. Das war wichtig, damit das Team entlassen wurde. Doch niemand hatte daran gedacht weiterzusuchen. Neben dem tödlichen Engramm-Virus hatte Amy ihr Können unter Beweis gestellt. Sie war Engramm-Spezialistin, und als solche konnte sie diese auch ganz vorsichtig manipulieren.

Schleuste man in frühe Erinnerungen ein fiktives Erlebnis ein, konnte man den gegenwärtigen Charakter verändern. Es war ein wenig wie Hypnose. Sie erschuf einen Fall aus großer

Höhe, der nur knapp gut ausging. Dieser wurde als Erinnerung markiert und in das Engramm eingefädelt. Fortan hatte die Person Höhenangst.

Auf der Station hatte sie vorgelegt und Kalens Sorge um seine Tochter erhöht. Hierfür ließ sie in seiner Wahrnehmung Trisha stets einen Tick aggressiver auftreten, als sie war. Ein bisschen selbstzerstörerischer. Und im Hintergrund lauerte der verankerte Befehl »tough love«. *Nimm sie mit auf einen Einsatz, damit das raue Leben sie formt. Keine Gnade.*

Daraufhin hatte Kalen seine Tochter zu einem Therapeuten geschickt. Mit jedem Besuch hatte Amy sie dort ein wenig mehr über die Schwelle getrieben. Hin zur Selbstzerstörung. Diese Tendenzen führten ihren Vater wiederum näher zu »tough love«. Es war ein Langzeitplan.

Dann war es so weit gewesen.

Auf Red Pearl kam der Plan zu seinem Ende, und das Interspace-Team wurde durch die Manipulation der *I4* gebraucht. Die installierten Fürsprecher bei ZENTRUM wirkten auf Admiralin Jäger ein, ebenso den Rat. Und voilà, das Team erhielt seine Chance.

Trisha war mit an Bord.

Normalerweise hätte Misa Himmel und Hölle in Bewegung gesetzt, um das zu verhindern. Überhaupt hätte sie nicht verstanden, weshalb Kalen so reagierte. Es ergab keinen Sinn, eine Jugendliche auf eine solche Mission mitzunehmen. Doch ihre Wut auf Kalen machte sie blind für offensichtliche Strukturen. Deshalb hatte Jason sterben müssen. Weil er Misas Schwäche war.

Alles fügte sich zusammen. Trisha besaß die notwendigen Freigaben, wurde aber nicht so kontrolliert, dass es auffiel. Damit konnte sie Zugriff auf den Interspace-Pointer nehmen. Amy hatte zweimal den hypnotischen Trigger in Gang gesetzt. Der Code war auf dieser Seite hinterlegt. Das Mädchen war tätig geworden, ohne sich im Nachhinein daran zu erinnern.

Der Lift hielt an.

Sheft ließ ihr den Vortritt. Gemeinsam betraten sie eines der Klonlabore, das direkt neben dem vom Angriff zerstörten Bereich lag. Das Shuttle hatte exakt den richtigen Bereich getroffen, alles verlief wie geplant.

Amy hatte die internen Sensoren deaktiviert, was aber so aussah, als sei es eine Folge der Attacke.

Sie trat an den Tank. »Er ist bereit.«

»Laden wir das Engramm hinein.«

Mit einem simplen Gedanken löste sie den Befehl aus.

41

Die Vitalwerte waren ausgezeichnet, er schlug die Augen auf.

»Hat es funktioniert?« Die Stimme des Klons war identisch mit dem Original, und laut Primärcode war er das auch.

»Willkommen an Bord der *Interspace-Four*, Admiral Hale«, sagte Nils Sheft.

Mit einem Lächeln auf den Lippen entstieg Hale dem Tank. Der Körper war schlank und sehnig, die Haut glatt. Noch besaß der Klon eine Glatze, doch in einer guten Stunde würde das Haar die vordefinierte Dichte und Länge erreicht haben.

»Das Kind hat also den Code integriert«, sagte Hale und wandte sich an Amy. »Sie sind ein Genie, Dr. Crest.«

»Ich weiß«, gab sie zurück. »Und das kann ich nur zurückgeben. Ihr Langzeitplan trägt Früchte. Oder sollte ich sagen: Blüten?«

Hale trat an den Wandschrank, der sich automatisch öffnete. Die Uniform war direkt für den Körper aus dem 3D-Drucker erstellt worden. Er kleidete sich an, nahm den SmartCom und verband sich mit den Schiffssystemen. Amy bekam eine Anfrage. Sie gab ihn frei.

»Endlich wieder Kontrolle«, sagte er versonnen. »Mr. Sheft, wie steht es um mein virtuelles Ich in der IceBox?«

»Daran sind wir nicht herangekommen«, erwiderte er. »Es war eine Sache, einen Ihrer MindSaves über ZENTRUM hierher einzuschleusen, aber ihr primäres Engramm aus einer

IceBox zu holen … So nah konnten wir niemanden heranbringen.«

Soweit Amy wusste, war es noch nie jemandem gelungen, ein Engramm aus einem virtuellen Gefängnis zu befreien.

»Das macht nichts.« Hale winkte ab. »Wir werden ihn freipressen und mit mir verschmelzen, sobald die Kontrolle vollständig ist.«

Amy teilte ihre Verbindung zum hinterlegten Countdown mit ihm. »Wir haben nicht mehr viel Zeit.«

»Gab es Probleme?«

»Ich musste Trisha McKenon erschießen«, erklärte Amy. »Ihr Vater ist mit Misa Web auf dem Planeten gebunden, ein Sturm tobt. Die IT-SecSpec und der XenoSpec sind beide an Bord.«

»Liquidieren«, befahl Hale. »Mr. Sheft, Sie befreien die anderen Gefangenen aus ihrer misslichen Lage. Ich möchte eine Vollzugsmeldung. Dieses Schiff und die Kolonie gehören uns. Sobald der Sturm am Boden vorüber ist, kümmern wir uns um McKenon und Web.«

Sheft nickte kurz und abgehackt, dann rannte er aus dem Raum. Amy teilte ihren medizinischen Notfallcode mit ihm, wodurch er Zugang zu allen Räumen erhielt; auch dem Arrestbereich.

»Als ich Sie damals für unsere Sache gewinnen konnte, wusste ich, dass Sie eines Tages Großes für uns erreichen würden«, sagte Hale. »Zwei Engramme derart zu manipulieren und das Projekt vorzubereiten, war eine Meisterleistung. Ich gratuliere Ihnen dazu.«

»Solange ich in der neuen Gesellschaft den Rang der Wissenschaftsdirektorin erhalte …«

»Man mag meinen Namen in den letzten Jahren verunglimpft haben, doch dass ich mein Wort halte, wurde nie infrage gestellt.« Er bedeutete ihr, ihm zu folgen. »Sie werden an der Spitze stehen. Was in unserer Kolonie Moral und Ethik bedeuten, legen wir selbst fest. Da braucht es keine Gutmenschen, die jeden Grashalm beschützen, Multi-Klonen verbieten und permanent für Schwächung sorgen.«

Die Worte waren Balsam für Amys Seele. In den letzten Jahrzehnten hatten die immer engeren Regularien für die Manipulation von Engrammen ihre wissenschaftliche Arbeit zunehmend eingeengt. Dabei war ein Geist letztlich auch nur eine Struktur, aus der man Fehler beseitigen konnte. Ein Beinbruch wurde schließlich ebenso geheilt.

Wenn eine Persönlichkeit sich falsch entwickelt hatte, warum diese nicht verändern?

Leider hatten sich im Weltenrat jene durchgesetzt, die Persönlichkeitsrechte heilighielten. Eine antiquierte Vorstellung, die für den Verfall von Sitten sorgte und der Wissenschaft Fesseln anlegte.

Admiral Hale auf der anderen Seite wollte eine Gesellschaft, in der das größte Ziel darin bestand, Einheit und Stärke zu schaffen. Eine Gemeinschaft, in der jeder sich denselben Zielen verschrieb. Sie hatte das Manifest gelesen und sich mit ganzer Seele wiedergefunden.

»Da sich Sheft um die anderen Mitglieder des Interspace-Teams kümmert, begeben wir uns zur Krankenstation.«

Es war an der Zeit, sich um den Jungen zu kümmern. Schließlich war das gesamte Projekt von der ersten bis zur letzten Täuschung auf ihn ausgerichtet.

Der Lift brachte sie zurück, und Amy wollte die Versiegelung der Krankenstation aufheben. Doch jemand war ihr zuvorgekommen.

Admiral Hale trat mit gezücktem NanoJammer vor, aber die Station war leer. Sah man von dem Jungen ab, der auf einem der Biobetten lag.

Auf dem Boden war eine Blutspur zu sehen, die an dem

Punkt begann, an dem Trisha gelegen hatte. Die Spur zog sich dorthin, wo der mobile Tank gestanden hatte.

»Sie sind eine ausgezeichnete MedSpec«, sagte Hale. »Aber als Killerin verlasse ich mich lieber auf andere.«

»Das kleine Miststück hat sich in verletztem Zustand zum Tank geschleppt, den Jungen rausgeholt und sich selbst hineingelegt.« Der Wille zu überleben und die Robustheit des Klons waren wohl ausreichend gewesen. »Und sie hatte Yumas Code. Damit konnte sie die Krankenstation verlassen.«

»Ich habe Nils' Befehle erweitert«, erklärte Admiral Hale. »Er wird sich auch um Trisha McKenon kümmern. Aber wir fokussieren uns jetzt auf jemand anderen.«

Sie traten an die Liege.

Da der Junge nicht mehr im Stasetank lag, erfasste Amys EyeSign den Zustand und korrigierte den Countdown. »Noch wenige Minuten, dann setzt der Schub ein.«

»Wie lange haben wir danach?«

»Ich kann es nicht exakt sagen«, erwiderte sie. »Das hier ist Neuland. Sterben wird er auf jeden Fall, aber wie schnell, lässt sich nur schwer vorhersagen. Im Bestfall liegen wir bei einem Tag, im schlechtesten Fall bei einer guten Stunde. Vermutlich wird es sich irgendwo innerhalb dieses Zeitraums abspielen. Für den Notfall haben wir den Killcode.«

»Es wird reichen.« Hale verschränkte die Arme und blickte versonnen auf den Jungen herab. »Es *muss* reichen.«

Im Stillen stimmte Amy ihm zu.

Sie alle hatten sich der neuen Gesellschaft verschrieben. Diese stand und fiel mit dem Erfolg des aktuellen Projekts. Früher oder später würde man bei ZENTRUM herausfinden, was Trisha getan hatte. Zu diesem Zeitpunkt würden die Dominosteine rasend schnell umkippen. Waren Hale, Amy und die anderen dann nicht bereit, waren sie erledigt.

Und eines war sicher: In einer IceBox würde sie ihre wissenschaftlichen Studien nicht mehr aufnehmen können. An der Spitze einer neuen Gesellschaft dagegen durchaus. Falls sich ihr also jemand in den Weg stellte, würde sie ihn ohne Gnade vernichten.

42

LISA OTTH

Das Beobachtungsdeck saß am »unteren« Ende des zentralen Ovoids der *I4*. Die gesamte Front bestand aus transparentem Aluminium und bot damit einen ungefilterten Blick hinab auf Red Pearl. Die Atmosphäre war ein chaotischer Anblick. Wolkenwirbel, die sich mit den roten Blüten verbanden.

»Wunderschön«, sagte Yuma. »Ich liebe diese Augenblicke. An Bord eines Raumschiffs zu sitzen, aber die Auswirkungen der Natur zu betrachten. Die reine, unveränderte Form.«

Da sie beide auf Massagesitzen Platz genommen hatten, in den Stuhllehnen Trinkflaschen, war es durchaus ein entspannter Anblick. Kalen und Misa taten Lisa allerdings leid, die saßen in einer Höhle fest. Einer, die durch den Sturm von jeder Kommunikation abgeschnitten war.

»Du denkst an die beiden, oder?«, fragte Yuma.

Lisa seufzte. »Ich hasse es, wenn du das tust.«

Er kicherte. »Aber ein bisschen bist du beeindruckt.«

»Dass du von jedem Gesicht ablesen kannst, was derjenige gerade denkt? Eher nicht.«

»Das funktioniert nur, weil ich euch alle so gut kenne«, erklärte Yuma. »Und diesen speziellen Gesichtsausdruck hattest du auch damals aufgesetzt, als wir immer wieder befragt wurden.«

»Na ja, die waren in Panik, dass ein Engramm-Virus sich wild ausbreitet, und haben einen Schuldigen gesucht.« Die

Erinnerung war noch viel zu präsent. »Jasons Tod hat da einiges aufgewirbelt. Wer will schon vor die Menschheit treten und zugeben, dass ausgerechnet MindSaves unsicher sind. Ich hätte ihnen gleich sagen können, dass es nur durch eine Manipulation des Engramm-Ports so weit kommen konnte.«

Weshalb inzwischen in jedem davon hochaktive Antiviren integriert waren. Ganz zu schweigen von dem hochkomprimierten Verschlüsselungscode. Die Speicher waren dezentral und hatten sich ebenso weiterentwickelt.

»Trotzdem finde ich das Schicksal manchmal schon … schön.«

»Gut, ich gebe zu, damit hätte ich nicht gerechnet.« Lisa wandte ihre Aufmerksamkeit wieder Yuma zu. »Möchtest du das weiter ausführen?«

»Wir beide sitzen hier und gehören zu den Menschen, denen ein so kostbarer Anblick vergönnt ist.« Er deutete auf Red Pearl. »Das Schicksal hat das ermöglicht.«

»Determinismus.«

»Wie bitte?«

Sie winkte ab. »Du vergisst, mit wem du hier sitzt. Alles ist eine Struktur. Auch so etwas wie Schicksal. Es sind vordefinierte Pfade, die wir aufgrund vordefinierter Charaktereinstellung nehmen.«

»Können wir uns trotzdem darauf einigen, dass es schön ist?«

»Schön ist letztlich einfach eine Symmetrie in einer Struktur.«

»Lisa.« Seine Stimme bekam etwas Knurrendes.

»Ist ja gut.« Sie lächelte. »Ja, es ist schön.«

»Danke.«

»Aber du hast auch recht mit deiner Interpretation«, gab sie zu. »Ich mache mir Sorgen um die beiden. Sie haben sich seit Jahren nicht mehr gesehen und sitzen jetzt gemeinsam in einer Höhle fest.«

»Vermutlich schreien sie einander gerade an«, gab Yuma gelassen zurück. »Da ist dieser Ort gar nicht schlecht. Und sobald der Druck raus ist, können sie sich entspannt wieder annähern.«

Lisa war sich nicht sicher, ob das jemals geschehen konnte. »Solange wir am Ende nicht zwei tote Klone in der Höhle finden und das ZENTRUM erklären müssen, soll es mir recht sein.«

Das meinte sie zwar als Scherz, überrascht hätte sie es aber trotzdem nicht. Nach Jasons Tod hatte Misa sich abgekapselt, die Kontakte abgebrochen und war verschwunden. Sie wiederzusehen, war ein Schock für Lisa gewesen. Es war, als würde die Freundin nach wie vor eine Aura des Schmerzes umgeben. Konnte man sie überhaupt noch »Freundin« nennen?

»Alles wird sich fügen«, murmelte Yuma.

»Du und dein elender Optimismus.« Sie konnte nur den Kopf schütteln. »Sorry, da bin ich raus. Der Realismus hat mir seinen fiesen Atem einmal zu oft ins Gesicht geblasen.«

»Dann blickst du nicht weit genug voraus, oder? Denn laut deiner Aussage sind es ja nur Pfade, die bereits vor uns liegen.«

»Ich hasse es, wenn du meine eigenen Worte gegen mich verwendest.« Sie runzelte die Stirn, als in ihrem EyeSign eine Warnmeldung einging. »Seltsam. Da stimmt etwas nicht mit der Druckregulierung.«

Yuma griff auf den Stream zu. »Wenn du das nicht gemerkt hättest, wären wir hier drin erstickt. Die Beschädigung durch den Angriff?«

»Möglich.«

Sie erhoben sich gleichzeitig.

»Gehen wir besser raus und versiegeln das Deck. Tja, so viel zur wunderbaren Aussicht.«

»Wir durften sie erleben«, erwiderte Yuma. »Die anderen hatten weniger Glück.«

Plötzlich knallte er mit voller Wucht gegen das Schott.

Erschrocken stützte Lisa ihn. »Geht es dir gut?«

Er blutete aus der Nase. »J-ja. Irgendwie. Die Daten sagen mir, dass das Schott sich gerade geöffnet hat.«

Sie starrten auf die verschlossenen Flügel.

Lisa ließ umgehend eine Diagnose laufen. Alles wirkte normal, sah man davon ab, dass es eben geschlossen war. »Was soll das denn?«

Ein Kontaktversuch zur Kommandozentrale oder einem der anderen scheiterte. Sie waren vollkommen abgeschnitten. Unruhe breitete sich in ihr aus, während sie gleichzeitig alle konstanten Datenströme prüfte. Es gab jene, die niemals und unter keinen Umständen unterbrochen wurden. Beispielsweise jene, die die Wiederbelebung auslösten.

»Wir müssen sofort einen MindSave durchführen«, sagte Yuma, der den Ernst der Situation begriff.

»Alles deaktiviert, es liegt ein Notsiegel über der Beobachtungslounge.«

»Es ist Absicht«, realisierte er.

»Ist es.« Sie rannte zu einem der Wandterminals und nahm hektische Eingaben vor.

Nichts.

Auch diese waren gesperrt. Sie zog die Eingabetastatur hervor und gab in Quantenübertragungseile Code ein.

Der Sauerstoffgehalt war mittlerweile so niedrig, dass ihr SmartCom das Gesichtsfeld in einen roten Rand tauchte. Es herrschte Lebensgefahr.

»Lisa.« Yumas Stimme kam schleppend. »Ohne eine Verbindung werden wir nicht wiederbelebt. Wenn jemand an die Engramm-Ports gelangt, kann er alle Erinnerungen entfernen.«

Sie ignorierte ihn, selbst seinen fallenden Körper.

Es gab schlicht nur einen einzigen Ausweg. Und hier ging es um Zeit.

Eine letzte Eingabe. Dann blieb nur Hoffnung. Lisa sackte zusammen. Und starb.

43

Blinzelnd öffnete Lisa die Augen. Ihre Hand fuhr bereits in die Höhe, deaktivierte die verbale Ausgabe und aktivierte die Öffnungssequenz.

Sie benötigte einen Augenblick, dann begann ihr Puls zu rasen. Ein Knopfdruck genügte, die Decke des Klontanks fuhr zur Seite. Bereits auf den ersten Blick wurde klar, dass sie nicht auf der *Interspace-Four* war.

»Das war knapp.« Sie atmete tief durch, gab Körper und Geist Zeit, eine Bindung aufzubauen, und versuchte, sich zu erinnern.

Ja, es war alles noch da. Der Tod auf dem Beobachtungsdeck, wie morbide. Es war ihr nicht gelungen, einen Datenstrom zu den Klontanks an Bord zu öffnen. Glücklicherweise gab es die aktive Verbindung der Transmitter. Sie hatte eine Datenverbindung zum Klonlabor der Kolonie hergestellt, und darüber war der MindSave erfolgt. Nachdem sie schon gestorben waren, hatte das Modul das vollständige Engramm übertragen und sich danach selbst zerstört. Niemand konnte nachverfolgen, was mit den Daten geschehen war.

Sie schlüpfte in eine einheitsgraue Uniform und trat aus dem Raum. Ihr Körper besaß jetzt einen normalen Kolonietransponder und ein ziviles EyeSign. Glücklicherweise waren ihre Codes ebenfalls übertragen worden. Der Wiederbelebungsprozess hatte zwölf Stunden gedauert. In der Kolonie herrschte tiefste Nacht, der Sturm tobte noch immer mit ungeminderter Stärke.

»Hey«, erklang es hinter ihr.

Lisa schrie auf und fuhr herum. Eine Reaktion, auf die sie nicht stolz war. »Mach das nächste Mal bitte mehr Krach.« Bei Yumas Anblick atmete sie auf. Dieser Relife war äußerst knapp gewesen. Hätte er nicht funktioniert, läge sie jetzt bei ZENTRUM und besäße keine Erinnerung an irgendetwas, was hier passiert war.

Yuma winkte nicht minder erleichtert. Er war nackt, besaß noch keine Haare. Sein Körper war einundzwanzig Jahre alt. Genau wie ihrer. Damit mussten die schlimmsten Wachstumsprozesse abgeschlossen sein.

»Jemand hat uns also getötet«, sagte er, und zum ersten Mal bei diesem Einsatz lag echte Unruhe in seiner Stimme. »Mitten auf unserem eigenen Schiff.«

»Wir haben ein Händchen dafür, wie es aussieht.« Lisa deutete in Richtung eines Fensters. »Aktuell haben wir Glück. Die Sensoren des Schiffs können uns selbst dann nicht entdecken, wenn sie aktiv nach uns suchen. Ich habe unsere Spur allerdings verwischt. Der Code hat sich gelöscht, unsere Engramm-Ports zerstört.« Sie ließ sich den Evolutionscode anzeigen und stellte zufrieden fest, dass er sie als Erstklon des Primärkörpers auswies. Alles hatte seinen korrekten Gang genommen.

»Warum wollte uns jemand töten? Und wer?«, fragte Yuma.

»Viele Möglichkeiten gibt es da nicht«, entgegnete sie. »Es war auf jeden Fall keine Fehlfunktion. An Bord waren außer uns aber nur Trisha und Amy.«

»Trisha.« Yuma wurde bleich. »Wenn ihr etwas passiert ist, wird das Kalen zerstören.«

»Finden wir erst einmal heraus, was … Ach verdammt.«

»Weih mich in deine Gedanken ein.«

»Wir müssen irgendwie zur Basis oder zur Ausgrabungsstätte, *bevor* der Sturm nachlässt. Andernfalls würde man uns vermutlich bemerken.«

»Das Blütenmeer verbirgt doch alles.«

»Nach dem Sturm dürfte erst einmal alles chaotisch sein, aber vergiss nicht die Drohne, die wir auf den Weg gebracht haben.« Lisa rieb sich die Augen, die Tränenflüssigkeit absonderten. »Neue Körper nerven.« Sie wischte das Sekret weg. »Vielleicht haben wir einen Computervirus übersehen. Oder einer der Gefangenen entkam – der hätte aber keinen Zugriff auf das System nehmen können. Außer … über einen Computervirus. Es gibt da schon ein paar Möglichkeiten. Aber während ich die durchdenke, müssen wir verhindern, dass Kalen und Misa auf das Schiff zurückkehren.«

Was auch immer der Auslöser sein mochte, er würde direkt wieder aktiv werden, sobald sie auf die *I4* zurückkehrten. Oder einer der anderen es tat.

»Wie willst du denn zur Base gelangen?«, fragte Yuma. »Das wäre wohl der sinnvollste Weg. Aber bei diesem Sturm zerschellt jeder Gleiter an den Felsen.«

»Eigentlich wäre ein Atmosphärenflug das Sicherste«, überlegte Lisa laut. »Doch damit würden die uns von der *I4* aus erkennen. Wir müssten über den Sturm, aber unter die Blüten. Du hast es selbst gesehen, man erkennt gar nichts. Und die werden kaum den Sturm analysieren.«

»Haben wir eine Wahl?«

»Nein«, gab sie zurück. »Wer auch immer gerade seinen Zug getan hat, es wird nicht der letzte gewesen sein. Er hält uns für tot, dadurch haben wir einen Vorteil. Leider fehlt uns noch jede Antwort.«

Damit war es beschlossen.

Sie nahmen vom Institut aus eine unterirdische Bahnverbindung zum Ratsgebäude. Hier fanden sie auch das Ausrüstungslager der hiesigen Niederlassung des Explorationskommandos. Es gab eine Basisausrüstung, Kleidung und immerhin NanoJammer. Ein Atmosphärengleiter stand ebenfalls bereit. Yuma übernahm das Steuer und schaffte es, sie nach zwei gefährlichen Böen, zwischen Sturm und Blütenmeer zu platzieren. Besagtes Meer war allerdings unruhig, die Blüten prasselten gegen den Gleiter. Es war ein Flug, der schnell vonstattenging, aber genau dadurch hochgefährlich war. Zweimal sackten sie ab, weil Blüten in zu großer Masse Antriebsturbinen versiegelten.

Doch sie gelangten zur Militärbasis. Der Gleiter wies allerlei Schrammen auf, und beim Einflug in den Hangar hatte es einen Flügel erwischt. Dieser Gleiter würde nie wieder abheben, aber immerhin waren Yuma und sie am Leben geblieben. Und befanden sich endlich zurück in einer Umgebung, die Ressourcen zur Verfügung stellte. Damit konnte Lisa arbeiten.

Der erste Schritt war das Einloggen in ein System. Sie sperrte alle Zugriffe zum Kern, falls jemand von der *I4* auf dumme Gedanken kam. Erst danach nutzte sie die Datenverbindung zwischen den Transmitterpods in umgekehrte Richtung, schleuste sich in das schiffsweite Überwachungssystem ein und beobachtete.

»Da!« Yuma hatte sich den Datenstrom ebenfalls ins EyeSign geholt. »Wer ist das bei Amy?«

Der Erkennungsalgorithmus lieferte umgehend die Abgleichdaten. »Das kann nicht sein.«

»Admiral Hale!«, entfuhr es Yuma. »Ein individualisierter Klon. Aber … kann er da wirklich drinstecken? Sein Engramm ist doch geiced.«

»Ich habe keine Ahnung, was hier vorgeht«, sagte Lisa.

»Und wer ist der junge Mann da in der Krankenstation? Ich bekomme noch keinen Abgleich.«

Nervös und schweigend warteten sie, bis sie Minuten später endlich ein Ergebnis bekamen.

»Das ist der Junge, aber … er ist älter geworden. Eine Schubphase.«

Die Puzzleteile lagen vor ihnen, aber noch ergaben sie keinen Sinn. Amy hatte im Geheimen einen Klon von Admiral Hale erzeugt. Beide standen auf der Krankenstation vor dem Jungen, der jetzt jedoch ein Mann war.

Sheft und die übrigen Gefangenen waren frei und durchkämmten gerade das Schiff. Doch nach wem? Trisha war auf der Überwachung jedenfalls nirgends zu sehen.

Und was das Wichtigste war: Wie hatte Amy es geschafft, Hales Engramm – sollte er es denn sein – an Bord zu schaffen?

Das Ergebnis sah Lisa kurz darauf im Log.

Trisha McKenon hatte sich mit Yumas Code Zugriff auf den Interspace-Pointer verschafft und dort einen Datenstrom geöffnet. Er diente als eine Art Fenster für eine Übertragung.

»Soll das heißen … Trisha arbeitet mit Hale zusammen?« Yuma starrte sie fassungslos an.

Wie sollten sie das Kalen erklären?

44 KALEN MCKENON

»Ich verstehe es nicht«, sagte Misa. »Die haben die Kolonisten getötet und sonst was in die Wege geleitet, um das hier zu ermöglichen. Und wofür? Einen leeren Monolith?«

Kalen lauschte dem Wind und ging mit hinter dem Rücken verschränkten Armen auf und ab. »Wir wissen nicht, ob er leer war.«

»Du denkst, sie haben eine Speichermöglichkeit gefunden? Wofür? Den Geist eines feindlichen Aliens?«

Kalen wiegte den Kopf von einer zur anderen Seite. »Vergiss nicht, wie unsere MemoryZellen arbeiten«, gab er zu bedenken. »Wir haben entsprechende Dinge nicht selbst erlebt, aber es wird trotzdem in unserem Bewusstsein verankert. Wir nehmen die Informationen von jemandem, der es tatsächlich erlebt hat. Alles Persönliche wird entfernt, die Informationen behalten.«

»Und da sagt man mir nach, ich wäre pessimistisch.« Misa hatte sich am Rand der Höhle zu Boden sinken lassen. »Wäre da die Variante, dass der Monolith leer war, nicht die wahrscheinlichere? Wenn die Menschheit ausstirbt, sind unsere Datenspeicher auch irgendwann nur noch kaputte Hardware.«

»Ich hoffe sehr, dass du recht behältst«, sagte Kalen. »Andernfalls würde die Hale-Gruppe nämlich ein Interface besitzen, mit dem sie die Daten aus dem Monolith holen kann. In der Frühzeit des Computerzeitalters gab es unterschiedliche Hardwarestecker. Software besaß keine festgelegten modularen Schnittstellen. Da musste man jeweils selbst welche schreiben.«

»Aber ginge das einfach so?« Misa erhob sich und beantwortete die Frage sogleich. »Natürlich würde das gehen. Vermutlich arbeitet die Admiralität selbst gerade genau daran. Wenn das funktionieren würde …«

Sie dachten dasselbe.

Die Hale-Gruppe hätte damit Zugang zu wissenschaftlichen Erkenntnissen, Technologien, Genetik und vieles mehr. Was dem Admiral damals nicht gelungen war, konnte mit einer Schnittstelle möglich sein. Es wäre kein Mensch, der in einem Klon steckte und das Engramm aufnahm, es wären nur die Informationen des Engramms. Sie würden herausgezogen werden.

»Kalen, wir müssen sofort mit ZENTRUM sprechen«, sagte Misa. »Selbst auf den Verdacht hin müssen sie Maßnahmen ergreifen.«

»Aber welche?«

»Was weiß denn ich!«, rief Misa. »Es kann doch nicht sein, dass jedes Mal …« Sie räusperte sich. »Dieses Mal möchte ich die Mission mit dem Gefühl beenden, dass die Galaxis danach besser aussieht als zuvor. Verstehst du das?«

»Natürlich.«

Sie packten ihre Sachen und schafften den Koffer näher an den Höhlenausgang heran. Der Sturm tobte noch immer, war jedoch deutlich abgeflaut.

»Sollen wir es wagen?«, fragte Misa.

»Müssen wir wohl.«

Kalen stemmte sich gegen den Wind und bedeutete ihr, erst einmal zurückzubleiben. Den Koffer in der Hand öffnete er die Rückseite des Gleiters und stellte ihn hinein. Erst als der

Kofferraum wieder versiegelt war, ging er zur Fahrerkabine und aktivierte die Antigrav-Aggregate. Während diese warm liefen, kehrte er zu Misa zurück. »Ich helfe dir.«

»Das bisschen Wind schaffe ich allein.«

In seinem EyeSign leuchtete eine Warnung auf. Ein Geräusch, das vom Wind überdeckt wurde und nicht hierhergehörte. Er runzelte die Stirn, pegelte das Geräusch höher und sah nach rechts.

Das Nächste, was Kalen wieder wahrnahm, war das Klingeln in seinen Ohren. Um ihn herum regneten Metalltrümmer zu Boden.

»Was …?«

Erst jetzt klärte sich sein Blick. Misa hatte sich über ihn gebeugt. »Geht es?«

In seinem EyeSign sah er Prellungen, deren Schmerzen zu verkraften waren, doch keine ernsten Verletzungen. Vorsichtig kam er auf die Beine. »Was war das?«

»Unsere Drohne.«

»Unsere?«

Misa nickte mit gewichtigem Blick. »Sie kam tiefer und hat geschossen. Die Explosion hat sie selbst gegen die Begrenzung des Ausgrabungsareals geschleudert, sie ist ebenfalls explodiert.«

»Warum versucht unsere eigene Sonde, uns abzuschießen?« Er blickte in die entsprechende Richtung.

Hatte es einen Fehler in der Freund-Feind-Erkennung gegeben? Gab es Gegner in der Kolonie, die sie bisher nicht entdeckt hatten? Was war hier verdammt noch mal los?

Das Summen eines Gleiters kam näher.

Nach wie vor tobte der Sturm, aber das Summen war problemlos auszumachen.

»Zurück in die Höhle.« Misa schob ihn vor sich her.

Sie rannten wieder in den Berg und verbargen sich hinter

der letzten Gangbiegung. Kurz darauf hörten sie Schritte. Jemand kam angerannt.

»Kalen? Misa?« Es war Yuma. »Seid ihr hier?« Seine Schritte kamen näher.

Mit gezogenem NanoJammer sprang Misa in den Gang und drängte ihn zurück. »Was soll das, wer hat auf uns geschossen?«

»Wow.« Yuma hob die Arme. »Nicht ich. Ich fürchte, die Antwort wird dir trotzdem nicht gefallen. Wir müssen sofort zurück in die Basis.«

Auch Kalen trat hervor. »Was ist mit Trisha?«

»Sie ist wieder unversehrt.«

»Wieder?«

»Eins nach dem anderen. Der Sturm lässt nach.« Yuma deutete nach draußen. »Und die *I4* kann weitere Drohnen schicken. Wir sind erst sicher, sobald wir die Basis erreicht haben.«

»Wieder?«, echote Kalen.

»Die *I4*?«, kam es von Misa.

»Bitte, wir müssen gehen.« Yuma wandte sich dem Ausgang zu. »Und zu beidem: ›Ja.‹ Lisa wartet in der Basis, wir haben wohl das Gröbste entschlüsselt. Das Ergebnis ist übel. Richtig übel. Oh, und wir haben noch einen Gast, mit dem niemand gerechnet hat.«

Sie folgten ihm, auch wenn Kalen sich vollkommen überrollt fühlte. »Einen Gast?«

»Admiral Hale hat sich in einen Klon geladen.«

Misa starrte ihn an, als habe er in exakt diesem Augenblick sein Engramm verloren. »*Der* Admiral Hale? Der Terrorist?«

»O ja, exakt der. Und ihr werdet euch richtig freuen, wenn ihr hört, wie er hierhergelangt ist.«

Yuma machte es offenbar gern spannend, denn auf weitere Fragen antwortete er nicht. Sie folgten ihm in den Gleiter – der dieses Mal nicht explodierte – und flogen zurück zur Base. Dort angekommen, führte er sie zu Lisa in die Zentrale.

»Ich will sofort wissen, was hier los ist«, verlangte Kalen.

Lisa bedeutete ihm, sich zu setzen.

Und berichtete.

45

»Jasons Tod war nur … eine Finte?« Misa starrte zuerst Lisa, dann Yuma an. »Und Amy steckt dahinter?«

»So ist es«, griff Yuma den Faden auf. »Du wurdest wütend und hast die Änderung in Kalens Verhalten nicht mehr bemerkt, und er wurde dahingehend beeinflusst, seine Tochter negativ wahrzunehmen.«

Kalen konnte lediglich dasitzen, fassungslos wegen dem, was er hörte.

»Ich habe Einsicht in Amys Projektakten nehmen können«, erklärte Lisa. »Sie arbeitete schon damals für Hale. Trishas Engramm wurde so manipuliert, dass sie auf einen hypnotischen Befehl hin den Interspace-Pointer für Hales Engramm öffnete. Es ist wirklich brillant. Eine Veränderung im Engramm ist verboten und kann nur festgestellt werden, wenn die Persönlichkeit sich deutlich verändert. Doch Amy hat da sehr graduell Anpassungen vorgenommen.«

»Trisha hat Hale auf die *I4* geholt?«, fragte Kalen und fühlte sich wie in einem Horror-Holovid. »Meine Tochter?«

»Sie wird es nicht einmal bemerkt haben«, sagte Lisa. »Aber ja. Alles war perfekt orchestriert. Auch die Tatsache, dass nur wir hierherkommen können. Der Virus war entsprechend designt und hat die Anpassungen vorgenommen. Und da die KI deaktiviert war, hat diese keine Veränderungen im Verhaltensmuster erkannt.«

»Und die Kolonisten haben sie umgebracht, um … Wofür?«, fragte Kalen.

»Nils Sheft war schon länger hier. Er hat die Blüten im Orbit verändert«, erklärte Yuma. »Sie sondern eine Art Bakterium ab, das menschliches Leben unmöglich macht. Es greift das Biom der Haut an, zersetzt dieses und führt zu einem septischen Schock. Das haben sie abrupt auf die Kolonisten losgelassen. Mittlerweile ist es großflächig über die Kolonie verteilt. Hier kann nur noch leben, wer in einen Klon mit angepasstem Biom schlüpft.«

Kalen begriff. »Die wollen diese Kolonie für sich? Wenn sie den genetischen Schlüssel besitzen, können sie die Klone entsprechend anpassen.«

»Und immunisieren, genau«, erklärte Yuma. »Hier drinnen wird die Luft gefiltert, aber außerhalb würden wir über kurz oder lang Symptome aufweisen.«

Kalen versuchte, sich auf das Gespräch zu konzentrieren, doch es fiel ihm schwer. Immer wieder musste er daran denken, dass es ihm vollkommen logisch erschienen war – ja, wie eine gute Idee –, seine Tochter mit hierherzunehmen. Auf eine gefährliche Welt! Wer tat so etwas?

Sein Blick fiel unweigerlich erneut auf die Übertragung, die den Klontank zeigte. Trish hatte sich zur Heilung hineinbegeben und ihn dafür in einem Shuttle versteckt. Solange keiner von Hales Männern sie dort fand, war sie sicher.

»Eine ›gereinigte‹ Welt, von Hale befreit, und die Kollateralschäden sind egal«, flüsterte Kalen.

Misa sagte noch immer kein Wort. Ihr Gesicht war weiß wie Kreide.

»Ich konnte mittlerweile feststellen, dass der Eintrag über den Jungen erst kürzlich ergänzt wurde«, sprach Lisa weiter. »Er ist also auch ein Klon. Und nach dem, was ihr über den Monolith erzählt habt, gehe ich davon aus … dass er das Interface ist.«

»Was?« Jetzt zuckte Misa doch zusammen.

»Es ist logisch.« Lisa lehnte sich auf dem Sitz zurück und wirkte müde. »Die hatten schon einmal einen Klon, einen Hybriden. Er war völlig ungeeignet. Jetzt wollen sie etwas anderes. Kein Wissen in das eigene Bewusstsein saugen, nein. Sie holen das Engramm eines uralten Wesens in einen Klon mit passender organischer Struktur. Sie lassen ihn altern. Sobald er alt genug ist, greifen sie auf das aktive Engramm zu und filtern das Wissen heraus. Damit haben sie alles, was sie wollen.«

»Dieser Junge ist also … ein Alien?«, fragte er.

»Ehrlich gesagt gehe ich davon aus, dass es einfach nur eine Hülle ist«, erklärte Lisa. »Eine Festplatte. Die wollen ja keinen Feind wiederbeleben, nur sein Wissen. Du könntest es rein technisch vergleichen mit dem Unterschied zwischen einer KI und einer reinen Festplatte. Das eine kann selbstständig Dinge tun, sich weiterentwickeln, wachsen. Die Daten auf der Festplatte sind einfach nur Daten.«

»Ein organisches Interface«, flüsterte Misa. »Damit holen sie das Wissen des Monoliths in eine uns zugängliche Speicherform.«

»Wie bereinigt man ein Engramm?« Kalen hatte versucht, sein eigenes Selbst zurückzustellen, doch die Frage nagte an ihm. »Ich will das, was Amy mir in den Geist gepflanzt hat, loswerden. Sie hat mich dazu gebracht, meine Tochter hierherzubringen.« Er musste aufpassen, nicht gänzlich in Panik zu verfallen. »Sie hat Trisha manipuliert, ihr eigenes Leben permanent in Gefahr zu bringen. Dafür werde ich sie bezahlen lassen.«

Misa schluckte und nickte. »Ich dachte die ganze Zeit, dass du … Aber es war Amy. Sie hat entschieden, dass Jason sterben muss. Meinetwegen. Damit ich abgelenkt bin. Einfach so … Entschuldigt mich.« Sie erhob sich und eilte aus dem Raum.

Kalen wollte ihr folgen, doch Yuma hielt ihn zurück. »Sie hat gerade erfahren, dass ihr Verlobter von einer Frau umgebracht wurde, der sie vertraute, und dass sie dir umsonst Vorwürfe gemacht hat. Gib ihr Zeit.«

»Was dein Engramm angeht«, meldete sich Lisa zu Wort, »wissen wir nicht, an welchem Punkt Amy eingegriffen hat. Engramme sind hochkomplex. Gigaquads an Daten. Wenn sie es uns nicht sagt, können wir die integrierten Erinnerungen nicht finden. Dann gäbe es nur die Möglichkeit, alles zu löschen, was nach dem Vorfall neu hinzukam.«

»Damit würde ich alles vergessen?«

»Und Trisha auch«, ergänzte Lisa. »Es wären verlorene Jahre. Ich würde es nicht empfehlen.«

Kalen ballte die Fäuste in stiller Wut. Er würde Amy dazu bringen, dass sie die Veränderungen offenbarte, damit seine Tochter und er dieses Gift loswurden. In jenem Augenblick spürte er einen alles durchdringenden, tiefen Hass. Gut, dass Amy nicht hier war. Sie hätte es bereut.

»Was werden sie jetzt tun?«, fragte Kalen. »Der Sturm ist noch aktiv, aber wie geht es dann weiter?«

»Tja, das ist die Frage.« Lisa zuckte mit den Schultern. »Ich würde dir gerne eine Antwort geben, aber ich habe keine. Den Transmitter hier unten habe ich erst einmal mit einer fiktiven Fehlermeldung deaktiviert. Sie müssen außerdem davon ausgehen, dass ihr beide durch die Explosion des Shuttles umgekommen seid. Yuma und mich halten sie ebenfalls für tot. Einstweilen sind wir also sicher.«

Das würde nicht lange anhalten. »Ich muss mir kurz die Beine vertreten.«

Lisa nickte verständnisvoll.

Yuma legte ihm die Hand auf die Schulter, drückte zu und ließ wieder los.

Langsam ging Kalen hinaus.

46

MISA WEB

Der Hangar war offen. Misa saß am Rand, ließ die Beine über dem Abgrund baumeln und starrte hinaus. Die Einflugschleuse lag so, dass der Wind nicht bis hierher vordrang. Zumindest nicht stark.

Als Schritte hinter ihr erklangen, konnte sie sich bereits denken, wer da auf sie zukam. Kalen setzte sich neben sie. Eine Weile sahen sie schweigend in die Ferne.

»All die Jahre dachte ich, dass du verantwortlich bist«, flüsterte Misa. Die Worte drehten ihr den Magen um, fühlten sich wie Säure an, die ihre Schleimhaut zerfraß.

»Stattdessen war es Amy«, antwortete er leise.

»Und ich.«

»Was?« Er starrte sie entgeistert an.

»Jason starb, damit ich aus dem Tritt gebracht werde.« Sie lachte bitter auf. »Wenn ich nicht …«

»Nein«, unterbrach er sie. »Mach es ihr nicht noch leichter, okay? Diese Frau hat unseren Freund getötet. Auf schmerzhafte, langsame Art. Sie hat mich geistig verändert.« Bei diesen Worten konnte sie den Ekel sehen, den Kalen vor sich selbst empfand. »Und schließlich hat sie mein kleines Mädchen dazu gebracht, sich zu verletzen.« Der Selbstekel wurde zu Hass.

Misa schluckte. Wo zuvor die Wut auf Kalen dominiert hatte, wurde sie nun von Mitgefühl durchflutet. Amy hatte ihn missbraucht. Seinen Geist, sein Ich. In diesem Augenblick konnte er selbst nicht mehr einschätzen, wo der echte Kalen McKenon begann und wo der falsche. Irgendeine Erinnerung mochte nicht die seine sein; eine Überzeugung nur konstruiert.

»Es tut mir leid.«

»Als Mikaelsson uns davon erzählte, wie perfide Hale vorgeht, wie gewissenhaft er Pläne erarbeitet, da dachte ich doch nicht an so was. Wir waren längst Teil eines dieser Pläne. Mittendrin. Es hat nicht hier begonnen, sondern schon damals.«

»Sogar unsere Auszeit war konstruiert.« Misa schüttelte den Kopf und betrachtete ein Flugtier, das einem Adler ähnelte. »Admiralin Jäger wird sich freuen. Wenn das hier ausgestanden ist, wird sie ZENTRUM einmal ordentlich durchkämmen dürfen.«

»Ich wette, die haben auch das vorausgesehen.«

Misa zuckte zusammen. Vermutlich sprach die Müdigkeit aus Kalen.

»Sorry, ich bin nur gerade schlecht drauf«, erklärte er.

»Kalen …« Sie wandte sich ihm zu. »Wir haben uns doch die ganze Zeit gefragt, was Hale bezweckt. Er muss ja wissen, dass ZENTRUM ein Kampfschiff entsendet. Dazu der Status als ›verbotene Welt‹. Was, wenn Hale genau darauf setzt.«

»Wie sollte ihm das nutzen?«

»Wenn Admiralin Jäger ein Kampfschiff hierher verlegt, nimmt sie doch jenes, das am nächsten stationiert ist«, erklärte Misa. »Falls Hale dort seine Leute positioniert hat …« Sie rieb sich müde die Augen. »Vergiss es.«

»Das Schlimme ist, dass du recht haben könntest«, sagte er. »Aber selbst wenn, wir könnten nichts dagegen tun. Falls Admiral Hale vor irgendeiner Anzahl von Jahren seine Leute in die Strukturen hat einfließen lassen, weiß niemand, wer dazugehört. Wir haben Amy vertraut, sie ist … war eine von uns. Genau genommen war sie das wohl nie. Aber wenn jemand viele Jahre mit dir in den Einsatz geht, vertraust du ihm irgendwann.«

»Und sie ist auch noch ausgerechnet unsere MedSpec.« Sie hätte liebend gern etwas gegen die Wand geworfen. Leider gab es hier lediglich Shuttles. »Und Engramm-Spezialistin ist sie ebenfalls. Es war irgendwie die ganze Zeit so offensichtlich.«

»Findest du?«

»Verdammt noch mal, Amy hatte schon immer einen Gottkomplex. Ihr Ego ist so groß wie ein Schlachtschiff. Ich habe mich stets gefragt, warum eine Spezialistin, wie es sie nur einmal unter hundert gibt, mit uns auf solche Einsätze geht.«

»Wenn du es so sagst ...«

»Sie hat perfekt dafür gesorgt, dass wir voneinander isoliert waren, bis sie uns benötigt hat.« Mit jedem Satz kochte die Wut weiter in ihr hoch. Hätte sie in diesem Augenblick Amy vor sich gehabt, vermutlich hätte sie deren Klon in den Abgrund befördert. Stattdessen atmete sie tief ein und wieder aus. »Wir holen Trisha aus dieser misslichen Lage.«

»Das Problem ist, dass ich nicht weiß, wie wir diese Lage beenden sollen«, sagte Kalen. »Würde Trisha sich hier bei uns befinden ... was dann? Unser einziger Weg von der Kolonie fort ist der Interspace-Pointer an Bord der *I4*.«

»Dann müssen wir das Schiff wieder übernehmen.«

»Dort oben befinden sich Hale, Amy, Sheft und ein paar ziemlich übel gelaunte Helfer«, sagte er. »Du glaubst doch nicht, dass die ihre Trumpfkarte aus der Hand geben.«

»Hängt davon ab, was sie wollen.« Misa schürzte die Lippen. »Mit der *I4* könnten sie jederzeit abhauen. Tun sie aber nicht. Die Kolonie ist also wichtig. Deshalb haben sie diese Blütensache ja abgezogen. Schlecht für uns, gut für die.«

»Sie haben Waffen.«

»Wir auch. Vergiss nicht, dass sie damit auf die *I4* gefeuert haben«, sagte sie. »Ihre ganzen Tricks mögen ja einen Sinn gehabt haben, aber letztlich sitzen sie jetzt auf einem beschädigten Schiff fest. Und sie glauben, dass jeder Einzelne von uns tot ist. Wenn wir daraus nichts machen können, sind wir kein vernünftiges Interspace-Team.«

»Ich erinnere dich an deine Worte.«

Auf seinem EyeSign ging eine Nachricht von Lisa ein. Yuma hatte in der Kantine Kekse und Kaffee entdeckt. Beides wollten sie gern mit Kalen und Misa teilen, allerdings war es fast aufgebraucht. Sie mussten sich also beeilen.

Kalen lachte leise. »Wie in alten Zeiten.«

Misa lächelte. Das Gefühl war ihr in seiner Gegenwart fremd geworden, und sie realisierte, wie sehr sie es vermisst hatte. »Das ist es wohl.«

Gemeinsam standen sie auf. Sie schloss die Luke zum Hangar, dann gesellten sie sich zu den anderen. Bei Keksen und Kaffee beratschlagten sie über das weitere Vorgehen. Kalen behielt den Klontank in seinem EyeSign als kleines Quadrat. Das Schwarz-Weiß-Bild versicherte ihm, dass es Trisha gut ging.

Und dann, endlich, glitt der Deckel zur Seite.

47 TRISHA MCKENON

Der Schock hatte alles wieder zurückgebracht.

Während sie auf dem Boden lag und Amy die Krankenstation verließ, das Blut aus Trishas Körper floss und sie dem Tod näher kam, erinnerte sie sich. Die anfängliche Traurigkeit, die Isolation. Der Psychologe, der sie in Trance versetzt hatte. Dann lag sie auf einer Liege, alles war warm und behaglich. Die MedSpec war auch da.

Irgendwie waren ihre Erinnerungen falsch.

Trisha zitterte. »Dad?«

Doch er antwortete nicht.

Hatte sich so ihre Mutter gefühlt? Das Ende kam, und sie war machtlos. War sie machtlos? Immerhin befand sie sich auf einer Krankenstation.

Ihr Transponder schickte Warnmeldungen in ihr EyeSign. Eine Wunde hätten die Nanodepots schließen können, doch ihr Magen war perforiert. Um so einen Schaden zu beheben, war ein Klontank notwendig.

Ein solcher stand direkt vor ihr.

Die Schmerzen tobten von der Wunde ausgehend durch ihren Körper. Wie Stacheldraht, der über ihr nacktes Fleisch gezogen wurde. Auf diese Art zu sterben, war ziemlich Tand.

Sie robbte zum nächsten Medizinschrank. Dank Yumas geklauten Codes konnte sie ihn öffnen. Im Inneren lagen alle möglichen Injektoren und sonstige Geräte. Ihr EyeSign markierte eines davon, eine kreisrunde Metallplatte. Sie heftete diese an ihren Nacken, und sofort ließ der Schmerz nach. Trotzdem wollten ihre Muskeln kaum gehorchen.

Trisha robbte zum Klontank. Es war keine Prozedur aktiv, sah man davon ab, den unbekannten Jungen im Tiefschlaf zu halten. Sie öffnete die Verschalung.

Im selben Augenblick öffneten sich seine Augen. Er kam herausgeklettert.

»Du bist … beschädigt.« Seine Stimme klang wie ein Flüstern und die Worte fremd. Als würde er zum ersten Mal eine Gabel halten und wollte sich damit die Haare kämmen.

»Sehr beschädigt«, sagte sie krächzend. Vermutlich klang das ebenfalls seltsam. »Brauche … den Tank.«

»Mein Kopf ist falsch.« Er hielt sich die Handflächen gegen die Schläfe.

»Wir helfen uns.« Sie deutete auf das Innere des Klontanks.

Da dieser mobil war, lag er auf einer Antigrav-Bahre, und die war zu hoch. Der Junge half ihr hinein. Als sie lag, deutete sie auf den geöffneten Schrank. »Engramm-Stimulator.«

Er ging hinüber.

Trisha wartete, rief dann: »Das ist ein Etui. Eine Kapsel.« Sie winkte ab. »Schieb mich rüber.«

Der Junge kam zurück.

Sie griff in den Schrank, nahm das Etui heraus und öffnete es. »Hier, diese Pille musst du schlucken.«

Er betrachtete kurz das winzige Depot, schluckte es aber sofort.

Als Nächstes nahm sie ein Plättchen wie jenes, das auch sie gerade auf ihrem Nacken haften hatte – direkt über dem Engramm-Port. »Hier. Auf den Nacken.« Sie tippte sich an die Stelle.

Er tat es.

»In dem Plättchen ist das Programm, es steuert die Naniten«, sagte sie. »Ich habe mich mit der Verräterin darüber unterhalten.«

Diese war überraschend gesprächig gewesen, wenn es um ihre Arbeit ging. Sie wollte ihr Genie wohl mit der Welt teilen. Andernfalls hätte Trisha die Geräte niemals zuordnen können.

»Es repariert deine Beschädigung«, erklärte sie.

Der Junge nickte, tapste zum nächstgelegenen Biobett und legte sich darauf. Seine Lider flatterten. Im nächsten Augenblick atmete er gleichmäßig, seine Brust hob und senkte sich.

»Gern geschehen«, kommentierte Trisha.

Sie hatte keine Ahnung, wohin die MedSpec verschwunden war, aber sobald sie zurückkehrte, würde sie zweifellos beenden, was sie begonnen hatte. Der Klontank schloss sich, als sie den Befehl dazu gab. Kurzerhand verband sie sich mit der Antigrav-Bahre, öffnete die Krankenstation und steuerte die Bahre zum Ziel. Währenddessen gab sie das Programm ein, das sie im Sinn hatte. Ihr Körper würde dadurch geheilt werden, aber nicht nur das.

Der Tank erreichte den Hangar, und Trisha bewegte ihn in eines der Shuttle. Hier würden sie zumindest nicht so schnell suchen, da der Bereich für sie nicht zugänglich war.

Trisha nahm sich Zeit, einen vorgefertigten Batch an Befehlen in das System des Hangars zu schleusen. In diesen Tagen war es dank KI ein Leichtes, kleine Automatisierungsroutinen zu entwickeln. Die Befehle wurden hinterlegt, das Licht gelöscht. Auch im Shuttle wurde es dunkel, das Zustiegsschott war versiegelt. Das würde nicht lange standhalten, konnte ihr im Notfall aber ein paar Minuten verschaffen.

Das System des Tanks hatte sich vollständig mit ihr vernetzt, über die Luft wurden bereits Naniten in ihre Lunge transportiert, winzige Hautperforationen ermöglichten das Eindringen in die Blutbahn. Auf diese Art wurden alle Schmerzen unterdrückt. Erst im zweiten Schritt wurden die Ports für die Leitungen geschaffen – jetzt schmerzfrei. Vitalisierungsmedikamente, Nährstoffe, Enzyme wurden in ihren Körper transferiert.

Das System schickte ihr trotzdem Warnmeldungen. Sie musste sich umgehend in Bewusstlosigkeit versetzen, damit das beschädigte Gewebe und der Magen ausgetauscht werden konnten. Der Schock war in letzter Sekunde unterdrückt worden. Trotzdem befand sich ihr Körper im Stress. Milliarden von winzigen Operationen fanden gleichzeitig statt.

Bevor Trisha den finalen Prozess aktivierte, versuchte sie erneut, Kontakt zu ihrem Vater herzustellen. Kein Ergebnis. Auch Lisa und Yuma, die sich beide auf dem Schiff befanden, waren nicht erreichbar.

Wenn Amy Trisha so offen angegriffen hatte, wollte sie wohl kein Geheimnis mehr aus ihren Aktivitäten machen. So richtig begriff Trisha nicht, welche das überhaupt waren. Hier draußen war alles so rau, gefährlich und kalt. Irgendwie viel zu echt.

In der virtuellen Realität war sie zwar dabei, aber eben auch nicht. Sie sah bestimmte Dinge, doch nicht alles. Fühlte manches, doch nur, wenn sie es wollte. Und jetzt hatte ihr die Wirklichkeit tatsächlich eine schmerzhafte Nahtoderfahrung beschert. Dieser Gedanke löste Sorge in ihr aus. Nicht nur um ihren Vater. Sie wollte, dass es Yuma, Lisa und Misa gut ging.

Sie aktivierte den Regenerationsprozess. Etwas zischte. Die Umgebung wurde noch wärmer, noch flauschiger und irgendwie sehr leicht. Ihre Probleme schwanden.

Und mit ihnen Trishas Bewusstsein.

48

Weiches Licht drang durch ihre Lider. Trisha gähnte und machte sich bereit, den folgenden Weckruf zu deaktivieren.

Dann erinnerte sie sich.

Adrenalin peitschte durch ihren Körper, sie war sofort hellwach. Auf ihrem EyeSign gingen Meldungen ein. Der Körper war vollständig geheilt, die von ihr gewünschten Spezifikationen durchgeführt. Der integrierte 3D-Drucker des Klontanks hatte die neuen Inserts entsprechend ihren Vorgaben angepasst.

Im Verlauf ihrer Genesungsphase war die interne Kommunikation wieder erwacht. Yumas und Lisas Todessignale waren empfangen worden. Gleichzeitig zeigte ihr ein Kamerafeed, dass Amy mit zwei Männern die Krankenstation betreten hatte. Eine Gruppe weiterer Personen bewegte sich durch das Schiff. Sie würden innerhalb der nächsten Stunde den Hangar erreichen. Ein wenig Zeit blieb ihr also. Sie öffnete die Verschalung und kletterte aus dem Tank. Auf ihren Befehl hin gab das Schiff die Ersatzuniform aus. Trisha schlüpfte hinein und nahm einen NanoJammer aus einem Fach.

Die gesamte Aktion hatte nur Sekunden gedauert. Sie lächelte. Amy hatte sie auf die Idee gebracht, ihre neuronalen Strukturen selbst zu beeinflussen. Allerdings nicht, was deren Inhalt betraf, sondern den Ablauf. Die Durchblutung in Trishas Hirn war hochgedreht und das Gewebe gleichzeitig verstärkt worden. Schließlich wollte sie keine Hirnblutung. Damit konnte sie dreimal so schnell denken wie ein gewöhnlicher Mensch, angedeutete Bewegungen voraussehen, Taktiken blitzartig planen und umsetzen. Zusätzlich war ihre Haut mit einer ganz besonderen Überraschung durchzogen.

»Schauen wir mal, wie euch das schmeckt«, flüsterte sie. »Dieses Spiel kann ich auch spielen.«

Ihre Gegner sahen in Trisha lediglich einen verzogenen Teenager. Gut so. Ihr konnte nichts Besseres passieren, als unterschätzt zu werden.

Sie verließ das Shuttle, sorgte zuvor aber dafür, dass der Klontank im Ruhemodus aktiv blieb. Damit würde er auf ein Ping sofort reagieren. Im zweiten Schritt kletterte sie auf einen Gleiter am anderen Ende des Raums. Hier legte sie sich hin und wartete.

Es dauerte tatsächlich eine gute Stunde, dann öffnete sich die Tür.

»Ein Siegel«, sagte eine Männerstimme kichernd. »Aber lächerlich.«

»Sie ist nur ein Gör«, ergänzte eine nasale Frauenstimme.

»Ein Gör, das immerhin in einen Klontank gekrochen und damit davongefahren ist. Bisher haben wir sie nicht gefunden.«

»Hab einen Ping.« In der Stimme der Frau lag ein triumphierender Unterton. »Der Tank ist in einem Shuttle.«

Die Schritte verließen ihren Punkt an der Tür. Trisha glitt von ihrem Shuttle herab und rannte barfüßig zum Eingangsschott. Davor blieb sie stehen und wartete. Keinem ihrer Gegner war aufgefallen, dass das Ausschleusschott für Shuttles geöffnet war. In Betriebszeiten war das wohl häufig der Fall, lediglich ein Atmosphärenfeld hielt selbige innerhalb des Raums. Die Sicherheitsbarrieren, es zu deaktivieren, waren derart hoch, da kam Trisha nicht heran. Musste sie aber gar nicht.

Manchmal war es viel simpler.

Ihre Gegner sicherten zuerst nach außen ab, betraten dann gemeinsam das Shuttle. Als alle drin waren, atmete Trisha auf. Damit hatten sie bereits verloren.

Wie vorbereitet startete das Fluggerät seine Manövrierdüsen und katapultierte sich durch das Atmosphärenfeld ins All. Die Personen im Inneren wurden durch die Luke – die sich nicht schloss – ins All gezogen.

Das war fast schon banal gewesen.

Sie konnte sehen, wie sie dort draußen herumwirbelten. Kein schöner Anblick. Mit einem entsprechenden Befehl schloss sie das Ausschleusschott. Damit konnte sie den Shuttlehangar verlassen. Die Frage war nur, wohin sie sich wenden sollte? Ihre einzigen Verbündeten befanden sich am Boden in der Militärbasis auf der Kolonie.

Hier oben gab es noch die beiden Männer. Einer davon war dieser Nils Sheft, den sie in Tamlyn Sands' Bericht gesehen hatte. Amy kannte sie sowieso. Doch wer war der andere Klon?

Sie zog sich erneut den Feed von der Krankenstation und stellte überrascht fest, dass sich in der Zwischenzeit eine Menge verändert hatte. Der Junge war nicht mehr da, stattdessen saß auf einem der Biobetten jetzt ein Mann. Er war wohl irgendwo in den Zwanzigern. Wieso war er so schnell gealtert? Wachstumsbeschleuniger wurden normalerweise vor dem Erwachen eines Klons genutzt, da sie große Schmerzen hervorriefen. Bei diesem war das aber wohl nicht der Fall gewesen. Trotzdem machte es deutlich, dass er ein Klon war. So schnell alterte niemand.

»Wir haben ihn immerhin in einem Klontank gefunden«, murmelte sie. »Da ist das logisch. Aber wer ist dann das Engramm?«

Es erklärte jedenfalls, wieso sein Geist in Unordnung gewesen war. Die Struktur hatte nicht gestimmt. Hätte sie ihm nicht geholfen, wäre er zu einem leeren Klon geworden, der zwar auf Sprache reagierte und rudimentär antworten konnte, darüber hinaus aber keine Persönlichkeit aufwies.

War das etwa das Ziel gewesen? Oder hatten Yuma und sie ihn einfach zu früh aus dem Tank geholt? Nein, das konnte nicht sein, denn der Klontank war gar nicht aktiv gewesen.

Falls jemand einen leeren Klon hatte erzeugen wollen, würde er oder sie eine böse Überraschung erleben. Durch den Engramm-Strukturierer, den Trisha dem Jungen vor seinem Entwicklungsschub gegeben hatte, war eine Persönlichkeitsentwicklung eingeleitet worden. Wohin immer diese auch führen mochte.

»Hilft mir nur leider kein Stück weiter.« Sie deaktivierte den Feed.

Das einzig Gute war, dass die MedSpec, Nils Sheft und der andere Typ aktuell auf der Krankenstation waren. Damit war der Rest des Schiffs ungefährliches Terrain.

Sie musste unbedingt die Kommunikation wiederherstellen. Außerdem wollte sie Yumas und Lisas MindSaves bergen. Auf diese Art konnten die beiden ohne Erinnerungsverlust relifed werden.

Ja, das würde sie freuen.

Trisha wandte sich dem Aussichtsdeck zu und rannte los. Ihre diesbezüglichen Gedanken hatten eine halbe Minute gedauert. Sie überlegte, kalkulierte, fasste Pläne. Wie leicht das Leben doch war, wenn alle anderen langsamer waren.

49

MISA WEB

»Hat sie gerade …?« Kalen starrte auf die Übertragung.

»Sie hat«, bestätigte Misa. »Die Idee war gut. Zur Umsetzung musste dein Töchterlein lediglich die Sicherung im Türschott des Shuttles aushebeln. Keine Ahnung, wie sie das gemacht hat.«

»Das ist so lieb von ihr«, sagte Lisa.

»Dass sie ihre Gegner im All entsorgt hat?«, fragte Kalen.

Misa hätte beinahe über sein verdutztes Gesicht gelacht.

»Dass sie zum Beobachtungsdeck rennt, um unsere Mind-Saves zu bergen«, stellte Lisa klar. »Denn genau dort läuft sie gerade hin.«

Misa verschränkte die Arme, wobei sie darauf achtete, den Kaffee in ihrer Tasse nicht zu verschütten. »Können wir ihr denn irgendwie eine Nachricht senden?«

Lisa schüttelte nachdrücklich den Kopf. »Es ist eine Sache, mich an die internen Datenstreams zu heften. Das ist nicht kompliziert und fällt durch den Transmitterpod nicht auf. Ein Signal in das System zu schicken, wäre etwas anderes. Darauf wird Amy sofort aufmerksam.«

»Die sind dort oben nur noch zu dritt«, sagte Yuma. »Den Interface-Klon nicht mitgerechnet, da ich ihn nicht als Gegner einstufe. Wenn wir uns nach oben transferieren, müsste das doch machbar sein.«

Im Normalfall hätte Misa dem zugestimmt, aber hier hatten

sie es mit Hale zu tun. »Amy muss uns in ihr Kalkül mit einbezogen haben. Schließlich hat sie in einem Aufwasch Yuma und Lisa auf dem Erholungsdeck angegriffen. Die Drohne hätte Kalen und mich erwischt. Das war überraschend effektiv für eine Ärztin.«

»Das ist ja der Punkt«, sagte er. »Wir haben sie für eine Freundin gehalten und ihre Expertise als die einer Ärztin eingeschätzt. Nicht als Hales Jüngerin, die uns töten will. Im Gegensatz zu uns wusste sie, dass wir zu dieser Mission gehen würden. Das war von Anfang an klar. So konnte sie alles vorbereiten. Ich habe keine Ahnung, was sie sonst noch getan hat, aber als leitende Medizinerin hat sie eine Menge Macht.«

Nicht umsonst konnten Commander vom leitenden MedSpec ihres Amtes enthoben werden. Selbst bei Funkstille vermochten Mediziner mit ihrem Überrangcode, die Admiralität zu verständigen. Hinzu kam, dass sie sich mit allerlei tödlichen Substanzen auskannten.

»Was haben wir in unserem Köcher?«, fragte Misa. »Da wären die Torpedos, die wir abfeuern können.«

»Mit den Nahbereichswaffen der *I4* problemlos abzuwehren«, entgegnete Lisa. »Und leider können die zurückfeuern. Das Ergebnis würde zu unseren Ungunsten ausgehen.«

»Die Kolonie muss doch noch etwas im Arsenal haben«, schaltete sich Kalen ein. »Das hat jede. Verteidigungsgleiter, Atmosphärenschiffe … was weiß ich.«

»Alles vorhanden«, bestätigte Lisa. »Aber eben ausgelegt für die Bodenverteidigung. Nichts davon kann einen Interspace-Raumer im Orbit attackieren. Tut mir leid.«

»Die Blüten verbergen einen Großteil der Oberfläche«, merkte Yuma an. »Das ist je nach Art des Angriffs ein taktischer Vorteil. Aktuell ist die *I4* allerdings zu weit entfernt. Was auch immer sich vom Planeten dorthin bewegt, wird entdeckt.«

Kalen hob die Hand, um die Diskussion zu unterbrechen. »Ich möchte hier mal festhalten, dass die Zerstörung eines Raumschiffs – *unseres* Raumschiffs – das letzte Mittel darstellt. Um dieses Ding zu bauen, war der komplette Haushalt eines kleinen Landes nötig.«

»Schön für das Land …«, entgegnete Misa.

»Eher nicht«, warf Yuma mit einem Schmunzeln ein.

»… ist halt unschön für uns, wenn die Torpedos regnen lassen. Und eines ist sicher: Sobald dieser Sturm vollständig abgeflaut ist, wird ein Mann wie Hale seine Aufmerksamkeit hierherrichten. Er lässt keine blinden Flecke zu, dafür arbeitet er zu oft selbst mit diesen. Die bemerken sofort, dass wir vier noch am Leben sind. Ich gehe davon aus, dass sie alles daransetzen werden, diesen Zustand zu ändern.«

»Da stimme ich zu«, sagte Kalen. »Aber wir brauchen das Schiff. Und ich meine gar nicht wegen der Rückkehr nach Terra, da finden sich auch andere Wege. Notfalls warten wir auf ein Evakuierungsschiff mit Interspace-Pointer. Doch auf keinen Fall können wir zulassen, dass Hale es benutzt. Er würde die Kolonie übernehmen und direkt weiterfliegen zur nächsten. Davon abgesehen ist meine Tochter dort oben.«

Stille.

»Das ist ein Argument.« Misa ärgerte sich über sich selbst. »Und natürlich würden wir nur zerstören, wenn es absolut notwendig ist. Leider haben wir nicht viele Optionen. Die schalten und walten dort oben, wie sie wollen. Wir können lediglich zusehen.«

»Immerhin sind sie einstweilen mit dem lebenden Interface beschäftigt«, sagte Lisa. »Sie werden wohl versuchen, ihn an einen Engramm-Ausleser anzuschließen. Dafür benutzen sie garantiert den Interspace-Pointer.«

»Moment.« Kalen hob er erneut die Hand. »Können wir uns dann nicht ebenfalls ankoppeln?«

Lisa schnippte mit dem Finger. »Ja. Ja!«

»Du willst Admiralin Jäger ein Update geben?«, fragte Misa.

»Sie muss wissen, was hier vor sich geht«, entgegnete er. »Und hier unten gibt es schließlich Klontanks. Die Bandbreite reicht aus.«

»Ich gehe mit«, stellte Misa klar. »Wir koppeln uns an und warten. Sobald die dort oben den Pointer aktivieren, schickt ihr uns in einen Interspace-Room. Admiralin Jäger mit Priorität anfragen.«

»Verstanden.« Lisa machte sich bereits ans Werk, wobei ihre Finger über eine Tastatur huschten, die nur sie sehen konnte, und die Augen gleichzeitig durch ihren Fokus Funktionen aktivierten.

Misa trat neben Kalen in den Lift und fuhr mit ihm zu jenem Punkt der Basis, an dem die Klontanks untergebracht waren. Dort vernetzten sie sich mit dem System.

»Dann hoffen wir mal, dass die dort oben nicht zu lange warten«, sagte Kalen. »Ich habe keine Lust, Trisha weiter allein zu lassen.«

»Wie wir sehen konnten, kann sie auf sich aufpassen«, entgegnete Misa. »Die Kleine hat ganz schön Power. Und ihre Reaktionen sind zielgerichtet. Sie gleitet durch die *I4* wie ein Haifisch durchs Meer.«

»Was nur so lange gut geht, bis ein größeres Raubtier vor ihr auftaucht.« Kalen seufzte. »Hale ist so eines. Sein Ruf kommt nicht von ungefähr. Wir durften jetzt erleben, dass er sich problemlos wieder ins Spiel zu bringen vermag.«

»Aber vergiss nicht das Wichtigste: Noch hat er nicht gewonnen.« Misa schloss die Augen.

Minuten später spürte sie den vertrauten Zug des Interspace-Pointers, der sie in einen virtuellen Raum zog.

50

Admiralin Nissa Jäger starrte zuerst Kalen an, dann wanderte ihr Blick zu Misa. Abwechselnd hatten sie berichtet, was seit dem letzten Kontakt vorgefallen war.

»Das ist unmöglich«, sagte die Admiralin. »Hales Engramm ist geiced. Er kann sich nicht einfach in einen Klon laden. Und sind Sie sicher, dass Amy Crest … Ich meine, sie ist eine Koryphäe.«

»Alles, was wir hier sagen, kann überprüft und bestätigt werden«, sagte Misa. »Ich bin sicher, sobald ein Spezialist die Engramme von Kalen und seiner Tochter prüft, wird sich auch herausstellen, dass die Struktur sich verändert hat.«

»Oh Gott.« Die Admiralin rieb sich die Augen. »Das darf doch alles nicht wahr sein. Nichts davon.«

»Wer hat Sie dazu gebracht, uns wieder auf Mission zu schicken?«, fragte Kalen.

Misa verlegte sich aufs Zuhören, aber sie beobachtete die Admiralin genau. Schließlich mochte diese zu Hales Gruppe gehören, auch wenn es unwahrscheinlich war.

»Was? Oh, das war meine Idee.« Sie runzelte die Stirn. »Nun ja, mein Adjutant hat mich dabei unterstützt, die Zustimmung aller politischen Entscheidungsträger zu bekommen. Wenn ich es mir recht überlege, kam er auch erstmals auf die Idee. Andernfalls hätten wir direkt ein Kampfschiff entsendet.«

»Überprüfen Sie ihn.«

»Kalen«, erwiderte die Admiralin beschwörend, »ich kenne ihn, seit er angefangen hat, ich habe ihn protegiert.«

»Prüfen Sie ihn«, ergänzte Misa. »Admiral Hale hatte viele Jahrzehnte Zeit, seine Wurzeln zu verbreitern. Er ist überall eingesickert. Sie hatten damals schon Einfluss, er wollte Sie garantiert im Blick behalten.«

»Ich war eine entschiedene Gegnerin seiner Hardliner-Politik.«

»Eben.« Misa nickte nur, da Nissa gerade selbst das Argument für eine Überprüfung gegeben hatte.

»Wenn Sie recht haben, ist völlig unsicher, wer in ZENTRUM für Hale arbeitet und damit gegen uns«, sagte sie fast schon beschwörend. »So einfach kann ich nicht ›clean house‹ machen.«

»Sie müssen«, entgegnete Kalen. »Andernfalls fliegt uns alles um die Ohren. Hale hat ein verdammtes Kloninterface geschaffen. Ein Alienvolk mit einer galaktischen Streitmacht muss Kolonien besessen haben. Schiffswerften, weitere Monolithen. Wenn er darauf Zugriff erhält, kann ihn niemand mehr aufhalten.«

Admiralin Jäger rieb sich die Stirn, schloss für einen Augenblick die Augen und straffte dann die Schultern. »Okay, eins nach dem anderen. Sie erhalten bald Unterstützung durch das Kampfschiff *POLAR*. Dagegen hat ein Raumer wie die *I4* keine Chance. Dieser Spuk ist zügig wieder vorbei. Danach verhängen wir eine Quarantäne über die Kolonie. Ich lasse MedSpec Amy Crest als Teil von Hales Terrororganisation einstufen.«

»Das klingt gut«, sagte Kalen.

»Und zu einfach«, ergänzte Misa. »Sie sagten, dass Ihr Adjutant Sie dazu brachte, uns zuerst zur Kolonie zu schicken. Andernfalls hätten Sie direkt die *POLAR* entsendet?«

»Richtig. Nein, halt.« Die Admiralin schüttelte den Kopf. »Zu dem Zeitpunkt war die *INCEPT* das nächste Schiff, ich wollte sie entsenden. Aber dafür hätte ich sie von einer Hilfsmission abziehen müssen. Durch Ihren Einsatz konnte ich dann eine Rotation durchführen und die *POLAR* … O nein. Das ist doch nicht Ihr Ernst.«

»Exakt so hätte ich es gemacht«, sagte Misa. »Heimlich still und leise ein Kampfschiff mit Getreuen bemannt. Ab einer gewissen kritischen Schwelle kann man da niemanden mehr aufhalten. Jemand in der Admiralität sorgt dann dafür, dass es bereit ist. Als Ihr Adjutant uns ins Spiel brachte, hat er die *POLAR* auf eine Position gebracht, dass sie das nächste Schiff ist. So musste Ihre Wahl auf sie fallen.«

»Das ist doch …«

»Nicht zu weit hergeholt«, warf Kalen ein. »Ich stimme Misa zu. Die haben Amy bei uns eingeschleust, mich und Trisha manipuliert. Sie haben dafür gesorgt, dass nur wir zur Kolonie transportiert werden können, der Klon wurde vorbereitet, ein Bakterium in der Atmosphäre konstruiert. Die konnten verdammt noch mal eine Kopie von Hales Engramm aus der IceBox und direkt auf die *I4* schaffen. Ein Kampfschiff mit Getreuen zu besetzen und umzuleiten, ist nicht allzu schwer.«

Admiralin Jäger setzte zu einem Widerspruch an, hielt dann jedoch inne. »Falls Sie recht haben – und ich betone das ›falls‹ –, könnte das möglicherweise so sein.«

»Die Frage ist, was wir tun, wenn ein schwer bewaffnetes Schiff hier auftaucht und sich unter Hales Kommando begibt«, spann Kalen den Faden weiter. »Dem haben wir nämlich tatsächlich nichts entgegenzusetzen.«

»Falls sich das als korrekt herausstellt, entsenden wir selbstredend weitere Einheiten nach Red Pearl«, versicherte die Admiralin. »Bis zu diesem Punkt mag ein solches

Szenario ja Sinn ergeben, aber auch Hale ist nicht unbesiegbar.«

Misa war sich da gar nicht so sicher. Charismatische Personen konnten zu einer enormen Gefahr werden, wenn sie ein gewisses Maß an Zulauf erhielten. Am Beispiel von Amy Crest war das hervorragend erkennbar. Sie war eine angesehene Spezialistin auf ihrem Gebiet, trotzdem verschrieb sie sich einem Mann wie Hale. Sollte er tatsächlich die Crew eines Raumschiffs auf seine Seite ziehen können, war das weitaus schlimmer, als die Admiralin dachte. Ein Kampfschiff besaß eine Besatzungsstärke von 1574 Personen. Es war eine fliegende Stadt und waffenstarrende Festung. Damit hätte der Admiral seine Legende endgültig zementiert. Mit einem solchen Schiff ließen sich Kolonien angreifen, Planeten unbewohnbar machen. Mit einer gezielten Ansprache konnte er weitere Raumer zum Überlaufen animieren. Das Potenzial war unendlich gefährlich.

Hinzu kam der Zugriff auf die alte Technologie. Jemand wie Amy kannte keine Grenzen. Misa traute ihr schlicht zu, Hybridklone zu schaffen und dadurch Schritt für Schritt eine vollkommen neue Art von Menschen. Oder Aliens? Möglicherweise stand die Wiederauferstehung des alten Volkes längst bevor, aber nicht durch Engramme, sondern durch Amy Crest. Hale wollte alles, und er würde es sich holen.

»Wie viel Zeit bleibt uns, bis das Kampfschiff hier eintrifft?«, fragte Kalen.

»Ich muss den aktuellen Status abfragen«, erwiderte die Admiralin. »Ich melde mich danach umgehend.«

»Wir halten die Stellung.«

Das Abbild von Nissa Jäger wurde durchscheinend, und Sekunden später hatte sie den Interspace-Room verlassen. Die Umgebung verschwand. Misa fand sich im Klontank wieder, wie immer für einige Augenblicke orientierungslos.

Sie blickte zur Decke, erdete sich im Hier und Jetzt. Über viele Lichtjahre hinweg wünschte sie der Admiralin jedes Glück. Sollte ihre Theorie zutreffen, war es längst zu spät, und ZENTRUM stand vor dem Fall.

51

NISSA JÄGER

»Sie sehen aus, als hätten Sie ein Gespenst gesehen«, wurde sie von Brian Wildermann begrüßt.

Er stand im Zentrum des kreisrunden Raums, hatte einen Knopf im Ohr und betrachtete diverse Monitore. Da er die höchste Sicherheitsfreigabe besaß, gab es für ihn keine schwarzen Flächen, alles wurde übertragen.

»Wo ist mein Adjutant?«, fragte Nissa.

»Marcus?« Brian runzelte verwirrt die Stirn. »Sollten Sie das nicht besser wissen?«

Sie schickte ihm via EyeSign das nötige Protokollsiegel für einen Notfall mit möglicher Infiltration. Er hielt sich meisterhaft unter Kontrolle.

»Kurz vor Ihrem Kontakt mit dem McKenon-Team habe ich ihn zuletzt gesehen«, erwiderte Brian. »Er hat sich wohl für heute abgemeldet.«

Nissa verband sich mit der zentralen Datenbank und zog sich die Daten ins EyeSign. Sie benötigte nur Minuten, um Kalens Verdacht bestätigt zu sehen. Die *POLAR* hatte ursprünglich einem anderen Quadranten zugeteilt werden sollen, doch ihr Adjutant hatte das Kampfschiff abberufen. Er hatte alle möglichen Kommandanten mit neuen Befehlen versorgt, wodurch keine Lücke entstanden war. All das mit ihrem Siegel. Die *POLAR* war damit frei geworden, und er hatte sie so positioniert, dass sie Nissa für die Verlegung quasi ins Auge gesprungen war. Als sie das Crew-Manifest aufrief, wurde ihr übel. Es hatte permanent Versetzungen gegeben. Innerhalb von sechs Jahren war die gesamte Crew ausgetauscht worden. Es hatte Todesfälle gegeben, Personal war ersetzt worden, doch nur so viel, dass es den Sicherheitsalgorithmen nicht auffiel. Auch unter der Kommandocrew waren Personen neu besetzt worden, ausgehend vom Kommandanten. Dieser war also recht früh involviert gewesen.

Nissa ließ sich alle IDs anzeigen, die in irgendeiner Form damit zu tun gehabt hatten. Sie markierte sie mit einem Gefahren-Icon. Die Liste wuchs. Enthalten waren Offiziere von ZENTRUM, aber auch Stabschefs von Regierungsmitarbeitern, zwei Minister, Ratsmitglieder und anderes Personal.

Es gab zudem vier Raumschiffe, auf denen Personen einen Antrag auf Versetzung zur *POLAR* gestellt, diesen jedoch zurückgezogen hatten. Es war wohl ersichtlich geworden, dass eine Versetzung nicht rechtzeitig erfolgen würde, und man wollte im Falle eines Scheiterns keine Entdeckung riskieren.

Nissa markierte auch ihre Namen.

Erst danach ging sie dazu über, die Personen zu prüfen, die in irgendeiner Form Kontakt mit Hales digitalem Safe gehabt hatten – dem Gefängnis, in dem er einsaß. Eine IceBox wurde nicht oft besucht. Auch in seinem Fall war das so, doch irgendwer musste eine Kopie gezogen haben, oder ein MindSave war aus einem geheimen Safe geschickt worden. Während sie die Daten prüfte, fertigte sie eine Kopie aller Erkenntnisse an.

»Admiralin?«, sagte Brian schließlich.

»Sie sind ab sofort mein Adjutant, Glückwunsch zur Beförderung.«

»Verstanden. Danke.« Er war ein Meister des schnellen Umschaltens und effektiven Handelns.

Genau eine solche Person benötigte sie jetzt, um das Chaos im Keim zu ersticken.

»Schaffen Sie mir Samuel heran«, sagte sie leise.

»Der Sicherheitschef ist unterwegs«, erwiderte Brian. »Ich habe ihm mit aller Dringlichkeit deutlich gemacht, dass ein Gespräch stattfinden muss.«

Sie deutete auf einen der Konferenzbereiche mit Glasfront, in den man sich zurückziehen konnte. Optional war eine Verdunklung der Scheiben möglich, doch Nissa wollte auf keinen Fall, dass das Treffen heimlich wirkte. Wenn Marcus sich für diesen Tag verabschiedet hatte – was er normalerweise niemals vor ihr tat –, waren die Verschwörer bereit für den nächsten Schritt.

Zügig begab sich Nissa zum Konferenzbereich. Sie mussten nicht lange auf Samuel O'Cole warten.

»Sie wollten mich sprechen?«, fragte er.

Nissa schloss den Zugang. Von außen waren sie noch zu sehen, aber nicht zu hören. Die Glasfläche erzeugte automatisch ein Flimmern über ihren Mündern, damit Beobachter nicht lippenlesen konnten.

»Wir haben ein Protokoll neun«, sagte sie. »Eine Kopie von Hale ist auf der *I4*.« In wenigen Worten fasste sie für beide die Ereignisse zusammen, mit denen Kalens Gruppe aktuell konfrontiert wurde.

Samuels Gesicht wurde bleich. »Admiralin, das geht über ein Protokoll neun hinaus. Ich fange gar nicht an, die Folgen aufzuzählen.«

»Ich weiß«, erwiderte sie. »Und leider haben wir kaum Zeit herauszufinden, wer vertrauenswürdig ist. Genau diese Personen benötigen wir aber. Ich habe in Ihren jeweiligen Fällen einen forensischen Algorithmus zurate gezogen, der Sie als ›sicher‹ eingestuft hat. Darüber hinaus hoffe ich im Falle eines Irrtums einfach, dass Sie nicht beide Verräter sind.«

Brian verzog nicht einmal den Mund. »Verständlich. Niemand darf ausgeschlossen werden.«

Samuel schluckte, rang um Fassung und nickte schließlich. »Wie wollen Sie weiter vorgehen?«

»Wenn wir das Ganze nach außen kommunizieren, wird ZENTRUM in derselben Sekunde unter Lockdown gestellt. In dem Fall können wir dem McKenon-Team nicht mehr helfen. Bis der Sicherheitsrat hier alles überblickt und gesäubert hat, ist die Sache gelaufen. Hale weiß das, er kennt das Prozedere.«

»Sie wollen es denen da oben nicht sagen«, begriff Samuel. »Admiralin, egal, wie es ausgeht, Sie werden Ihren Job verlieren.«

Bedachte man, dass sie McKenon und seine Leute gerade zurückgeholt hatte, barg die Feststellung eine gewisse Ironie. »Ich weiß. Aber wenn wir Hale aufhalten können, ist es das wert. Ich werde ZENTRUM unter Kommunikationslockdown stellen. Bis es auffällt, ist das hier vorbei – auf die eine oder andere Art. In der Zwischenzeit finden wir heraus, wer mit Hale zusammenarbeitet. Außerdem brauchen wir Kommandanten, die loyal sind.«

»Vermutlich alle, die am weitesten von Red Pearl entfernt stationiert sind«, sagte Brian. »So würde ich es zumindest halten.«

»Hale könnte diese Vermutung vorausgesehen haben«, gab Nissa zu bedenken. »Er ist ein meisterhafter Spieler in dreidimensionalem Schach. Wir dürfen nichts als gegeben hinnehmen, müssen alles gegenprüfen und am Ende trotzdem schnell sein.«

Beide Männer nickten zustimmend.

Nissa war klar, dass sie an einem Scheideweg standen. Die Implikationen aus Kalens Informationen ließen die Zukunft düster aussehen. Selbst wenn ihnen ihr Vorhaben hier in ZENTRUM gelang, bedeutete das noch gar nichts. Falls Hale eine Kolonie, ein Raumschiff und das Wissen eines schwarzen

Monoliths in die Hände fielen, konnte er sie auf lange Sicht trotzdem schlagen.

»Also schön«, sagte sie. »Wir beginnen damit, dass ich einen stillen Lockdown einleite. Niemand kommt mehr ins Gebäude, keiner heraus. Danach starte ich mit der Sperrung von SmartComs.«

Sie begannen.

52

Der Vorteil eines stillen Lockdowns war der, dass er zu Beginn niemandem auffiel. Nirgendwo wurden verwirrte Blicke getauscht, niemand geriet in Panik.

Da es mitten am Tag war, wurden automatisiert Termine abgesagt und das Gebäude versiegelt. Lange würde das allerdings nicht unbemerkt bleiben.

Nissa sperrte die inneren Bereiche, versetzte die Datenbanken in einen Sicherheitszustand – wodurch keine Veränderungen mehr vorgenommen werden konnten, ohne dass es protokolliert wurde. Zwischenzeitlich hatte Samuel seine vertrauenswürdigsten Personen mit NanoJammern ausgerüstet. Brian kaschierte sein Unwohlsein, doch das leichte Zucken seines linken Augenlids verriet ihn.

Letztlich war es am Ende Nissas Kopf, der rollen würde. Alle anderen waren sicher. Es sei denn natürlich, sie gehörten zur Hale-Gruppe.

»Er ist noch auf dem Gelände«, sagte Brian plötzlich verblüfft.

Nissa, die sich soeben in die Analyse einer Umgruppierung von Verteidigungskreuzern vertieft hatte, blinzelte verwirrt. »Wer?«

»Marcus. Ihr Adjutant. Ex-Adjutant. Den Daten nach soll er sich noch immer in der Basis befinden.«

»Wo?« Das Wort kam schärfer als beabsichtigt.

»Der Transponder verortet ihn auf dem Weg in einen der Interspace-Räume.«

»Tak.« Er wollte fliehen.

»Aber die sind alle deaktiviert«, sagte Brian noch hinter ihr.

Nissa rannte hinaus. »Offensichtlich sind sie das nicht.«

Sie schickte ein Ping zu Samuel und übertrug die Transponderdaten. Dort mussten sofort Sicherheitskräfte aufmarschieren. Wer auch immer der Techniker war, der den Raum hatte abschalten sollen, hatte ihn wohl doch im Stand-by gehalten.

Sie rannte die Gänge entlang, verzichtete auf den Aufzug und erreichte schließlich den Raum. Marcus lag im Interspace-Chair, der Algorithmus hatte die Übertragung bereits vorbereitet.

Sie brachte den NanoJammer in Anschlag. »Raus da!«

»Ah, Admiralin.« Er lächelte fast schon huldvoll. »Sie haben länger gebraucht, als ich angenommen habe. Aber dafür muss ich wohl dankbar sein. So konnte ich alles umsetzen.«

»Es stimmt also, Sie arbeiten für *ihn*?«

»Admiral Hale, korrekt«, sagte Marcus. »Es gibt keinen Grund mehr, das zu leugnen. Der Ablauf wurde vorbereitet.«

»Red Pearl.« Nissa spuckte ihm die Worte entgegen. »Und die *POLAR*.«

»Sie sind recht weit«, sagte er. »Aber leider zu spät. Was heute geschieht, ist nur der Beginn. Und Sie haben keine Ahnung, das ist das Schöne daran. Lassen Sie mich raten, Ihnen wurde ein kleiner Hinweis überbracht. Wer war es? Sind nicht alle auf der Kolonie tot?«

»Denken Sie wirklich, dass jemand wie Hale gewinnen kann?«, fragte Nissa. »Ich meine, wie soll das alles hier ausgehen? Sie übertragen Ihren Geist irgendwohin, aber Ihr Körper kann nicht entkommen.«

»Sie werden feststellen, dass alle meine MindSaves gelöscht sind«, erklärte Marcus. »Und nicht nur meine. Sie dachten bestimmt, wir wollen ZENTRUM oder Terra? Aber es ist doch längst kaputt. Dieses Drecksloch.«

»Raus aus dem Chair!« Sie richtete ihren NanoJammer auf seine Brust. »Oder ich werde Sie perforieren.«

»Spielt keine Rolle«, entgegnete er. »Dieser Körper ist tot. Nervengift.« Er erwiderte ihren Blick. »Ich bin der Letzte. Mein neuer Primärkörper wartet bereits.«

Nissa konnte ihn nur entsetzt anstarren. Hinter ihr betrat Samuel den Raum, neben ihm Sicherheitskräfte.

Ein Blutfaden rann aus Marcus' Nase. »Ich bin sicher, wir werden uns wiedersehen. Ich grüße den Admiral von Ihnen. In der neuen Heimat.«

Er verdrehte die Augen. Sein Körper zuckte konvulsivisch, Schaum trat ihm vor den Mund. Der Interspace-Chair übertrug das Engramm.

»Nein!«, brüllte Nissa. »Stoppen Sie die Übertragung, und ich brauche …«

Einer der Sicherheitskräfte lächelte. Ein Blutfaden rann ihm aus der Nase. Zuckend brach er zusammen, auch ihm trat Schaum vor den Mund.

Samuel sprang zur Seite. »Was zum …?«

»Er war der Letzte!« Nissa begriff.

Sie rannte durch die Gänge zurück in die Zentrale. Auf dem Weg kippten weitere Personen mit blutigen Nasen um, zuckten und schäumten aus dem Mund.

Primärkörper starben.

Das war es, was Hale geplant hatte. Nissa ging jede Wette ein, dass es nicht auf ZENTRUM beschränkt war. Sie mussten MindSaves vorbereitet haben, die nun projiziert wurden. Auf direktem Weg in Klone.

In der Zentrale waren Brian und ein paar seiner Kollegen an die Wand zurückgewichen. Andere waren zu Boden gefallen, zuckten.

»Ein Virus?«, rief er.

»Nein.« Nissa schüttelte den Kopf und machte eine beruhigende Geste. »Sie haben Gift genommen. Selbstmord.«

»Was?« Eine Technikerin sah aus, als würde sie sich jeden Augenblick übergeben.

»Die Primärkörper?« Brian begriff. »O nein. Die Mind-Saves?«

»Gelöscht, damit wir keinen Zugriff mehr darauf bekommen«, sagte sie. »Keine Befragungen, keine IceBox. Das war es, was sie wollten. Sie wandern aus.« Nissa hatte das Gefühl, vor die Fäuste eines Preisboxers gelaufen zu sein.

Deshalb hatte Hale eine ganze Kolonie ausgelöscht. Um Platz zu schaffen, für sich und seine Leute. Gift in der Luft, vorbereitete Klone, um nur seine Jünger aufzunehmen.

»Er gründet eine neue Gesellschaft. Und wir liefern ihm einen funktionierenden Interspace-Pointer, ein Tiefraumschiff und öffnen alle Tore.«

»Admiralin.« Brian deutete auf die Monitore.

Nissa fuhr herum. Eine Nachrichtensendung wurde wie üblich auf einem der sekundären Feeds übertragen. Eine Reporterin blickte schockiert in die Kamera. Sie berichtete von seltsamen Todesfällen. Menschen kippten einfach um. Erste Hypothesen wurden geäußert. Ein Laufband kündete von einem möglichen Virus.

Brian trat neben sie.

»Heben Sie den Lockdown auf«, befahl sie. »Ich muss in einen Interspace-Chair, um Kalen McKenon zu warnen. Auf Red Pearl wird es bald noch ungemütlicher. Ich brauche außerdem einen Kontakt zum Admiralsrat. Die *POLAR* untersteht Hale.«

Und damit war alles gesagt.

Das Chaos nahm seinen Lauf.

53

AMY CREST

Der Klon trottete wie geplant hinter ihnen her. Es war seltsam. Mochte er auch einen Körper aus Fleisch und Blut, Knochen und Gelenken besitzen, so war er doch nur ein Interface. Organisch eben, aber nicht mehr. Das musste man sich stets vor Augen halten.

»Wie viel Zeit haben wir?«, fragte Admiral Hale.

»Er wird drei Stunden stabil bleiben«, entgegnete Amy. »Danach beginnt der zelluläre Verfall.«

Sie waren auf dem Weg zum Interspace-Room.

»Das ist wenig Zeit.« Hale wirkte bei diesen Worten kritisch.

Er sollte es besser wissen, als sie anzuzweifeln. Vermutlich musste er erst noch erkennen, wie wertvoll Amy war. Dauerhaft, nicht nur als Teil eines solchen Plans. »Wir wussten nicht, ob es gelingt. Und falls ja, wie autark er handeln kann. Daraus hätte eine Gefahr erwachsen können.«

»Und Sie können jederzeit einen sofortigen Zerfall auslösen?«, fragte er.

»In der Tat«, bestätigte sie. »Ein Code genügt. Aber wir wussten nicht, welchen Verlauf das hier nimmt. Falls ich nicht verfügbar bin, musste ein Ersatz geschaffen werden.«

»Eine Zeitbombe in seinem Körper, das ist mir bewusst«, entgegnete Hale. »Hoffen wir einfach, dass die drei Stunden genügen. Wir brauchen zumindest die Standorte weiterer

Monolithen, um zusätzliche Interface-Experimente durchzuführen.«

Wie schön, dass er für sie das Offensichtliche wiederholte. Normalerweise übernahm sie diesen Part, weil Personen mit einem deutlich geringeren IQ anwesend waren.

»Nimm Platz«, sagte Amy an den Klon gewandt.

Er gehorchte.

Admiral Hale aktivierte den Interspace-Pointer. Sie würden die Anlage selbst natürlich nicht benutzen, niemand wollte sich irgendwohin übertragen lassen. Die Auslesefunktion genügte vollkommen. Da die anderen noch immer nicht zurückgekehrt waren, schickte er Nils erneut los, nach Trisha McKenon zu suchen.

Dann widmete er sich wieder vollauf dem Interface.

»Wir benötigen irgendwelche Koordinaten«, sagte Hale. »Ah, das hatte ich übersehen. Voreinstellungen in Richtung ZENTRUM. Na, von mir aus.«

Amy war eigentlich sicher gewesen, dass sie die Koordinaten genullt hatte, doch sie würde keinesfalls eine Diskussion beginnen. Die Anspannung war greifbar.

»Ich kopple den Leser«, sagte sie. »Seltsam. Der Port kann nicht gelesen werden.« Sie ging zu dem Klon und drehte seinen Kopf zur Seite. Den Overall nach unten zu schieben, war leicht, aber was sie sah, ergab keinen Sinn.

»Ist das ein Engramm-Strukturierer?«, fragte Hale.

Sie zog die Platte ab. »Das muss Trisha McKenon getan haben. Diese dumme Göre.«

Der Klon saß weiterhin mit trübem Blick vor ihnen.

»Ich muss den Grad seines Bewusstseins prüfen.« Sie brachte den Kopf wieder in die korrekte Position und koppelte den Leser an.

Es dauerte einen Augenblick, bis die Apparatur das Ergebnis anzeigte.

»Er steht an der Schwelle zum Bewusstsein«, erklärte sie. »Die Engramm-Verbindungen sind anders als unsere, überaus strukturiert. Die Naniten haben die Neuronenkanäle angepasst. Das menschliche Gehirn ist eher ein wucherndes Etwas. Eine Minute länger, und wir hätten hier ein bewusst denkendes Alien gehabt.«

»Sie sehen mich begeistert«, sagte Hale kalt. »Ist es sicher, dass er jetzt noch dumm genug für das ist, was wir tun wollen?«

»Die Entwicklung ist in Gang gesetzt, aber die nächste Stunde sollte sicher sein«, entgegnete sie. »Andernfalls kann ich den Code an das Nanodepot schicken, und der zelluläre Verfall …«

»Schon klar, Sie müssen die Dinge nicht permanent wiederholen.« Hale trat an das Bedienpult. »Es ist also sicher, und wir können darauf zugreifen.«

Ein grundlegender Ärger stieg in ihr auf. Ihm die Meinung zu sagen, war an diesem Punkt der Entwicklung allerdings nicht Erfolg versprechend.

»Ich aktiviere einen Zugriff des Lesers«, sagte er.

Amy verfolgte gebannt, wie die ersten Daten als Kopie aus dem Engramm des Bewusstseins herausgeholt wurden. An diesem Punkt konnten sie natürlich nicht sagen, wo die wichtigen Daten gespeichert waren. Hale hatte einfach irgendeine Stelle gewählt.

Das Ergebnis war die Oberfläche des Klontanks. Die erste bewusste Erinnerung.

Amy übernahm über ihr EyeSign den weiteren Vorgang. »Ich wähle die stabilste Verbindung als Nächstes. Ein wichtiger Augenblick für ihn.«

In der Anzeige tauchte das Bild von Trisha McKenon auf.

Hale schüttelte den Kopf. »Wir brauchen Koordinaten. Genetische Muster. Waffendepots. Was auch immer.«

Amy betrachtete die Struktur des Engramms. »In einem menschlichen Geist könnte ich sagen, wo was gespeichert ist. Nur so war es möglich, die McKenons zu manipulieren. Aber dieser hier ist fremd. Das Mapping der betreffenden Areale wird eine Weile dauern.«

Sie begann mit der Arbeit.

Hale mochte ab und an nicht erkennen, dass es Personen gab, die so toll waren wie er. Doch er war auch Profi. Anstatt sie zu behelligen, stand er still an der Seite und wartete. Es ging schleppend voran, weil sie die Logik des gewöhnlichen Aufbaus eben nicht anwenden konnte. Die körperliche Steuerung war dort, wo sie sein sollte. Ab diesem Punkt endeten die Gemeinsamkeiten jedoch. Erinnerungen, emotionale Reaktionen … Alles war anders. Schließlich war eine Art Landkarte der Gehirnareale entstanden. Dass sich die Struktur überaus schnell entwickelte, während sie arbeitete, machte es nicht leichter.

»Ich denke, wir haben das Wichtigste«, sagte Amy schließlich.

»Zeigen Sie mir etwas Nützliches«, verlangte Hale. »Damit all das nicht sinnlos war.«

Forschung war niemals sinnlos, aber damit er das begriff, musste sie wohl noch eine Menge Vorarbeit leisten. Gerade wollte sie zur Tat schreiten, als über den Interspace-Pointer ein Signal einging. Es stammte direkt aus ZENTRUM und wurde auf einem offenen Kanal übertragen. Im Rundruf. Dies bedeutete, dass alle Interspace-Raumer, Schlachtschiffe, Schutzkreuzer, und was da draußen sonst noch unterwegs war, die Daten ebenfalls erhielten.

»Die Auslöschung der Primärkörper wurde eingeleitet«, sagte Hale zufrieden. »ZENTRUM sendet wie erwartet das Notsignal. Und sie wissen, dass die *POLAR* sich uns unterstellt.« Er lachte. »Jetzt dürfte ihnen langsam klar sein, dass wir einen weiteren Interspace-Pointer besitzen. Die Kolonie wird nun von uns besiedelt. Wir haben gewonnen.«

Der Klon drehte den Kopf in seine Richtung.

Amy atmete scharf ein. In den Augen des Interface-Körpers sah sie bewusstes Denken, einen wachen Geist.

Sie wich zurück.

54

»Was ist los?« Hale blickte irritiert zu ihr.

Der Klon schwenkte die Beine über den Rand der Liege und setzte sich auf.

»Er ist sich seiner bewusst«, flüsterte Amy.

In ihrem EyeSign hatte sie das entsprechende Icon nach vorn gezogen, das den Todesimpuls aktivieren konnte. Eine kurze Fixierung, eine Bestätigung, und es war vorbei.

»Ihr wollt Rot-4 unterwerfen«, sagte der Klon.

»Auf keinen Fall«, erklärte Amy hastig. Sie ging davon aus, dass er damit auf der Grundlage des erfolgten Gesprächs die Kolonie meinte.

»Die Welt ist unbewohnt, deshalb nehmen wir sie uns«, stellte Hale klar. »Wer bist du?«

Der Klon betrachtete seine Arme, seine Beine, betastete den Körper. Er stand auf, trat vor die spiegelnde Fläche einer Steuerröhre und blickte hinein. »Diese Organansammlung ist überraschend minderwertig. Ihr seid in der Lage zu erschaffen, wieso verbessert ihr euch nicht?«

Amys Wissenschaftlerherz jauchzte, ihr strategisches Denken schrie auf. In den Worten des Wesens war eine Menge versteckt. Der kriegerische Aspekt seiner Kultur ebenso wie das Wissen um Genetik.

»Wir sind dabei«, erklärte Hale. »Deshalb haben wir dich aus deiner Isolation geholt.«

»Eine … Lüge.«

Die Tatsache, dass er den terranischen Wortschatz derart schnell verstand und mit Konzepten der Emotion und Täuschung in Verbindung brachte, beunruhigte Amy.

»Ihr wollt unser Wissen stehlen«, sagte er. »Rot-4 unterwerfen.«

Farben besaßen eine Bedeutung, Zahlen ebenso. Interkulturelle Annäherung weniger. Das bestätigte die bisherigen Fakten, dass dieses alte Volk kriegerisch ausgerichtet gewesen war und andere Spezies unterwarf.

»Ehrlich gesagt interessiert es mich nicht, was du denkst«, änderte Hale seine Taktik. »Die Kolonie gehört uns. Wir haben sie übernommen, und in diesen Minuten wird sie besiedelt. Die Speicher sind randvoll mit Tausenden von Bewusstseinsengrammen meiner Leute, die hier zu neuer Blüte erwachsen. Du bist lediglich ein Gast.«

Das Wesen erwiderte Hales Blick lange. Es nickte leicht. »Ich bin nicht in der Position des Jägers.«

»Genau.« Der Admiral klatschte in die Hände. »Du bist hier unsere Beute. Und dagegen kannst du nichts tun. Verstanden?«

»Warum sollte ich den Status quo nicht erfassen?«, fragte es. »Meine Position ist klar.«

»Dann mache ich dir ein Angebot. Gib uns, was wir wollen. Dr. Crest kann deine Lebenszeit verlängern, indem sie die Wirtskörperzellen stabilisiert.«

»Wozu?«

»Um zu leben«, erklärte Amy. »Du wirst unsere Kultur kennenlernen, sehen, was wir geschaffen haben. Die deine ist vor langer Zeit untergegangen, aber es gibt noch Hinterlassenschaften. Gemeinsam können wir diese finden.«

Er wandte sich ihr zu. Trat neugierig näher und betrachtete ihr Gesicht. »Du bist eine Wissende. Eine Gen-Weberin. Sag mir, warum soll ich in Versklavung existieren?«

»Du kannst das Wissen um dein Volk erhalten.«

»Wozu?«

An diesem Punkt kam sie ins Straucheln. Amy war davon ausgegangen, dass jedes lebende Wesen einen gewissen Selbsterhaltungstrieb besaß. Natürlich gab es die Schwarmstruktur. Hierbei opferten Einzelne ihr Leben auch schon mal für das große Ganze. Doch dieses Alien schien weder Interesse an dem eigenen Fortbestand zu haben noch daran, seine Kultur durch Überlieferung im galaktischen Bewusstsein zu verankern.

»Wenn du uns nicht hilfst«, stellte Hale klar, »machen wir es eben allein. Ein Teil eurer Welten haben wir bereits gefunden. Ebenso die Monolithen darauf.«

Das Wesen blickte wieder zum Admiral, blieb aber bei Amy stehen. »Ihr besitzt mehr als eine Welt?«

»Das tun wir.«

»Dann seid ihr eine Kriegerart, die sich neu entwickelt hat. Ein würdiger Gegner.«

»Nein, nein«, versicherte Amy. »Wir möchten dich nicht bekriegen.«

»Wozu auch?« Hale zuckte lapidar mit den Schultern. »Du bist einer, wir sind viele. In drei Stunden unserer Zeit bist du tot. Es interessiert mich einen Tak, ob du uns als würdige Gegner ansiehst.«

»Wieso könnt ihr Welten unterwerfen, aber keine Muster sehen?« Jetzt wirkte das Wesen verblüfft. »Ihr habt den großen Filter durchstanden. Die künstlich erschaffenen Intelligenzen.«

»Aber … was?« Erstmals verlor Hale den Faden.

Amy dagegen wusste, wovon das Alien sprach. »Viele Wissenschaftler gehen davon aus, dass jede Spezies im Verlauf seiner Entwicklung eine Errungenschaft macht, die die eigene Existenz bedroht und auslöscht. Deshalb – so wird vermutet –

haben wir nie dort draußen eine andere Spezies entdeckt oder sie uns. Künstliche Intelligenz – oder im weiteren Sinne eine künstliche Superintelligenz – galt lange als ein solcher Filter. Hätte sie sich gegen uns gewandt, wären wir vernichtet worden. Doch wir konnten rechtzeitig die korrekte ethische und moralische Grundcodierung vornehmen.«

»Ihr habt sie nicht ausgelöscht?« Nun war es das Wesen, das verblüfft wirkte.

»Nein, wir sind sozusagen verschmolzen«, erklärte Amy. »KIs unterstützen uns.«

»Ich verstehe. Deshalb vermochtet ihr, zu den Sternen zu reisen, könnt Gene verweben und Welten unterwerfen«, sagte es, allerdings eher zu sich selbst. »Ihr konntet euch die künstlich entwickelten Bewusstseine untertan machen. Ihr habt sie erobert.«

»Also ehrlich gesagt …«

»Was habt ihr stattdessen getan?«, wollte Hale wissen.

»Den organischen Weg beschritten«, erklärte das Wesen. »Und die vollständige Kontrolle behalten.«

»Das ist natürlich auch eine Möglichkeit.«

Letztlich, das begriff Amy, hatte das Volk des Wesens lediglich eine andere Art von Technologie entwickelt – die organische. Durch genetische Manipulation hatten sie womöglich auch das eigene Denken erweitert, und damit waren sie auf Maschinen nicht angewiesen. Aber es handelte sich ebenfalls um eine Art von Weiterentwicklung durch Verschmelzung mit Technologie. »Ihr …«

Doch er ließ sie nicht ausreden. »Damit seid ihr ein Sternenvolk aus Kriegern, das die notwendige Schwelle erreicht hat. Das erklärt, warum ihr die Falle ausgelöst habt.«

»Falle?« Hales Stimme bekam einen angespannten Unterton.

»Wir haben überall in der Galaxis die Monolithen hinterlassen«, erklärte das Wesen. »Damit sie gefunden werden. Von einer Spezies, die einen würdigen Gegner darstellt.«

»Gegner für wen?«, fragte Hale. »Ihr existiert nicht mehr.«

»Körperlich«, bestätigte das Wesen. »Unser Geistesfunke befindet sich im Zustand des Nichtkampfes. Aber jetzt seid ihr da. Es ist also Zeit zu … erwachen.«

Er bewegte sich blitzschnell.

Amy wollte reagieren, doch das Wesen hatte den richtigen Augenblick abgepasst. Bevor sie das Icon fixieren und den Todesimpuls senden konnte, war es bei ihr. Arme griffen nach ihrem Kopf und drehten ihn ruckartig zur Seite.

Ihr blieb noch ausreichend Zeit zu bedauern, dass sie – wie alle anderen – ihren MindSave bei ZENTRUM hatte löschen lassen. Das hier war ihr einziges Ich, ihr einziger Geist, ihr einziger Körper.

Ihre Existenz endete.

55 KALEN MCKENON

Lisa sprang auf und starrte auf den Monitor. »Er hat Amy umgebracht.«

Gerade hatte Kalen sich mit Misa unterhalten, weshalb sie beide die Interaktion im Interspace-Raum an Bord der *I4* nicht weiter beachtet hatten. Die Rückkehr von ZENTRUM hatte Gesprächsstoff geliefert.

Jetzt zog er sich blitzartig den Stream ins EyeSign. Der Klon ging gerade auf Hale los. Die beiden lieferten sich einen kurzen Schlagabtausch, doch das Alien triumphierte. Er packte den Admiral am Genick und zerrte diesen mit sich aus dem Raum.

»Haben wir gerade einen Alien-Klon, der Amok läuft?«, fragte Kalen.

Das Schott fuhr zur Seite, und Yuma kam herein. »Das ist eine Katastrophe.«

»Denkt ihr, Amy hat ihren MindSave wie die anderen gelöscht?«, fragte Lisa. »Denn dann ist sie nicht einfach nur körpertot.«

Kalens erste Priorität galt nicht einer Verräterin an der Menschheit, die seinen Geist und den seiner Tochter missbraucht hatte.

»Wovon redet ihr?«, fragte Yuma.

Kalen schob ihm den Stream ins EyeSign. »Wovon redest du?«

Als Antwort erhielt er ebenfalls Daten. Eine Nachricht war eingegangen. Sie lief auf Breitband, deshalb hatte Kalens SmartCom sie nicht priorisiert und ihn nicht darauf aufmerksam gemacht.

»Die haben ZENTRUM nicht übernommen«, sagte Misa begreifend. »Sie haben ihre Flucht vorbereitet, die MindSaves gelöscht, damit sie nicht befragt werden können, und sich dann übertragen. Und zwar hierher.«

»Lisa, wenn die das vorbereitet haben …«

»Schon dabei«, sagte sie. »Jap. Der Energieverbrauch der Kolonie ist sprunghaft angestiegen. Da sind locker drei illegale Black-Pointer online gegangen.«

»Kannst du sagen, wo?«, fragte Misa.

»Noch nicht«, erwiderte sie. »Aber das dürfte uns auch nichts nutzen. Sie werden entsprechende Klone vorbereitet haben. Die werden jetzt von militärischem Personal in Besitz genommen. Dann kommen Wissenschaftler und alle Weiteren. Falls nicht genug Körper vorbereitet wurden, läuft da in Kürze eine Produktion an.«

Auf diese Art benötigten Hales Kolonisten möglicherweise eine gute Woche, um hier alles zu übernehmen. Falls die Struktur gut durchlief und tatsächlich alle Klone schon vorhanden waren, würde es sogar noch schneller gehen.

»Damit haben sie sich einfach eine Kolonie geholt«, sagte Misa fassungslos. »Das ist doch ein Witz. Er ist der größte Terrorist unserer Zeit und zieht so eine Nummer ab!«

»Aber er kontrolliert nicht alles«, entgegnete Kalen. »Vergessen wir nicht, dass er gerade an der ausgestreckten Hand eines Aliens hängt.«

»Das vermutlich einen Plan hat. Andernfalls ist diese Sache nämlich schnell vorüber.«

Kalens Gedanken jonglierten mit diversen Szenarien. Keines davon sah gerade gut für sie aus. »Wie steht es um Trisha?«

»Sie hat bemerkt, dass unsere Ports verschmort waren«, erklärte Lisa. »Ich hatte ja für eine Selbstzerstörung gesorgt. Aktuell ist sie auf dem Weg zum Transmitterpod.«

»Schick ihr eine Nachricht auf das Display, sie darf ihn nicht benutzen.« Kalen hätte alles dafür gegeben, sie in Sicherheit zu wissen, aber ein Transfer würde sowohl Hale als auch dem Alien umgehend auffallen.

Was dann weiter geschehen würde, gehörte in die Rubrik »nicht gut«.

»Abgesehen davon, hier zu sitzen und zuzuschauen, was können wir tun?«, fragte Misa.

»Ich versuche, den Interspace-Pointer zu finden – oder die –, und verlangsame das Kloning.« Lisa schürzte die Lippen. »Vielleicht kann ich auch einfach die Energiezufuhr drosseln.«

»Alles, was die Besiedlung aufhält.« Kalen nickte zustimmend.

»Wir müssen uns die *I4* zurückholen«, warf Yuma außerdem ein. »Vergesst nicht, dass wir hier unten außerhalb der Basis nicht überleben können. Früher oder später werden sie hierher unterwegs sein. Da führt kein Weg dran vorbei.«

»Allein um Red Pearl wieder zu verlassen«, bestätigte Kalen. »Vorzugsweise, bevor die *POLAR* hier eintrifft.«

Er hätte liebend gern noch einmal mit Admiralin Jäger gesprochen, doch ohne eine Interspace-Übertragung war das unmöglich. Was auch immer in ZENTRUM gerade geschah – und vermutlich war es eine Menge –, sie musste dort allein durch, während Kalen und sein Team hier das Chaos beseitigten.

»Vorschläge, wie wir die *I4* erreichen?«, fragte er.

»Außer mit dem Transmitter?«, wollte Misa wissen. »Da gäbe es nur noch die Shuttle-Variante. Aber die birgt Gefahren.«

»Wir haben doch eins«, merkte Yuma an.

»Haben wir?« Kalen runzelte die Stirn.

»Deine Tochter hat eines ausgeschleust, schon vergessen?«, erklärte er. »Wir nehmen es in Fernsteuerung und führen es hierher. Damit fliegen wir dann hinauf.«

Kalen hatte tatsächlich nicht mehr daran gedacht.

Das Raumgefährt trudelte irgendwo herum, sollte aber leicht zu finden sein. Er nickte Yuma auffordernd zu.

»Wenn wir uns der *I4* nähern, werden sie auf uns feuern«, gab Misa zu bedenken.

»Dann dürfen sie uns nicht kommen sehen«, erwiderte Kalen. »Wir müssen hier weg. Wenn die Hale-Gruppe uns in die Finger bekommt, sind wir die ersten Gefangenen in einem Krieg.«

»Terra wird die Kolonie zurückholen«, war Misa sicher. »Ein einzelnes Kampfschiff wird nicht reichen, um das hier zu halten.«

»Du vergisst, über wen wir hier sprechen.« Kalen schüttelte den Kopf. »Wenn du für eine Sekunde alle moralischen und ethischen Bedenken über Bord wirfst, die uns auszeichnen, wirst du feststellen, dass es möglich ist. Hale wird ihnen so viel zu tun geben, dass die Kolonie innerhalb von Monaten in den Hintergrund rückt. Politische Kämpfe, weil der Schuldige für diese Misere gesucht wird. Neuwahlen, eine Schlammschlacht. Dazu auf ein, zwei weiteren Kolonien das Biomtoxin, und schon kann er einen Waffenstillstand verhandeln. Nein, das hier geht nicht einfach so vorbei. Es fängt gerade erst an. Und ich will es nicht als Kriegsgefangener in die Nachrichten schaffen.«

Es überraschte ihn selbst, wie alles hatte entgleisen können, doch es war passiert. Für Kalen stellte sich die Frage, wie er seine Tochter und das Team wieder in Sicherheit bringen konnte. Aufarbeiten duften diesen Mist andere. Glücklicherweise hatten sie ihre Wiedereinsetzung bereits erhalten, ebenso den Sold. Was auch geschah, sie würden nach ihrer Rückkehr nicht mehr behelligt werden.

Notfalls würde er Trisha schnappen und gemeinsam mit ihr in ein Haus neben Liam Mikaelsson und Kendra ziehen. Dort herrschte wenigstens Ruhe.

Yuma fand das Shuttle und steuerte es zu ihnen herab. Die Planung für die Rückkehr auf die *Interspace-Four* begann.

56

DEREK HALE

Ein bedauerlicher Fehler.

Amy Crest mochte ersetzbar sein, doch ihr Tod war zu einem Zeitpunkt erfolgt, der für jeden gefährlich war. In diesem Augenblick gab es von keinem seiner Gefolgsleute einen MindSave. Genau darauf war geachtet worden, damit niemand durch eine Engramm-Kopie ausgefragt werden konnte. Leider bedeutete dies, dass Crest nicht länger existierte. Ihr Körper war so tot wie ihr Geist.

Selbstverständlich gab es von ihm noch das Bewusstsein in der IceBox, bis er sich selbst freigepresst hatte. Trotzdem wäre sein Tod ein Problem. Menschen benötigten einen Anführer, sonst rannten sie wie Lemminge über eine Klippe. Nach dem, was sie auf Terra angerichtet hatten, würde jeder Einzelne für mehrere Generationen geiced werden. Sie benötigten ihn, damit er den Weg in die Zukunft wies.

»Du hättest meine MedSpec auch einfach bewusstlos schlagen können«, begann er das Gespräch.

»Sie besaß die Möglichkeit, diese Existenz zu beenden«, entgegnete der Klon. »Ihre Auslöschung war von Anfang an vorgesehen. Das Gespräch lediglich eine Option, sie in Sicherheit zu wiegen.«

»Sie hätte dein Leben verlängern können.«

Sie betraten den Lift, fuhren schweigend ein Stockwerk und traten dann in die Krankenstation.

»Das kann ich selbst«, erklärte der Klon.

Hale sah dabei zu, wie das Alien mit dem Antlitz eines jungen Mannes zu Werke ging. Falls er das Todesgen tatsächlich abschalten konnte, hatten sie ein Problem. »Damit war es erst recht unnötig, sie zu töten.«

»Hatte die Gen-Weberin eine Bedeutung für dich?«, fragte der Klon. Er übertrug einen Code an die Sequenzierungsapparatur, die zu summen begann. Ein leerer Injektor wartete darauf, gefüllt zu werden.

»In ihrer Funktion durchaus.«

»Dann wird sich erweisen, was für ein Krieger du bist«, sagte das Alien. »Du musst nun damit zurechtkommen, was passiert ist. Ein Rückschlag.«

»Bisher hat mich noch niemand besiegt.«

Das erregte die Aufmerksamkeit des Geschöpfs. »Du bist ein großer Krieger deines Volkes?«

»Der größte«, stellte Hale klar. »All die anderen sind Weicheier, die seit Generationen um die Einheit streiten. Zugeständnisse und Kompromisse, ich könnte bei diesen Worten kotzen.«

»Du verachtest deine eigene Welt?« Der Klon betrachtete ihn neugierig. »Wieso kämpfst du dann für sie?«

»Ich kämpfe für mich«, stellte Hale klar. »Rot-4 habe *ich* erobert. *Meine* Leute werden den Planeten besiedeln. Es sind die Stärksten der Starken. Krieger, die sich nicht beugen werden. Wissenschaftler mit einem Höchstmaß an Fähigkeiten. Du tust gut daran, dich mir nicht in den Weg zu stellen.«

Ein sanfter Klang machte darauf aufmerksam, dass der Injektor bereit war. Der Klon nahm ihn heraus, setzte die Einheit an seine Schlagader und betätigte den Auslöser. Luftdruck durchstieß seine Haut, es zischte kurz.

»Deine Welt ist zerstritten, und doch hat sie den Weg zu den Sternen erreicht«, sagte das Alien. »Auch wir waren einst zerstritten, aber bemerkten schnell, dass Feindschaft gegeneinander nur für Feinde hilfreich ist.«

»Ihr habt euch geeinigt?« Hale war das Konzept des Feindes von außen, der für innere Einheit sorgte, durchaus vertraut.

In diesem Kontext war der Blick auf eine kriegerische Zivilisation interessant. Was geschah, wenn besagter Feind wegfiel? In den frühen Tagen der Erde hatte das meist zu einem Wiederaufflammen von internen Konflikten geführt. Manches Mal sogar stärker als zuvor, weil sie in der Zeit der Bedrohung niemals angegangen worden waren – es gab keine Lösung.

Doch wenn er die Worte des Klons korrekt deutete, hatte sein Volk sich für eine Lösung entschieden. Sie hatten ihren Geist in einen Tiefschlaf versetzt – den Nichtkampf-Zustand. Vermutlich lagerten ihre Körper noch irgendwo in Depots und konnten genutzt werden.

Dass die Monolithen lediglich Fallen waren, die allzu neugierige Völker anlockten, ergab bedauerlicherweise ebenfalls Sinn. Erst wenn die potenzielle Beute ausreichend entwickelt war, um im Inneren ein Engramm zu erkennen und auszulesen, waren sie ein würdiger Gegner. »Und jetzt, wo du in naher Zukunft nicht mehr stirbst, was hast du vor?«

»Zeig mir den Kontrollraum dieses Raumschiffs«, verlangte er.

»Ich hoffe, dir ist klar, dass du ohne mich das Schiff nicht bedienen kannst«, erwiderte Hale, während sie die Krankenstation wieder verließen. »Alles hier ist gesperrt. Du benötigst meinen Zugangscode.« Damit war zumindest klargestellt, dass er lebend nützlicher war. Sein Augenblick würde kommen.

Vor der Kommandozentrale blieb der Klon stehen und machte eine auffordernde Handbewegung. Hier kam er ohne den Code nicht hinein.

Hale sendete ihn, und das Schott rollte zur Seite. Eigentlich hätte das sein Triumph werden sollen. Die Übernahme der Kontrolle über die *Interspace-Four*. Stattdessen tat dies nun ein Klon, der von einem Alien kontrolliert wurde. Hale musste sich eingestehen, dass sein Vorhaben an diesem Punkt schiefgegangen war. Doch wie alle guten Pragmatiker würde er sich flexibel anpassen. Mit jeder verstreichenden Minute wurden weitere Engramme in Klone geladen. Die Kolonie füllte sich.

»Die Technologie ist nicht so fortgeschritten, wie ich dachte«, sagte das Alien, als es sich umgesehen hatte. »Es wird aber genügen, um uns einen akzeptablen Kampf zu liefern.«

»Wie viele Zivilisationen habt ihr bereits besiegt?«, fragte Derek.

»In dieser Galaxis? Zahlreiche. Über einen Zeitraum etlicher Jahrtausende.«

Die Antwort ließ Derek erschauern. Was für ein Volk zog sogar durch fremde Galaxien – und so klang es –, einfach nur um zu kämpfen? Das gesamte Denken dieses Feindes war auf Krieg ausgerichtet. Kampf um des Kampfes willen. Wie sollte so etwas jemals enden? Hier war tatsächlich der Weg das permanente Ziel.

»Du bist allein«, sagte er heiser.

»Noch«, entgegnete der Klon. »Doch ich weiß, wie euer Geistesfeuer kontrolliert wird.«

»Der Interspace-Pointer.«

Der Klon nickte. »Damit kann ich mich entsenden und die Erweckung einleiten.«

Beinahe hätte Derek laut gelacht. Der Klon wollte das Gleiche wie er. »Du wirst scheitern. Ich werde dir auf keinen Fall helfen.«

»Das hast du bereits.« Der Klon lächelte zum ersten Mal. »Die größten Krieger deines Volkes befinden sich auf Rot-4. Hast du das nicht gesagt? Und du bist der größte von allen.«

»Nun … ja.« Möglicherweise hätte er an diesem Punkt schweigen sollen.

Der Klon deutete auf ihn. »Dein Tod wird sie demoralisieren.«

Tak.

Es war sein letzter Gedanke.

57 TRISHA MCKENON

Ein letzter Blick zurück, dann atmete sie auf. Das Schott schloss sich, als Trisha an den Transmitterpod herantrat. Damit trennte sie nur noch eine letzte Einstellung von der erfolgreichen Flucht auf die Oberfläche.

Sie hatte über den Feed die Ereignisse auf der Krankenstation verfolgt, allerdings nicht verstanden, was da vorging. Ohne Ton zu sehen, was geschah, reichte einfach nicht aus.

Eines war jedoch klar: Amy Crests Körper existierte nicht länger in funktionsfähigem Zustand. Das geschah ihr recht, immerhin hatte sie Trisha ein ähnliches Schicksal zugedacht. Damit blieben lediglich die beiden Klone.

»Sollen die doch machen, was sie wollen.« Trisha gab flink die Verbindungsanfrage ein.

Ein elektronisches Siegel erschien auf dem Display, dicht gefolgt von einer Textnachricht. Sie kam von ihrem Vater. Trisha atmete auf. Ihm ging es also gut.

Sie überflog alles und kam mit dem Staunen kaum noch hinterher. Abgesehen von dem Verlust der *I4* stand auch die Kolonie auf Messers Schneide. Wo war sie hier nur hineingeraten?

Er bat sie darum, auf der *I4* zu bleiben, sie würden sich etwas einfallen lassen, unbemerkt zu ihr vorzudringen. Weder der Hale- noch der Alien-Klon durfte es bemerken. Sie schluckte. War all das ihre Schuld? Hatte sie mit dem

Engramm-Strukturierer mitgeholfen, dass all das erst möglich wurde?

Sie bestätigte, dass die Nachricht angekommen war. Yuma, Misa, ihrem Vater und Lisa ging es also gut. Sie konnten über den Videostream ebenfalls alles verfolgen. Zumindest noch. Jemand wie Hale würde doch bestimmt alle Überwachungsfunktionen deaktivieren. Beinahe hätte sie den Raum verlassen und nicht bemerkt, dass ein weiterer Code übertragen worden war. Es war der Kommandocode ihres Vaters. Damit gab es kein System an Bord, das sie nicht nutzen konnte.

»Ich sitze hier sicher nicht herum.« Ihr erweiterter Körper fühlte sich gut an. Sie wollte etwas damit tun.

Trisha verließ den Transmitterraum. Da die Daten noch stabil eingingen, konnte sie ohne Sorge sein. Außer den beiden Klonen und ihr befand sich niemand mehr an Bord. Sie begab sich in das Sicherheitsbüro. Hier gab es spezielle Uniformen, die mit Spinnenseide gewoben auch stärkere Projektile abhielten. Die üblichen NanoJammer konnten bis zu dreifacher Schallgeschwindigkeit verschossen werden. Sie koppelte sich mit dem Sicherheitscluster und lud Nahkampftechniken und technisches Spezialwissen in ihre MemoryZellen. Damit war sie zumindest ausreichend für einen Kampf gerüstet, schließlich besaßen die anderen beiden auch lediglich gewöhnliche Klonkörper.

Oder?

Sie hatte keine Ahnung, was dieser Alien-Klon so konnte. In der Übertragung stand er in der Kommandozentrale und unterhielt sich mit Admiral Hale. Sie besaß nun Zugriff auf alle Datenbanken, und darüber wurden persönliche Informationen eingeblendet.

Was so ein Alien wohl über die Menschheit dachte? In seiner Form als Junge hatte er verletzlich gewirkt, Trisha hatte ihm helfen wollen. Die Informationen ihres Vaters und das, was sie gesehen hatte, bedeuteten jedoch, dass er gar kein Junge war. Er war eine Art organischer Speicher – oder als solcher gedacht gewesen.

Es hätte sich keine Persönlichkeit entwickelt, nur chaotische Daten wären vorhanden gewesen, die defragmentiert werden mussten. Dann hatte Trisha ihm geholfen. Das medizinische Gerät hatte damit begonnen, die üblichen neuronalen Verbindungen herzustellen, um diese Informationen auf logische Weise miteinander zu koppeln. Auf diese Art hatte sich ein funktionsfähiger Geist entwickelt und war ab einem gewissen Punkt die verbliebenen Schritte einfach weitergegangen.

Niemand konnte allein ein Raumschiff befehligen und halten. Im Gegensatz zu ihr besaß der Alien-Klon keine Kommandocodes.

Sie bewegte sich durch den Raumer, rannte durch Gänge und nutzte Liftkabinen. In die Kommandozentrale konnte sie nicht einfach so hineinmarschieren, aber es gab drei dezentrale Maschinenräume. Von dort konnte man ebenfalls aktiv werden.

Trisha schrie geschockt auf, als der Alien-Klon mit der Faust zuschlug. Hale taumelte zurück. Hände schlossen sich zuerst um sein Genick, dann zerschlugen verstärkte Muskeln einen Wirbel.

Der Admiral blieb am Leben, war jedoch vom Hals abwärts gelähmt. Sein Körper kippte um und landete auf dem Gesicht. Die Nase wurde zertrümmert, Blut spritzte. Es war eine simple, schnelle Tat, aber brutal ausgeführt.

Trisha blieb stehen und beobachtete hektisch atmend weiter. Das Alien sagte etwas, ging zielstrebig zu einem Wandfach und entnahm dort ein medizinisches Set. Es zog ein Laserskalpell hervor.

»O nein.« Sie schlug die Hand vor den Mund.

Das geschah vielleicht in Thriller- oder Horror-Holovids, aber doch nicht im echten Leben.

Das Alien nutzte das Laserskalpell, um den Speicher des Admirals herauszuschneiden. Ab diesem Punkt war der Klonkörper nur noch eine blutige Masse, und die Augen starrten blicklos ins Leere. Der Ausflug in die Freiheit war nicht von langer Dauer gewesen.

Die entnommene Speicherplatte war blutig, aber intakt. Der Klon setzte sie in ein Lesegerät aus dem MedKit ein, und am glasigen Blick erkannte Trisha, dass irgendwelche Daten übertragen wurden. Er würde sich wohl kaum den Admiral zurück in den Speicher holen, oder doch?

Die Speicherplatten waren so robust, sie konnten selbst einer atomaren Explosion standhalten. Mehr wusste Trisha noch nicht darüber, aber sie hatte nie zuvor davon gehört, dass ein Engramm durch die Zerstörung der Platte ausgelöscht worden war.

Die Lippen des Aliens bewegten sich. Er lächelte. Schließlich warf er die Platte beiseite. Es knackte, als die Lautsprecher aktiv wurden.

»Hallo, junge Kriegerin«, drang es daraus hervor.

»Äh«, sagte Trisha.

»Du kannst mich sehen und ich jetzt auch dich«, sprach er weiter. »Außerdem hörst du meine Stimme. Ich habe die Kontrolle über dieses Kriegsschiff. Euer größter Krieger ist tot.« Er deutete auf die Speicherplatte. »Doch sein Geist wird Qualen erleiden, wenn wir ihn befragen.«

Das Wort »wir« gefiel Trisha gar nicht.

»Es wird Zeit, dass ich die Meinen erwecke«, sprach er und trat an eine der Konsolen. »Mit einem Fanal.«

58

Er konnte sie sehen!

Abgesehen davon wollte er seine Leute erwecken und eine Art von Fanal auslösen. Wie auch immer dieses aussehen mochte. Die Zerstörung des Schiffs konnte es nicht sein, denn damit nahm er sich selbst die Operationsbasis. Ein Beschuss der Oberfläche?

Die Kolonie besaß für solche Fälle hoffentlich Schutzsysteme.

»In Kürze werden wir beide uns den Kampf liefern«, erklang seine Stimme.

Trisha bewegte sich wieder in Richtung Maschinenraum, behielt die Kommandozentrale aber weiterhin im Blick. Was auch immer er dort tat, sie wurde nicht recht schlau daraus. Er nahm Zugriff auf die Nahbereichskommunikation. Seine Leute würde er damit kaum erreichen. Oder gab es auf Red Pearl etwa Klonkammern? Das war kaum möglich, es wäre entdeckt worden. Planeten wurden nicht einfach besiedelt, genau dafür gab es schließlich das Explorationskommando. Bevor Kolonisten übertragen wurden, erfolgte eine sehr genaue Prüfung, inklusive eingehender Infrarotscans. Einen dieser Monolithen mochten sie übersehen, aber sicher keine komplette Kaverne vollgestopft mit Körpern. Selbst im Tiefschlaf und ohne Bewusstsein gaben die Wärme ab – und mussten von Maschinen versorgt werden. Egal, ob diese organischer oder technologischer Natur waren.

»Du fragst dich, was ich hier tue?«, erklang es aus dem Lautsprecher. »Es ist kein Geheimnis und für unseren Kampf unbedeutend. Die Scanner deines Schiffs zeigen mir, dass die Anzahl der Lebewesen auf Rot-4 ansteigt. Euer größter Krieger hatte also recht. Doch wir hinterlassen niemals nur einen Wächterspeicher.« Er betätigte eine Eingabe, die finalen Charakter hatte. »Sobald der Wächter verkörperlicht wurde, muss er eine Einschätzung treffen. Zum einen, ob er das Gesamtvolk erweckt, zum anderen, ob die Falle final ausgelöst wird. So wird die Falle zum Fanal, das den Krieg unserer beider Zivilisationen einleitet. Im Untergrund der Kolonie haben wir Durchbrüche erschaffen. Die Beben werden einsetzen und Landmassen verschieben, Vulkanausbrüche lassen Magma aufsteigen. Spalten werden sich auftun und eure Krieger verschlingen. Asche soll diese Welt beherrschen.«

Weil kolonisierbarer Raum ja in Massen vorhanden war! »Wir könnten uns auch einfach unterhalten, bevor du das in Gang setzt. Ich habe dir geholfen.«

»Und ich danke es dir mit einem schnellen Tod am Ende eines Kampfes.«

»Boah, nicht diese Leier, ernsthaft?«

»Du kannst mir mit deinem letzten Atemzug danken«, sprach er weiter. »Während die anderen der Folter unterworfen werden, ist dir ein Nichtkampf-Zustand vergönnt. Ich weiß, dass die meisten Völker dies als etwas Positives betrachten. Und wie mir der Zugang zu eurer sozialen Geschichtsdatenbank zeigt, ihr ebenso.«

Und genau deshalb durfte kein größenwahnsinniger Militär wie Admiral Hale mal eben so einen Klon erschaffen, in den er ein Alien lud. Ebenso sollten keine wild gewordenen Väter ihre Töchter an das andere Ende der Galaxis transportieren. Trisha war klar, dass irgendwo daheim in ZENTRUM ihr Engramm gesichert auf die Rückkehr wartete. Falls besagte

Rückkehr nicht erfolgte, verlor sie ihre Erlebnisse hier auf dem Schiff, doch der alte Zustand würde wiederhergestellt. Was sie aber gar nicht wollte.

Vor ihrem Aufbruch war das Leben irgendwie seltsam gewesen. Alles grau und in einem traurigen Einerlei. Hier besaß es Farbe und Tiefe. Sie konnte es nicht anders ausdrücken. Obwohl sie mit einem Alien auf einem Schiff festsaß und den Tod von zwei Personen miterlebt hatte, fühlte sie sich lebendig. Und zum ersten Mal seit Langem besaß sie die Kontrolle. Niemand schrieb ihr etwas vor.

Das wollte sie nicht verlieren. Sie wollte als die Person in ihren Primärkörper zurückkehren, die sie jetzt war. Weiterentwickelt. Und ja, sie verstand ihren Vater nun besser. Mit etwas Glück auch er sie.

»Wir werden sprechen«, sagte der Klon. »Doch das Fanal ist in Gang gesetzt. Rot-4 geht unter. Es beginnt.«

Damit strebte er dem Ausgang der Kommandozentrale zu. Vermutlich auf direktem Weg zu ihr, um ein weiteres Genick zu brechen.

»So eine verdammte …« Sie ballte die Fäuste.

Wo blieben die anderen? Immerhin waren die doch die Spezialisten. Trisha betrat einen der Maschinenräume. Wenn dieser Kerl seine Leute kontakten wollte, musste er den Interspace-Pointer benutzen. Eine andere Möglichkeit gab es schlicht nicht. Da er außerdem die einzige Rückkehrmöglichkeit für die jeweilige Crew darstellte, existierte eine perfekte Redundanz aus drei Maschinenräumen. Darin gab es Energiebatterien, einen Fusionsreaktor und eine Menge anderen Kram. Trisha hätte niemals gewagt, auch nur ein Icon hier zu betätigen. Glücklicherweise hatte sie jetzt ein Wissensupgrade erhalten.

Sie würde simulieren, dass die magnetische Eindämmung der Batterie nicht mehr funktionierte. Da reichte bereits eine kleine Fluktuation, und der Reaktor fuhr herunter. Da es noch zwei Redundanzen gab, war das nicht mal gefährlich oder schwierig. Die Reparaturroutinen griffen sofort. Erst der dritte Maschinenraum würde es ihr schwer machen. Sie nahm zügig die Eingabe vor, verließ sich auf die MemoryZellen, und tatsächlich war es machbar.

Der Reaktor fuhr wie geplant herunter. Sie koppelte die Batteriesensoren ab. Dadurch war das Eingreifen eines TecSpec notwendig, bevor sie wieder online gingen. Mission: erfolgreich. Es blieben jedoch zwei weitere Maschinenräume. Damit sie über die Kameras nicht mehr entdeckt werden konnte, benutzte sie die Kriechröhren. Das dauerte etwas länger, doch mit etwas Glück genügte die Zeit. Das Alien musste sich erst mit dem neuen Wissen vertraut machen, noch war sie ihm voraus.

Trisha erreichte den zweiten Maschinenraum und wiederholte die Prozedur. Dafür würde sie eine üble Standpauke erhalten. Schließlich musste jemand später alles wieder korrigieren. Falls es ein Später gab.

Damit blieb nur noch der dritte Maschinenraum. Es war durchaus nachvollziehbar, dass ein so wichtiger Ort redundant und dezentral angelegt wurde. Trotzdem wäre es Trisha lieber gewesen, es hätte nur einen davon gegeben. Wie in jedem verdammten Holovid eben. Stattdessen wurde die Sache dadurch komplizierter.

Sie stemmte sich gegen die Wandklappe, wuchtete diese auf und krabbelte in den Raum.

»Ah, Kriegerin«, wurde sie begrüßt. »Ich habe auf dich gewartet.«

Die internen Kameras wurden abgeschaltet.

Seine Faust sauste heran.

59

MISA WEB

»Es ist alles verladen.«

Die anderen waren bereits im Shuttlehangar, sie war zurückgekehrt, um Kalen zu holen.

»Schau dir das nur an«, sagte er. »Immer mehr Personen kommen aus den Tanks. Es hat vor zwei Stunden begonnen, aber schon jetzt pulsiert die Kolonie. Was Hale hier vorhat, könnte traurigerweise funktionieren.«

»Noch werden sie alle von seiner Vision vereint«, sagte Misa. »Aber sobald sie sich eingefunden haben, werden zwischen all den Egos gewaltige Turbulenzen auftreten. Sie gründen eine völlig neue Gesellschaft. Das ist nie einfach. Was passiert auf der *I4*?«

»Trisha ist mit meinem Kommandocode auf direktem Weg in das Sicherheitsbüro marschiert, um sich auszurüsten.« Er deutete auf den Stream. »Und in der Zentrale unterhalten sich unser Alien-Freund und Hale wie zwei gute alte Bekannte.«

Misa schmerzte der Anblick. Admiral Derek Hale spazierte in der Kommandozentrale herum, als gehörte das Schiff ihm. Und sie konnte nichts dagegen tun.

»Weißt du ...« Sie verschluckte den Rest des Satzes, als der Alien-Klon Hale einen Wirbel zertrümmerte und mit dem Skalpell zu Werke ging. »Die Kommandocodes!«

»Zum Shuttle, schnell.« Er sprang auf.

»Was …?«

»Dieses Ding ist jetzt allein mit meiner Tochter auf dem Schiff«, rief er. »Und sie befindet sich gerade im Sicherheitsbüro. Was auch immer als Nächstes passiert, ich will an Bord sein.«

»Warte!« Misa trat an die Konsole und aktivierte die von Lisa vorbereitete Mirage. »Damit die Sensoren der *I4* beschäftigt sind.«

In diesem Augenblick wurden weitere Torpedos abgefeuert, die in der Nähe der *I4* detonierten. Die Zielsucher würden sich nicht auf das Schiff einpegeln, in ausreichendem Abstand erfolgte die Detonation. Die erzeugte Strahlung würde alles überdecken, wenn auch nur für kurze Zeit.

Sie rannten aus der Zentrale.

Der Lift musste sie zwei Stockwerke in die Tiefe tragen. Auf halbem Weg erfolgte eine Erschütterung. Die Kabine knirschte und stoppte.

»Was war das?« Misa prüfte den Feed, doch es hatte keinen Angriff gegeben.

»Seismisch«, antwortete Kalen. Er entriegelte die magnetische Kopplung der Lifttüren und zog sie auf. Die Kabine war nicht bis ganz nach unten gesunken, doch der Spalt war groß genug. Sie schoben sich hindurch.

Eine weitere Erschütterung warf sie gegen die Wand. Steine rieselten herab, Risse zogen sich verästelnd über die Oberfläche. Ein Erdbeben erschütterte die Base.

»Und wir sind ausgerechnet in einem Berg«, kommentierte Kalen.

»Wo bleibt ihr?«, fragte Yuma angespannt. »Hier stimmt etwas nicht. Die seismischen Wellen nehmen zu, die Beben werden stärker. Lange wird die Basis nicht mehr stehen.«

Sie rannten weiter, bogen um die Ecke und erreichten den Hangar. Der Boden war beängstigend schief, Spalten taten sich auf, und Teile der Decke lösten sich. Der aus dem Shuttle geladene Klontank rutschte seitlich davon.

Sie musste all ihre Reflexe aufbieten, um nicht getroffen zu werden.

Yuma hatte bereits die Triebwerke angeworfen und hielt das Shuttle auf Position. Die Seitenluke stand offen. »Kommt, schnell!«

Misa rannte, stieß sich ab und kam mit einer Rolle nach vorn in der Kabine an. Kalen besaß den schwereren Körper. Er konnte nicht so weit springen, schaffte es aber ebenfalls im letzten Augenblick. Der Boden brach weg. Nur die aktiven Triebwerke verhinderten, dass das Shuttle absackte.

»Raus hier!«, brüllte Kalen.

Unnötigerweise, denn das Shuttle war bereits unterwegs. Sie rasten aus dem Hangar. Der Berg mochte noch stehen, aber lange würde das nicht mehr der Fall sein.

»Was passiert hier?«, fragte Misa.

Yuma steuerte das Shuttle nicht sofort in die Höhe, er glitt ein Stück über das Meer. »Erdbeben, Tsunami-Bildung, Vulkanausbrüche. Es begann in dem Augenblick, als die *I4* ein Signal Richtung Meer schickte. Keine Ahnung, was der Kerl getan hat, aber es hat etwas ausgelöst.«

»Ist euch klar, was das bedeutet?« Lisa hatte die Sensoren des Shuttles aktiviert und nahm alles auf. »Der Algorithmus meldet zurück, dass die Kolonie innerhalb von zwei Wochen nicht mehr bewohnbar sein wird. Er tötet *alle*. Und wenn die tatsächlich keinen MindSave besitzen, ist es ein endgültiger Tod.«

Misa schloss die Augen. Sie atmete tief ein und wieder aus. Das hier war längst zu genau dem geworden, was die Menschen in der Kolonie am eigenen Leib erfuhren: ein Kampf ums Überleben. Für sie ging es schlicht weiter.

Wie geplant detonierten die Sprengköpfe der Torpedos und

erschufen die Mirage: Ein Spiel aus Strahlung, Licht und Schatten. Ab sofort waren die Sensoren der *I4* vollständig erblindet.

»Wie geplant«, sagte Kalen. »Nicht zum Hangar.«

Das Shuttle glitt an der Hülle der *I4* entlang, exakt in jenen Bereich, in dem die Schutzschilde nicht mehr funktionierten. Die Sensoren waren durch die Explosion ebenfalls blind.

»Die waren so nett, uns den Weg zu ebnen«, sagte Kalen grimmig. »Jetzt dürfen wir nur keinen Fehler begehen.«

Yuma brachte sie nah genug heran, um das Druckfeld aufzubauen. Gemeinsam mit Kalen schweißte Misa ein Loch in die Wand von *I4*, was ihr in der Seele wehtat. Das Metall fiel heraus. Und endlich betraten sie wieder ihr Schiff.

»Soeben ist der Transmitterpod am Boden erloschen«, erklärte Yuma. »Die Basis sendet nicht mehr.«

»Wenn wir eine Stunde später gestartet wären«, sagte Kalen, »hätten wir es nicht mehr geschafft.«

Er ging davon aus, dass die Datenspeicher der Engramme bereits zerstört waren, alle Personen, die relifed worden waren, würden um ihr Überleben kämpfen. Vergeblich. Die Kolonie wurde zu einer feindlichen Welt, die jeden verschlang, der es mit ihr aufnehmen wollte.

»Holen wir uns das verdammte Schiff zurück«, sagte Kalen. »Ich hab die Schnauze voll.«

Misa konnte seine Wut nachvollziehen, trotzdem mussten sie vorsichtig sein. Das feindliche Alien hatte gerade eindrucksvoll unter Beweis gestellt, wozu es fähig war. Es hatte eine Kolonie mit einem einzigen Befehl ausradiert. Zudem hatte es die Kommandocodes, also Zugriff auf alle Systeme, und war garantiert nicht untätig gewesen.

»Die interne Überwachung und Kommunikation wurden soeben deaktiviert«, sagte Misa. »Wir wissen nicht, wo er ist.«

Kalen lächelte böse. »Dann sieht er uns wenigstens nicht kommen.«

Entschlossen betraten sie die *I4*.

60 TRISHA MCKENON

Sie tauchte unter der Faust weg und war beeindruckt von ihrer eigenen Schnelligkeit. Klonkörper waren sowieso darauf vorbereitet, robust zu sein und gute Reflexe zu besitzen. Trishas Geist war aber zusätzlich auf Geschwindigkeit getrimmt. Ein Vorteil, den er nicht besaß.

»Du bist eine würdige …«, sagte er.

Sie donnerte ihm die Faust gegen das Kinn. Er taumelte zurück, krachte an einen Monitor und wirkte verwirrt. Darüber, dass sie so effizient war?

Er sprang wieder in die Höhe, schlug zweimal zu. Einmal konnte sie ausweichen, der zweite Schlag traf. Trisha keuchte und musste husten. Sie blinzelte benommen. »Du hast dich auch verbessert.«

»Eine DNA-Injektion«, sagte er. »Selbstverständlich.«

Ihr EyeSign markierte die Stelle an seinem Kinn, die sie getroffen hatte. Sie spürte Triumph aufsteigen.

Er bemerkte es, betastete seine Haut. »Was …?«

»Weißt du, die Kolonie ist lebensfeindlich für einen gewöhnlichen Klon. Yuma hat davon eine Probe genommen. Vorhin habe ich mich ein wenig angepasst. Ich bin jetzt wohl toxisch.«

Der Gedanke gefiel ihr. Trisha hatte gewusst, wohin dies führen würde. Gut, sie hatte an eine Konfrontation mit Amy Crest oder Hale gedacht, aber das hier war ebenso gut. Sein

Probiom wurde zerfressen. Die Haut würde schwarz werden und zerfallen, am Ende war sein Klon nur noch ein verfaulender Körper.

»Du hast mich überrascht«, sagte er. »Es schmerzt. Und ich kann nichts dagegen tun.«

»Schön, dass wir das geklärt haben.« Sie sprang und trat ihm mit der Ferse in den Magen.

Er keuchte, taumelte und stürzte auf die Knie. Sie wollte erneut zutreten, doch dieses Mal packte er ihren Fuß und verdrehte ihn. Es knackte. Der Schmerz zuckte durch ihren Körper, und für einen Moment löschte er jeden klaren Gedanken aus. Schläge trommelten auf sie ein.

»Zeit«, sagte er. »Noch habe ich … Zeit. Du hast mich besiegt, Kriegerin. Doch ich werde meinen Geist aussenden. Dann kehre ich zurück. Du kannst den Körper töten, aber nicht das, was ich bin.«

Ein weiterer Schlag.

Trishas Bewusstsein erlosch schlagartig.

Sekunden später zog sich die Schwärze zurück. Sie war allein. Hustend kam sie in die Höhe, taumelte. Schritte erklangen.

Sie ging in Abwehrstellung, hob die Arme.

»Trisha.« Ihr Vater kam herein und zog sie in eine Umarmung. »Geht es dir gut?«

Mit einem schnellen Befehl versiegelte sie jene Poren, die das Probiom-Toxin ausstießen. »Dad.«

Hinter ihm kamen Misa, Yuma und Lisa herein.

Sie schenkte allen eine Umarmung.

»Was ist passiert?«, fragte Lisa. »Du siehst mitgenommen aus.«

»Es gab einen Kampf.« Sie berichtete.

»Kleine, du hast allein gegen ein Alien gekämpft, wer kann das schon von sich sagen.« Misa schlug ihr auf die Schulter.

Plötzlich war es Trisha peinlich. Das Lob freute sie. Aber es war eben auch peinlich.

»Er muss in die Kommandozentrale gerannt sein«, sagte Misa.

Sie wollte sich bereits umwenden, doch Trisha hielt sie zurück. »Nein. Er stirbt. In der verbliebenen Zeit kann er das Toxin nicht neutralisieren. Damit bleibt lediglich eine Chance: Er muss den Körper verlassen.«

»Der Interspace-Pointer.« Misa rannte los.

Ihr Vater wollte ebenfalls, hielt sie dann aber fest. »Ich bleibe bei dir. Lass uns zur Kommandozentrale gehen. Falls Misa ihn nicht aufhalten kann, müssen wir den Pointer abschalten.«

Yuma schloss sich Misa an, Lisa ging mit ihnen zur Kommandozentrale. Auf dem Weg berichtete Trisha, was alles geschehen war.

»Großartig, Schatz«, sagte Kalen. »Aber weißt du, den letzten Maschinenraum hättest du sowieso nicht abschalten können. Dafür gibt es derart viele Sicherheitsroutinen, du wärst niemals durchgekommen.«

»Ist ja auch besser. Schließlich seid ihr jetzt da.« Sie drückte seine Hand.

»Es gibt eine Menge Dinge, über die wir reden müssen. Aber du sollst wissen, dass ich stolz auf dich bin«, sagte ihr Vater. »Egal, wie es ausgeht.«

Sie lächelte.

Gemeinsam erreichten sie die Kommandozentrale. Zum ersten Mal seit Langem hatte Trisha das Gefühl, dass das hier doch gut ausgehen könnte.

»Bekommst du die interne Überwachung wieder hin?«, fragte Kalen.

Lisa warf sich förmlich auf ihren Stuhl. »Grundsätzlich ja, kurzfristig nein.«

»Zugriff auf den Pointer?«

»Von hier aus: nein.« Sie schlug mit der Faust auf das Saphirglas. »Er hat hervorragend vorgearbeitet.«

Ihr Vater schloss die Augen.

»Misa und Yuma schaffen das«, sagte Trisha.

Wobei die Frage eher war, ob sie es rechtzeitig schaffen würden. Einen Interspace-Pointer abzuschalten, erforderte nicht viel. Doch das Engramm durfte nicht übertragen werden. Andernfalls würde das Alien die Depots öffnen und die Welt mit Kriegern überfluten. Nie wieder Frieden.

Krieg bis zum Ende der Zeit.

»Sie werden es schaffen.« Ihr Vater nickte mit Nachdruck.

Trisha kannte diesen Ausdruck. Er versuchte, sich selbst zu überzeugen. Ebenso wie alle anderen im Raum. Sie überlegte, ob sie noch etwas sagen sollte, doch ein leuchtendes Sensor-Icon zog den Blick aller auf sich.

»O nein«, sagte ihr Vater.

Trisha betrachtete das Icon, neben dem stilisiert eine Silhouette dargestellt wurde. Ein Transpondercode wurde eingeblendet. Das Kampfschiff wurde mit *POLAR* gekennzeichnet.

»Hales Schiff«, erklärte Lisa. »Dagegen haben wir keine Chance. Es wird glauben, dass wir für das Massaker auf der Kolonie verantwortlich sind. Und dann …«

»Wird es die *I4* zerstören«, sagte er tonlos.

In diesem Augenblick verlor Trisha die Hoffnung.

61

MISA WEB

Die Gänge flogen nur so vorbei.

Misa rannte. So durfte ihre letzte Mission nicht enden. Und es würde die letzte sein! All dieser verdammte Mist, das Chaos, das andere angerichtet hatten, würde jetzt endgültig enden.

Sie erreichte den Lift, sprang hinein, und er brachte sie zum Ziel. Dem Interspace-Raum. Dem Weg nach Hause, aber in diesem Augenblick auch die größte Gefahr für die Menschheit.

Der Klon hatte die Tür versiegelt.

Beinahe hätte Misa aufgelacht. Sie nutzte ihren Kommandocode, um das Siegel zu lösen. Es war simpel. Damit lag der Weg frei.

Sie betrat den Raum. Der Klon blickte ihr entgegen, das Gesicht eine Maske. Der Interspace-Pointer war bereits bei der Arbeit. Die Koordinaten waren eingegeben, die Übertragung lief. Der Klon hatte die Kopie seines Engramms auf den Weg geschickt.

»Du bist zu spät«, sagte er.

»Noch nicht.«

Sie zog sich die prozentuale Anzeige der Übertragung ins EyeSign. Die Zahl erschien am rechten Rand. 41 Prozent. Ein Engramm konnte nur in einen Klon geladen werden, wenn es vollständig übertragen worden war. Andernfalls fehlten Teile des Bewusstseins.

Die Haut des Klons wies schwarze Stellen auf. Als würde ein Pilz sich darauf ausbreiten und ihn Stück für Stück verzehren. Das Gewebe war von Wunden durchzogen, nässte an einigen Stellen.

»Du stirbst«, stellte sie fest.

»Der Körper«, korrigierte er. »Doch mein Geist kehrt zurück. Das Fanal ist entzündet, jetzt wecke ich die Krieger.«

»Genau genommen machen wir das«, sagte Misa. »Die Koordinaten haben wir ja. Da lässt sich bestimmt ein netter Torpedo abwerfen.«

Er lachte. »Ihr benutzt Sprache zur Ablenkung.«

Sie hatte sich einen Schritt in Richtung Steuerpult bewegt. Wie sich herausstellte, wurde es von Rissen überzogen. Grundsätzlich kein Problem, wenn man die Kontrolle einfach in die eigene Sicht ziehen konnte. Leider hatte er diese Funktion gesperrt. Technik – und insbesondere die Rechtevergabe – besaß auch Nachteile. Sie musste also an die Hardware.

Der Klon stellte sich vor sie.

Misa führte einen Schlag aus, doch er parierte diesen mit einer Kraft, von der sie nicht geglaubt hatte, dass sie noch in ihm stecken würde.

»Sie hat mich besiegt, aber du wirst es nicht tun«, sagte er.

Eine schnelle Abfolge von Schlägen ließ ihn zurückweichen, er blieb agil. Die Gegenangriffe konnte Misa abwehren, einen Tritt platzieren. Sein Knie knackte. Doch obgleich er humpelte, gab er nicht auf. Entweder konnte er die Schmerzen herunterregeln, oder er ignorierte sie einfach.

Die interne Kommunikation war noch abgeschaltet, andernfalls hätte sie Kalen dazu aufgefordert, den Interspace-Pointer abzuschalten.

62 Prozent.

Sie warf sich nach vorn, nutzte ihren Körper und den Schwung, um den Klon zu rammen. Misa wusste nicht, ob der verdammte Pilz oder das Toxin oder was immer es war, sie ebenfalls befallen konnte, doch das war unerheblich. Hier ging es um zu viel.

Er schlug zu, ihre Haut platzte auf. Blut rann ihr über die Stirn ins rechte Auge. Sie blinzelte. Der nächste Schlag warf sie zur Seite. Der Klon wollte sich erheben, doch sie packte seinen Knöchel und riss ihn herab.

Fahrig wischte sich Misa über die Augen, was aber lediglich dafür sorgte, dass das Blut nun die Anzeige ihres EyeSigns auf beiden Augen in rote Schlieren tauchte.

Der Klon robbte zur Seite, griff mit beiden Händen nach dem Feuerlöscher und schlug ihr den Metalltornister an die Schläfe. Für einen Augenblick verlor Misa das Bewusstsein. Ihr SmartCom schickte Warnmeldungen: eine Gehirnerschütterung.

Sie fixierte den Feuerlöscher, der Klon hatte zum Schlagen die Öffnung zu sich gedreht. Sie pingte die Elektronik an, schuf eine Verbindung und löste die Löscheinheit aus. Schaum sprühte ihm ins Gesicht, er ließ das Gerät los, krümmte sich und rieb sich die Augen.

»Geht doch«, keuchte Misa.

86 Prozent.

Sie kroch zum Interspace-Pointer. Sie musste einfach die Energie kappen. Ein dickes Starkstromkabel verband das Gerät mit der dazugehörigen Batterie. Es war mit einem Einraster fixiert, doch eine Drehung genügte, es herauszuziehen.

Eine Hand schloss sich um ihren Knöchel, zog sie zurück. Jetzt hielt der Klon den Feuerlöscher wieder in den Händen und wollte erneut zuschlagen. In ihrer blutroten Sicht wirkte er wie ein Toter, der wiederauferstanden war. Das Gesicht bleich, von schwarzem Pilz bedeckt. Teile der Haut verfault, wund oder nässend. In seinem Mund saßen nur noch Zahnstummel, auch dort gab es nicht mehr viel Lebendiges.

91 Prozent.

»Eure Krieger sind gefallen«, nuschelte er, verteilte Spucke auf ihrem Gesicht. »Wir erheben uns.«

Sie stieß ihm die Faust gegen die Brust.

Er kippte hintenüber, das Gewicht des Feuerlöschers half nach. Trotzdem wollte er nicht aufgeben und richtete sich wieder auf. Sie beide waren auf das Gleiche fixiert. Eine simple Prozentanzeige. Für ihn war sie die Erlösung, dann konnte er loslassen. Für Misa das Ende der Menschheit.

Der Klon stützte sich an die Wand und kam keuchend in die Höhe. Misa versuchte es gar nicht erst, ihr Ziel war ohnehin auf Bodenhöhe. Rücklings kroch sie darauf zu, behielt ihren Gegner aber im Blick.

Er taumelte zur Saphirglasfläche, riss eines der Schrapnelle heraus und kam damit auf sie zu. Es war unterarmlang, an den Rändern gezackt und spitz zulaufend. Ein einziger Stich an die richtige Stelle, dann war es vorbei.

Noch in der Bewegung wurde er langsamer. Die Schwärze hatte sein gesamtes Gesicht eingehüllt.

95 Prozent.

Ein weiterer Schritt.

Eine surrende Partikelsalve aus einem NanoJammer schlug in die Brust des Klons ein und warf ihn zurück. Mit einem matschigen Geräusch krachte er zu Boden, Haut platzte auf.

In der Tür des Raums stand Yuma. »Bist du okay?« Seine Hand zitterte. »Spezialjammer, musste ich aber erst holen. Das Magazin zersetzt die DNA.«

Sie robbte die letzten Meter zum Port des Starkstromkabels. Zitternd streckte Misa die Hand aus.

99 Prozent.

62 KALEN MCKENON

»Die *POLAR* beschleunigt«, erklärte Lisa. »Ihre Waffen sind scharfgeschaltet, die Zielsensoren sind auf uns gerichtet.« Kurz darauf ergänzte sie: »Anfrage für eine Funkübertragung.«

Kalen nahm die Verbindung an. In seinem Gesichtsfeld erschien die durchscheinende Silhouette eines Mannes. Der Datenbankabgleich wies ihn als Captain Sanderson Grant aus.

»Commander McKenon«, sagte er. »Unsere Sensoren melden massive Probleme am Boden der Kolonie. Wir kommen, um …«

»… Derek Hale zu Hilfe zu eilen?« Kalen hatte keine Lust mehr auf eine Scharade, die am Ende sowieso ins Leere laufen würde. »Ich muss Sie enttäuschen. Meine MedSpec und Ihr Admiral Hale wurden von einem Außerirdischen im Körper eines Klons getötet. Er hat eine Art Abwehrfunktion der Kolonie aktiviert, die diese vernichten wird.«

Captain Grants Züge verhärteten sich. Aus den blauen Augen sprühte Hass. »Dafür werden Sie bezahlen.«

»Ich nehme nicht an, dass Sie den Fakten Glauben schenken.«

»Ihre abstruse Ausrede? *Sie* haben den Admiral getötet und die Kolonie bombardiert«, sagte er, als wären es längst bewiesene Fakten. »Und das Ganze im Auftrag von ZENTRUM und dem Erdenrat, damit wir uns nicht unabhängig machen können.«

»Sie könnten die Fakten überprüfen und würden die Wahrheit erkennen, aber ich nehme nicht an, dass das in Ihrer postfaktischen Welt noch eine Rolle spielt.« Kalen verspürte Abscheu für den Mann. Vermengt mit einer Prise Traurigkeit. Wie kam es nur, dass der Wille, dass etwas real sein sollte, automatisch auch den Glauben formte, dass es so war?

»Wir werden Sie dafür bezahlen lassen«, sagte Captain Grant. Seine Silhouette verschwand aus Kalens EyeSign.

»Und ich fürchte, das machen sie wahr«, entgegnete Lisa.

»Die vernichten uns«, flüsterte Trisha. »Ein paar Schüsse, und das war's.«

»Eher nicht. Dieser Captain Grant ist ein Taktiker. Nach dem Ende der Kolonie muss ihm klar sein, dass sie Ressourcen benötigen. Er wird die *I4* entern. Wir werden erschossen, die Daten fallen ihm in die Hände.«

»Er will alle Informationen über den Klon und die Monolithen.« Kalen ging zu Hales Überresten, die noch immer an der Seite lagen. Daneben lag sein Speicher. »Und das Engramm.«

Damit konnten sie Hale in einen neuen Klon laden.

In diesem Moment rollte das Panzerschott der Zentrale zur Seite. Misa kam herein, das Gesicht blutverschmiert. Hinter ihr trat Yuma ein.

»Und?«, fragte Kalen.

»Die Übertragung wurde rechtzeitig unterbrochen«, sagte sie. »Ich habe das Engramm im Speicher gelöscht, ebenso die hinterlegten Koordinaten.« Ihr Blick wurde eindringlich, was Kalen verdeutlichte, dass sie die Koordinaten besaß. Damit war Misa die einzige lebende Person, die eine Welt der Aliens kannte. Ein Depot mit Klonen.

»Die wollen uns zerstören.« Trisha deutete an ihre Schläfe.

Misa und Yuma schalteten sich in den Feed.

»Großartig, das hat uns noch gefehlt«, sagte Yuma und klang dabei erschöpft. »So langsam reicht es wirklich.«

»Wir evakuieren.« Kalen erhob sich aus dem Sitz des Kommandanten. »Trisha, du bist die Erste.«

»Aber …«

»Kein Aber. Wir gehen alle. Trisha, Yuma, Lisa, Misa, dann ich. Los.«

»Du überlässt ihnen das Schiff?«, fragte seine Tochter.

»Sie kriegen die *I4*, doch anders, als sie es sich erhofft haben«, stellte er klar. »Um uns zu entern, werden sie dicht herankommen.«

»Du willst sie rammen«, sagte Misa.

»Ich aktiviere die Selbstzerstörung – nur zur Sicherheit –, und dann werden sie gerammt.« Es würde beide Raumschiffe zerstören und dieses Drama endgültig beenden.

Yuma legte die Hand auf Trishas Schulter und führte sie hinaus. »Wir werden hier nicht mehr gebraucht. Jetzt zählt jede Minute.«

Das Panzerschott schloss sich hinter ihnen.

Die Selbstzerstörung musste von insgesamt drei Mitgliedern der Primärbesatzung oder dem Commander zusammen mit der KI durchgeführt werden. Es war ein an sich simples Prozedere. Ihre Engramme wurden gescannt und akzeptiert. Zuerst bestätigte Lisa die Selbstzerstörung, dann Misa und zuletzt er.

»Eines muss man uns lassen«, sagte Misa, »wir gehen mit einem Knall.«

Lisa lachte leise. »Mit einem?«

Kalen fuhr mit der Hand über die Konsole. »Ich wünschte, Jason könnte das mit uns erleben.«

Misas Gesicht wurde weich, in ihre Augen trat ein trauriger Schimmer. »Ich auch. Aber die Person, die für seinen Tod verantwortlich ist, hat mit gleicher Münze bezahlt.«

Er nickte. »Kehren wir die Scherben zusammen.«

»Ich gehe nach unten.« Lisa strebte dem Schott zu. »Lasst

euch nicht zu viel Zeit. Falls dieser Kerl seine Meinung ändert und doch feuert, solltet ihr nicht mehr hier sein.« Sie verließ die Zentrale.

»Wer hätte gedacht, dass wir noch einmal hier stehen?« Nachdenklich sah sich Misa um.

»Und nicht aufeinander losgehen.«

Sie trat zu ihm und nahm ihn in die Arme. Eine Geste, die Kalen vollkommen überraschte.

»Es tut mir leid«, sagte sie. »Du warst genauso das Opfer ihrer Machenschaften wie ich. Und wir haben beide verloren.« Langsam löste sie sich.

»Dann gehen wir nach Hause und fangen alle neu an«, sagte er. »Das Kapitel Admiral Hale ist mit dem heutigen Tag abgeschlossen.«

Kalen ließ den Speicher des Mannes zu Boden fallen. Es gab für ihn keinen Grund, diese Version zu retten. Sollte sie mit dem Schiff untergehen.

Gemeinsam mit Misa verließ er die Kommandozentrale. Sie fuhren nach unten und betraten den Raum mit dem Interspace-Pointer. Soeben fuhr Lisas Klonkörper automatisiert in die Tiefe, um den Platz frei zu machen. Ihr Geist befand sich bereits auf dem Weg nach Terra.

»Der Commander eines Interspace-Teams geht stets zuletzt.« Kalen bedeutete Misa, sich hinzulegen.

Sie kam der Aufforderung nach. »Bis gleich.«

Der Sensor fuhr an ihren Port, verband sich und zog das Engramm aus ihrem Körper. Minuten später wurde auch dieser Klonkörper abtransportiert. Misas Bewusstsein war auf dem Weg.

Damit war Kalen allein. Lichtjahre entfernt von seiner Heimat. Es war stets ein überwältigendes Gefühl der Einsamkeit, wenn er als Letzter die Rückreise antrat.

Er holte sich den Feed der Kameras in den Blick und aktua-

63

NISSA JÄGER

Sie saß in ihrem Büro, und der Wachmann am Eingang ließ keinen Zweifel daran aufkommen, dass es sich hierbei lediglich um eine komfortable Gefängniszelle handelte.

Samuel und Brian erging es ähnlich. Der Sicherheitsrat hatte die Einrichtungen von ZENTRUM mit Sicherheitskräften überflutet. Die Techniker durften nur noch unter Aufsicht arbeiten, alle Missionen pausierten. Nur die neuralgischen Aufträge – jene, bei denen es um Leben und Tod oder sehr viel Geld ging – sollten beendet werden.

Noch während Nissa darüber sinnierte, was wohl weiter geschehen würde, öffnete sich die Tür.

Eine Frau trat ein. Sie besaß den nichtssagenden Anblick eines Klons, der im Bereich der Verfassungssicherheit arbeitete. Wie sie in Wahrheit aussah, wusste wohl nur die Person in der Hierarchie über ihr.

»Schöne Tak.« Sie zog den Besucherstuhl hervor, nahm darauf Platz und verschränkte die Finger ineinander. »Ich bin Agentin Melisa Fine.«

»Ich würde ja sagen, dass es mich freut, aber das Gegenteil ist der Fall«, erwiderte Nissa. »Darf ich meinen Schreibtisch noch ausräumen?«

»Ihren … O nein, so läuft das hier nicht. Ich habe die Analyse Ihres Vorgehens vorgezogen.« Das schwarze Haar und der stechende Blick verliehen Agentin Fine den Ausdruck eines

Raubtiers, der im Kontrast zu ihren Worten stand. »Das politische Gemetzel kommt später, damit bleiben Sie mir bitte fern. Keine Ahnung, ob Sie Ihren Job dann noch haben oder behalten wollen. Mir geht es darum, hier aufzuräumen. Und Sie sind tatsächlich sauber.«

»D-danke?«

»Absolut angebracht. Andere hätten Sie erst einmal verhaftet und später Fragen gestellt«, erklärte Fine. »Dabei bleiben meist die Unfähigeren auf ihren Plätzen. Aber kommen wir zum aktuellen Problem. Überall auf der Welt sind Menschen umgekippt. Kurz bevor der Präsident einen pandemischen Notfall ausrufen konnte, wurde klar, dass es kein Virus ist. Ehrlich gesagt, war es sogar recht praktisch.«

Nissa starrte ihr Gegenüber verdutzt an. Dann brach sie in Gelächter aus. »Weil damit alle Hale-Getreuen weg sind.«

Fine zuckte mit den Schultern. »Davon bin ich nicht überzeugt. Wenn ich so eine Sache planen würde, wäre es exakt der richtige Augenblick, jemanden zurückzulassen. Der- oder diejenige hätte sich dann das Vertrauen aller anderen erschlichen und könnte wunderbar Informationen übermitteln. Deshalb verlasse ich mich nicht darauf. Jeder hier wird überprüft. Und damit meine ich sowohl den digitalen Fußabdruck als auch die Engramme.«

»Was hat mein Engramm ergeben?«

»Dass Sie zu nett sind«, antwortete Fine. »Meiner Ansicht nach. Aber das ist eine Lebenseinstellung.«

Seltsamerweise mochte Nissa die Frau. Sie war wenigstens direkt und ehrlich. »Haben Sie die McKenon-Gruppe im Blick?«

»Wir konnten den Interspace-Pointer nicht ansprechen«, erklärte sie. »Er war durch ein ausgehendes Signal blockiert. Als Alternative wurde an die Kolonie gedacht, wobei der dortige Pointer nicht mehr ansprechbar ist. Vermutlich hat das

Hale-Netzwerk ihn deaktiviert. Dort läuft jetzt gerade die Besiedelung. Wir haben drei Kampfschiffe in Richtung von Gliese 667 Cc entsendet. Die *POLAR* dürfte vor einer guten Stunde in das System vorgedrungen sein.«

»Das Interspace-Team hat keine Chance, mit einem Explorationsraumer gegen ein Schlachtschiff zu bestehen«, sagte Nissa. »Sie werden in Gefangenschaft geraten.«

»Davon gehen wir ebenfalls aus. Der Sicherheitsrat diskutiert aktuell das weitere Vorgehen. Der Status der Zielwelt wurde auf ›verbotene Welt‹ geändert, aber das ist an diesem Punkt nur noch bürokratischer Nonsens. Hale besitzt jetzt eine Kolonie.«

Nissa rieb sich die müden Augen. Es existierten Dutzende von psychologischen Profilen, die über Admiral Hale erstellt worden waren. »Er wird die Gefangenen gegen sein Primärengramm austauschen wollen.«

»Davon gehen auch wir aus. Es ist der letzte Trumpf, den wir haben. Aktuell laufen Gespräche, doch ich kann Ihnen bereits jetzt das Fazit sagen.« An diesem Punkt suchte Fine Nissas Blick. »Es wird keinen Austausch geben. Hales Bewusstsein bleibt in der IceBox. Was auch immer zukünftig aus dieser Richtung auf uns zukommt, wir brauchen dieses Druckmittel.«

Traurigerweise konnte Nissa das verstehen. Sie wussten bisher lediglich von einem designten Toxin, dem entwickelten menschlichen Interface und der Kolonisierung. Doch jemand wie Hale plante weiter. Mit den Mitteln in seiner Hand konnte er die von Menschen besiedelten Welten komplett umkrempeln. Mit dem Einsatz des Toxins konnte er für eine Flut an Kolonieflüchtlingen sorgen, die Terra überschwemmten, weil ihre Welt unbewohnbar wurde. Das verbreitete Chaos, nahm Einfluss auf die Politik … Er war ein taktisches Genie und wusste, an welchen Nervensträngen gezogen werden musste, um Bewegungen nach seinem Willen auszulösen.

»Ich verstehe«, sagte Nissa. »Wie ist das weitere Vorgehen?«

»Sie erhalten in den nächsten Minuten wieder Ihre vollständige Sicherheitsfreigabe und werden mir dabei helfen, diesen Mist einigermaßen in den Griff zu bekommen«, erwiderte Agentin Fine. »Über unser taktisches Vorgehen entscheiden jetzt andere.« Sie deutete mit dem Finger an die Decke und meinte damit zweifellos die Hierarchie über ihnen.

»Also gut, ich …«

Die Tür wurde aufgerissen. »Kontakt mit dem Interspace-Pointer der McKenon-Gruppe.« Die Augen des Mannes waren geweitet, er sprach hektisch.

»Wer kommt durch?«, fragte Nissa.

Der Soldat blickte zwischen Fine und ihr hin und her. Die unausgesprochene Frage hing im Raum.

»Admiralin Jäger ist sauber«, sagte die Agentin. »Jetzt raus damit.«

»Laut Transpondersignal ist es Trisha McKenon«, erwiderte er. »Ihr Körper liegt schon im Chair.«

Fine sprang gleichzeitig mit Nissa auf. Sie rannten aus dem Raum und begaben sich auf direktem Weg zum Interspace-Room. Dort angekommen, konnte Nissa endlich wieder mit ihrem SmartCom eine Kopplung mit dem SmartCore von ZENTRUM herstellen. Alle Feeds standen ihr offen. Sie griff auf die Anzeige des Pointers zu. Das Engramm war geprüft worden, es handelte sich zweifelsfrei um Trisha McKenon. Was das bedeutete, würden die nächsten Minuten offenbaren. Auf jeden Fall würden sie eine Sache erhalten: Antworten.

Die Prozentanzeige kroch in die Höhe, und als der Ladebalken ausgefüllt und die Hundert erreicht war, atmete der Primärkörper von Trisha McKenon ruckartig ein. Ihre Lider flatterten. Verwirrt blickte sie sich um, dann kam das Erkennen. Ein Aufatmen.

»Willkommen zurück. Was ist dort drüben passiert?«, fragte Nissa angespannt.

Das Mädchen stieg aus dem Chair und lachte. »Wir haben eine Menge zu erzählen.«

64

Die Wohnung war edel eingerichtet. Mahagoniholz, lederbezogene Sessel, ein Kaffeevollautomat. In der Luft lag ein Geruch nach Veilchen. Die Terrassentür stand offen, davor zog sich ein Sandstrand in die Länge. Wellen schwappten sanft an den Strand, saphirblaues Wasser leuchtete in der Sonne. Ein Steg führte hinaus.

Am Ende stand er: Derek Hale, in weißer Leinenhose und einem Hemd.

»Nette Virtualität«, sagte Nissa. Es war das erste Mal, dass sie Hales IceBox aufsuchte.

»Ah, Admiralin Jäger.« Er wandte sich kurz um, verlegte sich dann aber wieder darauf, in die Ferne zu blicken. »Gleich ist es so weit.«

Sie trat neben ihn.

In der Ferne stieg ein Wal aus dem Wasser empor, drehte sich und klatschte wieder in die Fluten.

»Jeden Tag zur gleichen Uhrzeit«, erklärte er. »Kaum zu glauben, wie lächerlich simpel dieses Programm strukturiert ist. Keine Überraschungen.«

»Sie wurden rechtskräftig verurteilt.«

»Rechtskräftig.« Er spuckte das Wort aus.

»Das hier mag nach außen hin aussehen wie ein Luxusresort, aber letztlich ist es ein rudimentäres Design«, stellte Nissa klar. »Seien Sie dankbar. In den alten Zeiten war es eine graue Zelle mit Pritsche. Das hier wäre als Luxus durchgegangen.«

»Und die Zelle unter Höhlenmenschen ein Palast gewesen«, parierte er. »Der Blick zurück mag taktisch sinnvoll erscheinen, aber respektieren wir doch, dass Technologie und Anspruch sich weiterentwickelt haben.«

Nissa hatte darauf bestanden, dem ehemaligen Admiral persönlich die verbale Ohrfeige zu verpassen. »Sie wollten also eine Kolonie gründen?«

Damit hatte sie seine Aufmerksamkeit erlangt. Er wandte sich ihr zu. »Ich habe mein Zeitgefühl zwar verloren, aber ich dachte mir doch, dass es langsam so weit sein müsste. Sie sind wohl hier, um mir zu drohen. Sparen Sie sich das und übertragen Sie mich lieber gleich.«

Innerlich genoss Nissa diesen Augenblick. »Ich fürchte, Ihr Plan hat nicht funktioniert. Im Gegenteil. Die Kolonie ist vernichtet.«

»Sie lügen.«

»All Ihre Gefolgsleute sind tot«, sprach sie ungerührt weiter. »Es wurde mittlerweile bestätigt, dass sowohl die *Interspace-Four* als auch die *POLAR* zerstört wurden. Das betrifft ebenso Ihren Klon samt Engramm-Kopie.« Nissa blickte hinaus aufs Meer. »Gewöhnen Sie sich besser an den Anblick. Er wird Sie für den Rest Ihrer Existenz begleiten. Falls Sie lieber in die Engramm-Stase gehen wollen, müssen Sie es nur sagen. Ihr kleiner Club existiert nicht mehr.«

»Niemand kann eine Bewegung auslöschen.« In seinem Gesicht arbeitete es. »Sie haben vielleicht eine Schlacht gewonnen, aber …«

»Sparen Sie sich die Rede«, fuhr ihn Nissa an. »Ich bin nicht daran interessiert. Sie sind am Ende. Möglicherweise rennen dort draußen noch ein paar versprengte Jünger herum, die auf ein huldvolles Lächeln ihres Messias warten, aber die werden keinen Schaden mehr anrichten. Wir untersuchen aktuell außerdem jeden Patienten, den Amy Crest je behandelt hat, auf Engramm-Manipulationen. Zumindest hier muss ich Ihnen einen Dank aussprechen. Unsere Sicherheitsroutinen konnten noch einmal nachgeschärft werden, so etwas wird sich niemals wiederholen.«

Es war simples Glück, dass nicht mehr geschehen war. Nach der Rückkehr von Misa Web hatte diese die Koordinaten der Depotwelt mitgeteilt, auf der angeblich Klone eingelagert worden waren. Der Rat hatte umgehend einen Schlachtkreuzer umgeleitet. Die Kaverne war gefunden worden. Ein paar Xeno-Specs hatten visuelle Aufzeichnungen angefertigt. Danach war der Planet mit einer Fusionsbombe zerstört worden.

»Ich denke, das hier ist unser letztes Gespräch«, sagte Nissa. »Es war mir wichtig, Ihnen diese Nachricht persönlich mitzuteilen. Leben Sie wohl, Hale.« Sie ging den Steg entlang zurück zum Haus. Auf dem Weg aktivierte sie die Extraktionsprozedur. Die Umgebung verschwamm. Sie erwachte auf der Liege im Besucherzentrum des Gefängnisses.

»Und?«, fragte Agentin Fine.

»Das hat gutgetan«, gab Nissa zurück. »Den Rest dürfen Ihre Spezialisten erledigen.«

»Engramme punktuell auszulesen, ist normalerweise nicht gestattet«, erwiderte die Agentin. »In diesem Fall haben wir jedoch einen Notbeschluss eingeholt. Dank der eindrucksvollen Zurschaustellung seines Einflusses hatten wir die Signatur im Augenblick des Antrags. Der Richter hat eingesehen, dass wir weiteren Attacken zuvorkommen müssen. Allerdings gehen die Analysten davon aus, dass es diese nicht mehr geben wird. Hale hat seine Energiebatterie für den finalen Schuss aufgebraucht.«

»Ich hoffe, Sie behalten recht.« Nissa löste den Engramm-Port und erhob sich. »Es wird Zeit, dass wir unsere Interspace-

Teams wieder in Einsätze schicken können, die nichts mit einem Derek Hale oder seinen Jüngern zu tun haben. Außerdem werden neue Protokolle dafür sorgen, dass niemand in hohen Positionen mehr Einfluss in dieser Art aufbauen kann. Es ist erschreckend, was ihm gelungen ist.«

Sie verließen den Raum und gingen beide entspannt durch die Gänge. »Wie geht es McKenon und seinem Team?«

»Sie verarbeiten«, erwiderte Nissa. »Jeder auf seine Art. Dass Kalens Engramm manipuliert wurde und das seiner Tochter ebenfalls …« Sie konnte nur den Kopf schütteln.

»Beängstigend brillant.« Fine öffnete mit ihrem ID-Code die Schleuse. »Wir können nach allen möglichen Dingen suchen, aber nicht nach hauchdünnen Fäden in einem Webteppich. Erinnerungen zu manipulieren, ist fast nicht aufspürbar. Wie soll jemand von außen erkennen, ob die Ohrfeige, an die Sie sich erinnern, tatsächlich stattgefunden hat? Oder ob sie künstlich erzeugt wurde.«

»Da sollten wir zukünftig die Forschung von Misa Web im Auge behalten«, sagte Nissa. »Sie hatte die Idee, durch Vernetzung mehrerer Personen Fehler aufzudecken. Dazu will sie uns eine Projektidee vorlegen.«

»Und schon hilft uns eine gewonnene Herausforderung dabei, uns weiterzuentwickeln.« Agent Fine nickte zufrieden. »So soll es sein.«

Vor ihnen lag eine letzte Schleuse. Dahinter wartete der Gleiter, der Nissa nach Hause bringen würde. Es waren lange Tage angefüllt mit ermüdenden Meetings und Befragungen gewesen. Fines Prophezeiung hatte sich als korrekt erwiesen: Derek Hale hatte zwei Schläfer zurückgelassen, die ZENTRUM weiter hätten ausspionieren sollen. Sie waren verhaftet worden.

Damit konnte Nissa wieder nach vorn sehen. Vor ihr lag eine Menge Arbeit.

Sie verabschiedete sich von Agentin Fine, stieg in den Gleiter und ließ sich von ihrem Fahrer nach Hause bringen. Während die Wolkenkratzer an ihr vorbeiglitten, lächelte sie zufrieden.

65

MISA WEB

Es war ungewohnt.

Misa trug ein Businesskostüm mit den üblichen passenden Turnschuhen, fühlte sich darin aber unwohl. Die Rückkehr von Gliese 667 Cc lag mittlerweile eine Woche zurück. Es hatte ein wenig gedauert, bis sie sich in ihrer Wohnung wieder wie zu Hause gefühlt hatte. Das volle Bankkonto war ein schöner Bonus.

Die Nachrichten waren angefüllt mit allen möglichen Theorien zu den Ereignissen. Die Regierung hatte ein Statement abgegeben, wonach eine Terrorsekte Mitglieder rekrutiert und in den Tod geführt hatte. Dabei bewegten sie sich auf einem Drahtseilakt zwischen Lüge und Wahrheit hin und her. Misa hatte sich in ein paar der Diskussionsgruppen geschaltet, aber letztlich drehte sich alles im Kreis. Es wurde wie üblich vor Gefahren des virtuellen Netzes gewarnt, doch nicht zu sehr, denn die Industrie – die gesamte Gesellschaft – war nun einmal darauf angewiesen.

»Miss Web?« Ein freundlich dreinblickender Empfangschef trat auf sie zu. »Er erwartet Sie jetzt.«

»Danke.«

Misa erhob sich. Es ging über blank polierte Fliesen durch eine zweiflüglige Holztür. Dahinter wartete ein Raum mit hohen Decken und einer Fensterfront, die den Blick auf andere Häuser freigab. Gleiter flogen vorbei.

»Sie hatten mich schon neugierig gemacht, als Sie mit Ihrem Primärkörper hier aufgetaucht sind«, wurde sie begrüßt. »Wir stellen Besucherklone zur Verfügung. Sie hätten sich in einen davon laden können.«

»Das ist sehr freundlich, Mr. Tanaka«, erwiderte sie. »Aber nach meinem letzten Erlebnis mache ich gerade eine körpergebundene Phase durch.«

Er lachte leise und bot ihr einen Platz an. »Das kann ich verstehen. Nennen Sie mich Akiro.«

»Misa.«

»Ich habe mir Ihre Akte angesehen. Schauen Sie nicht so verblüfft, meine Firma arbeitet eng mit ZENTRUM zusammen. Deshalb habe ich noch immer Zugriff.«

»Ihre Akte habe ich mir ebenfalls vorgenommen«, erwiderte Misa. »Glücklicherweise habe ich wieder Zugriffsrechte. Sie waren damals mit Liam Mikaelsson auf der verbotenen Welt.«

Er deutete ein Nicken an. »Ich war TecSpec bei ZENTRUM und habe durch Derek Hale eine Menge Lebenszeit verloren.«

Misa hatte sich eingehend mit allen Personen beschäftigt, die durch Hales Intrigen geschädigt worden waren. Insbesondere dem Team der Interspace-One. Was diese Gruppe erlebt hatte, überstieg alles, was sie hatte erleiden müssen.

»Warum sind Sie hier?«, fragte Akiro.

Er trug ein silbernes Tattoo, das die Hälfte seines Gesichts bedeckte. Aktuelle Mode und – wie Misa vermutete – Technologie. Zwei Jahre bevor Akiros Firma etwas auf den Markt brachte, benutzte er es bereits.

»Es geht um ein Projekt, für das ich einen Geldgeber suche. Eine Technologie, die auf vernetzten Engrammen beruht.«

Akiro lehnte sich zurück und bedeutete ihr mit seinem Schweigen weiterzusprechen.

»Es ist grundsätzlich simpel. Wenn ich mich heute an unser Gespräch erinnere, könnte diese Erinnerung manipuliert sein. Würden wir beide uns aber vernetzen, könnte unsere Erinnerung abgeglichen werden.«

»Falls also Sie manipuliert wurden und ich nicht, würde die Prüfung einen Konflikt erkennen.« Er nickte. »Damit wäre klar, dass einer von uns beiden sich falsch erinnert.«

»Zöge man nun noch eine dritte Person hinzu, die sich ebenfalls hier befunden hat, würde man sogar wissen, welche Erinnerung manipuliert ist«, sprach Misa weiter. »Kombiniert mit einer KI, die den Charakter in die Prüfformel mit einbezieht, könnte man Manipulationen im Engramm sehr zügig bemerken.«

Akiro nickte nun deutlich. »Wenn der Abgleich über das Unterbewusstsein oder einen unbewussten Prozess abläuft, müsste der Vergleich nicht einmal aktiv stattfinden. Das könnte passieren, sobald man sich mit Freunden trifft. Ganz unbemerkt. Wenn auf diese Art Crowds aufgebaut werden, würden falsche Erinnerungen sofort erkannt und könnten korrigiert werden.« Er richtete sich auf. »Das könnte sogar dabei helfen, Erinnerungen zu korrigieren, die wir einfach selbst falsch abgespeichert haben, oder diese vollständig zu entfernen, wenn sie der Psyche schaden.«

Misa wusste, wann sie gewonnen hatte. Akiro Tanaka war nicht einfach nur ein TecSpec. Er leitete mittlerweile ein Technologie-Imperium, das Interspace-Pointer permanent verbesserte. Dazu gehörte auch die Engramm-Komprimierung. Umso wütender war er auf Hale, da dieser die besagte Komprimierung ausgenutzt hatte. Misa bot ihm eine Möglichkeit, eine von Hale genutzte Lücke in der modernen Technologie zu schließen.

»Sie wollen eine Firma gründen?«, fragte er.

»Ich will etwas verändern«, stellte sie klar. »Und das geht

nur, wenn ich eine effektive, saubere Technologie entwickle, die sowohl zivil als auch militärisch genutzt werden kann.«

»Und an welche Investitionssumme dachten Sie?«

Misa nannte ihm die Anzahl der Units. »Dafür erhalten Sie eine stille Partnerschaft. Wenn Sie mehr wollen, wird es teurer.«

Er lachte erneut. Es war ein warmes und sympathisches Lachen. Um finanzielle Mittel ging es Akiro längst nicht mehr, davon hatte er genug. Das galt auch für Einfluss. Nein, sie hatte sich über ihn informiert und war sicher: Er wollte etwas verändern. Nach seinen Erlebnissen wollte er die Gesellschaft ein Stück weit vor den Menschen retten, die Technologie für negative Zwecke einsetzten. Dabei konnten das Gemeinwohl und der Zusammenhalt auch gestärkt werden.

»Ich denke, wir werden uns einig«, sagte er. »Wir können die Details bei einem Mittagessen besprechen. Ich lade Sie ein.« Da war ein Funkeln in seinem Blick, ein angedeutetes Lächeln. Eine Art von Energie, die knisternd in der Luft lag.

»Also gut, ein Mittagessen. Um die Details zu besprechen.«

»Absolut. Die Details.«

Ein Lift brachte sie ein paar Stockwerke nach oben. Es war die Dachterrasse, die von einem Prallfeld bedeckt direkt über den Wolken lag. Es war ein Ausblick, der ihr den Atem raubte. Schönheit durch Weite und Sonnenlicht.

Sie trieben in einem Meer aus gepufftem Weiß. Im Zentrum der Terrasse stand ein ausladender Tisch mit zwei Stühlen und edlem Porzellangedeck. Er hatte bereits alles veranlasst.

O ja, sie hatten eine Menge zu besprechen.

Lächelnd nahm Misa Platz.

66

YUMA KIKIAC

Er betrat das Haus und atmete tief ein. Der vertraute Geruch nach Familie stieg ihm in die Nase.

Während es draußen bereits dämmerte, brannte hier ein warmes Licht. Es drang bis in seine Seele, denn es wurde untermalt von Kinderlachen.

Lautlos schlich er aus dem Schatten der Eingangstür hinüber zur Küche. Resna saß am Wohnzimmertisch und las, während Kian, sein Sohn, und Ari, seine Tochter, miteinander ein Puzzle lösten. Sie versuchten es zumindest. Wobei sie sich immer wieder gegenseitig versicherten, dass der andere unfähig sei.

»Seid lieb zueinander«, rief Resna.

»Ja«, sagten beide im Chor.

Es war offensichtlich, dass die Antwort im nächsten Augenblick wieder vergessen sein würde.

Yuma betrachtete das Bild noch eine Weile. Sein Herz schmolz dahin über das Glück, das er hatte. Es war bedeutsam für ihn gewesen, die letzte Mission mit Kalen zu vollenden. Ein Heilungsprozess für ihn wie die anderen. Jasons Verlust hatte lange an Yuma genagt. Oft hatte er sich gefragt, ob er etwas hätte besser machen können. Der Einsatz auf Red Pearl hatte ihm den benötigten Abschluss verschafft.

Irgendein Geräusch musste Yuma gemacht haben, denn zwei Kinderblicke richteten sich ruckartig auf ihn und nahmen ihn exakter ins Visier, als jeder Sensor es jemals hätte tun können.

»Papa!«, erklang es im Chor.

Im nächsten Moment pressten sich zwei kleine Körper auf Oberschenkelhöhe an ihn. Die Ereignisse des Tages sprudelten aus ihnen heraus.

Resna erwiderte sanft seinen Blick und legte das Buch beiseite. Das Cover ließ einen Krimi vermuten. Sie knobelte regelmäßig mit, und während er, was die Theorien zum Mörder anging, versagte, traf sie recht häufig ins Schwarze.

»Jetzt lasst euren Vater doch erst mal ankommen«, sagte sie mit einem Lachen.

Was die beiden Winzlinge schließlich auch taten. Er schaffte es bis zu Resna und drückte ihr einen Kuss auf die Lippen, bevor die zwei sich wieder an ihn kuschelten. Vor dem Fenster brach die Nacht über das Land herein, und mit ihr kam der Regen.

Die Mission lag mittlerweile zwei Wochen zurück. Er hatte die Zeit genutzt, um seine Berichte zu schreiben und bei ZENTRUM klarzustellen, dass es eine einmalige Mission gewesen war. Es hatte noch ein paar Nachbefragungen gegeben, aber nichts allzu Ernstes. Da jeder von ihnen die Ereignisse aufgezeichnet und als Teil des Engramms mit zurückgebracht hatte, konnten die Spezialisten sowieso alles nachvollziehen.

»Und?«, fragte Resna.

»Sie haben meinen Abschied offiziell anerkannt«, erklärte er. »Und die Zerstörung der *I4* wurde im Nachhinein abgesegnet. Kalen muss also nichts befürchten.«

»Ich will auch eine *I4*!«, rief Ari, obwohl sie ganz sicher keine Ahnung hatte, worum es sich dabei handelte.

»Ich will lieber eine *I7*«, machte Kian klar.

»Ihr geht eure Zähne putzen und dann ins Bett«, erklärte

Resna. Als die beiden quengelten, wies sie darauf hin, dass dies die Abmachung gewesen war. Sie hatten länger aufbleiben dürfen, bis ihr Vater zurück war.

Schließlich flitzten die beiden davon, zweifellos, um noch einmal zurückzukehren.

»Kalen hat es verdient, endlich zur Ruhe zu kommen«, sagte Resna. »Er hat genug durchgemacht. Der Verlust seiner Frau, die angebliche Schuld … So was ist entsetzlich.«

Ein Reporter hatte ausgegraben, dass Kalen und sein Team irgendwie mit der Mission in Verbindung gestanden hatten. Daraufhin hatte ZENTRUM sich veranlasst gesehen, dies zu bestätigen. Die Wiedereinsetzung wurde publik gemacht, damit einhergehend auch das Drama auf der Delta-9-Station.

Seit drei Tagen gab es etliche Dokumentationen über Kalen, seine Frau und seine Tochter. Die damaligen Ereignisse wurden wieder in den Blickpunkt der Öffentlichkeit gerückt. Admiralin Jäger hatte schließlich klargestellt, dass das Team nicht für das Problem verantwortlich war, sondern dessen Lösung. Das hatte weitere Reporter auf den Plan gerufen, die ihrerseits wieder an Informanten herangetreten waren. Da Kalen nicht auffindbar war, wurden die Gerüchte immer lauter.

»Wie lange denkst du, wird es dauern?«, fragte Resna.

»Bis sie an unsere Tür klopfen?« Er lachte bitter auf. »Ich gebe dem Ganzen maximal eine Woche, dann haben die herausgefunden, was passiert ist. Die Regierung wird die Mission öffentlich machen müssen.«

Was die Folge sein würde … Yuma hatte keine Ahnung. Vermutlich würden erst einmal alle in Hysterie verfallen, weil ihnen vorgeführt wurde, dass Engramm-Manipulation überhaupt möglich war.

»Wirst du dich äußern?«, fragte sie.

»Wir wollten doch schon immer einen längeren Urlaub machen, wäre jetzt nicht der richtige Zeitpunkt?« Er lehnte den Kopf an ihre Schulter und genoss die Wärme.

Sie waren einander bereits lange Liebe und Stütze.

»Ich werde nicht in einen Urlaub flüchten«, stellte sie klar. »Das macht aus einem schönen Erlebnis eine Notwendigkeit. Falls die Reporter hier auftauchen, sagen wir ihnen die Meinung.«

»Als ob das je geholfen hätte.«

»Oder wir geben ihnen ein Interview«, überlegte sie laut. »Ein superlangweiliges. Ich berichte über unseren Garten und meine neuesten Gartenkreationen, die ich für Kunden entwickle. Der letzte japanische Schwerkraftgarten wurde übrigens für einen Preis nominiert.«

»Herzlichen Glückwunsch.« Yuma küsste sie. »Das hast du dir verdient.«

»Gartenkonstruktion« war ein technisches Wort, doch Resna war eine Künstlerin. Was sie erschuf, waren Orte, an denen die Seele verweilen wollte. Er selbst hatte sich bereits dabei ertappt, wie er zwischen die Blumen getreten war und versonnen die Zeit vergessen hatte.

Ihre Reaktion auf seinen Bericht von Red Pearl war eindeutig gewesen. Dass jemand Pflanzen dazu benutzte, ein Bakterium zu verbreiten und dauerhaft innerhalb der Atmosphäre freizusetzen, bedeutete nichts anderes, als dass ein Ausdruck von Natur und Schönheit zur Waffe umfunktioniert wurde. Es war traurig.

»Du willst ihnen einen Vortrag halten«, sagte er.

»Über Gänseblümchen?« Sie kicherte.

Sie verfielen beide in lautes Lachen, bis ihnen die Tränen kamen. Natürlich wollten zwei Zwerge im Schlafanzug wissen, was so lustig sei.

Es wurde noch einmal gekuschelt, dann brachten sie die

beiden endgültig ins Bett. Den Rest des Abends tranken sie Tee, kuschelten auf der Couch und lauschten dem Regen.

Yuma liebte sein Leben.

67

LISA OTTH

Zwei Monate waren seit der Rückkehr vergangen, und erst jetzt ging es richtig los.

Nach etlichem Raten, laut geäußerten Theorien und mit Halbwahrheiten gespickten Artikeln war die Bombe geplatzt. ZENTRUM hatte den Missionsbericht freigegeben. Plötzlich wusste jeder Mensch auf Terra von den Ereignissen auf Gliese 667 Cc.

Wie vermutet, avancierte das Team rund um Kalen zu Helden. Wobei er und Trisha zu Opfern gemacht wurden. Es gab Engramm-Psychologen, die Theorien zu ihrer weiteren Entwicklung zum Besten gaben. Alle meist tragisch. Rings um die Welt schossen Verschwörungstheorien durch den Äther, die sich um manipulierte Politiker drehten.

Plötzlich behaupteten Personen, die bei Straftaten ertappt worden waren, dass eine Engramm-Manipulation vorgelegen hätte. Die Gerichte waren überfordert, weil es keine Gesetze für einen solchen Fall gab.

Abgesehen von Kalen und Trisha hatte die Admiralität jedoch keine weiteren betroffenen Personen gefunden. Amy Crest hatte niemanden sonst manipuliert. Doch allein die theoretische Möglichkeit schickte ihre Schockwellen um den Globus.

Lisa saß kopfschüttelnd in dem Künstlerloft, das sie sich mit zwei Partnerinnen und vier Partnern teilte. Selbst in der heutigen Gesellschaft wurden manche Beziehungsformen noch als exotisch eingestuft. Nur wenige gingen den singulären Weg – den Weg der Einheit. Aus vielen wurde eins. Was auch bedeutete, dass man sich jeden Abend gemeinsam vernetzte und die anderen am erlebten Tag teilhaben ließ. Engramme wurden geteilt und übertragen. Es war eine Art von Nähe, die keine Lügen, keine Halbwahrheiten, kein Verschweigen zuließ. Völlige Offenheit und maximale Verantwortung für die Gruppe. Es kam einem Sammelbewusstsein am nächsten.

Nach außen hin symbolisierten sie dies alle durch den identischen binären Code, den sie sich an unterschiedliche Stellen des Körpers tätowiert hatten.

»Es wird Zeit, dass Misa ihre Technologie für die Engramm-Vernetzung vorstellt«, sagte Lisa.

»Das würde der Hysterie einen Riegel vorschieben.« Jannis lag auf der Couch, eng umschlungen mit Kai.

»Stimmt schon«, ergänzte sie. »Aber damit kämen wir der Singularität näher. Die Menschen würden automatisch beginnen, sich zu vernetzen.«

»Aber nur unbewusst«, merkte Kai an. »Um Fehler in der Erinnerung aufzudecken. Das würden sie nicht einmal merken und kaum Erlebnisse oder Gefühle miteinander teilen – es sei denn, sie wollen es.«

»Stimmt«, gab sie zu. »Aber es wäre der erste Schritt. Eine Vernetzung als etwas Gutes.«

»Mhm.« Kai wirkte skeptisch. »Sie benutzen die Vernetzung, um die Individualität zu erhalten.«

Es war nicht die erste Diskussion dieser Art, die sie führten. Mal zur Gesellschaft an sich, mal zu der Möglichkeit der Verschmelzung. Sie strebten es alle an, doch noch bot die Technologie keine Möglichkeit, Engramme gesund zu einem einzigen Bewusstsein zu vereinen.

»Gib ihnen Zeit.« Lisa goss sich Tee in die Trinkschale und

nippte daran. Der Duft von Grüntee mit Yasmin stieg ihr in die Nase. Sie wurde umgehend ruhiger. »Erst einmal müssen sie die Scheu vor der Verschmelzung an sich ablegen. Danach kommt dann die positive Erkenntnis. Wenn die Technologie einmal existiert, wird sie auch genutzt.«

Sie konnte sich ungefähr vorstellen, was geschehen würde. Zuerst das Aufatmen. Die Erkenntnis, dass man sich selbst vor Manipulation zu schützen vermochte. Im nächsten Schritt würde es um den Datenschutz gehen, der die Geheimnisse nach einer Vernetzung sicherstellen musste. Nur unbewusste Vernetzung, nichts durfte gespeichert werden. Eine Verbesserung der Technologie würde es erlauben, gewisse Bereiche zu prüfen, andere auszusparen.

Aber dann …

Die ersten Gruppen würden sich vereinen und in der neuen Form anders denken. Schneller, effektiver, einheitlicher. Kein Streit, der nächste Sprung der Evolution. Das würden andere als Gefahr sehen. Angst würde entstehen, die sich Politiker zunutze machten, wie sie es immer taten. Verbote der Verschmelzung würden von jenen eingebracht, die den Status quo erhalten wollten. Alles andere wurde verteufelt.

Es war die typische Entwicklung, die sich immer wieder wiederholte. Ein ewiger Kreislauf aus Fortschritt, Innehalten, Rückschritt … Solange der Kampf und der Krieg nicht Teil davon waren, sollte es Lisa recht sein.

Sie wollte ihr Leben frei leben.

Gemeinsam mit den Menschen, die sie liebte. Etwas Derartiges ging über das Körperliche hinaus, obgleich beispielsweise Jannis und Kai die männliche Anatomie bevorzugten. Sina und Crayson waren offen. Für die Vernetzungen spielte das keine Rolle. Es war ein Erleben der Einstellung, der Emotionen, des Geistes. Traurigkeit konnte gelindert, Euphorie gedämpft oder verstärkt werden. Sie nahmen Anteil an den

Problemen, denen sich der jeweils andere stellen musste. So konnte jeder helfen.

»Seltsam, dass sie alle ständig interviewen, dich aber nicht«, sagte Jannis.

»Die haben Angst, dass Lisa andere von unserem Weg überzeugt«, stichelte Kai.

Sie leerte ihre Tasse mit einem Schluck. »Ich bin einfach zu uninteressant, zu geerdet. Misa ist einmal explodiert und hat den Reporter angebrüllt. So was wollen die Menschen sehen. Brot und Spiele. Niemand ist interessiert daran, einer geerdeten Person dabei zuzuhören, wie sie über das spricht, was passiert ist. Einmal ja. Aber mehr wollen die nicht.«

Zusammen mit der Admiralität war es Kalen gelungen, seine Adresse rechtzeitig aus allen Datenbanken zu entfernen. Lisas letzter Stand war, dass er noch immer im alten Haus wohnte. Trisha hatte ihre Volljährigkeit erreicht, war aber bisher bei ihm geblieben. Die beiden hatten viel aufzuarbeiten.

Früher oder später würden sie sich entscheiden müssen, wie es weiterging. Doch bis dahin war hoffentlich ein wenig Gras über diese Sache gewachsen. Sie alle hatten zurück in ihre jeweiligen Leben gewollt, aber keiner ins Licht der Öffentlichkeit. Davon waren sie seit dem Debakel rund um Jasons Tod kuriert gewesen. Letztlich hatte jeder einmal brav ein Interview gegeben, über die Ereignisse berichtet und ein bis zwei Erinnerungen öffentlich zugänglich gemacht.

Trisha hatte prompt als »Badass«-Girl eine Fangemeinde um sich geschart. Dass sie sich nicht äußerte, verstärkte lediglich den Hype. Erste Content Creators wollten einen Film zu ihrer Geschichte machen und baten um die Rechte an ihrem KI-Avatar.

Glücklicherweise war das Mädchen sowieso wohlhabend, und die Reise nach Red Pearl hatte sie irgendwie wachgerüttelt. Mochte das Vorhaben auch wahnwitzig gewesen sein, es hatte seinen Zweck erfüllt. Wie sich Trisha ohne die Einflussnahme von Amy Crest entwickelt hätte, würde für immer ein Rätsel bleiben.

»Und du willst wirklich weiter dort raus?«, fragte Kai. »Andere wären froh, wenn sie nie wieder einen Interspace-Pointer benutzen müssten.«

Was letztlich dafür gesorgt hatte, dass keiner mehr vom alten Team übrig war. Admiralin Jäger hatte sich aber glücklich darüber gezeigt, dass Lisa ihnen erhalten blieb.

»Ich liebe es. Man kann etwas Gutes in der Galaxis bewirken, sieht fremde Welten, und es bestätigt nur, dass wir Menschen geistige Entitäten sind, die eine Körperbindung gar nicht brauchen.«

»Und andere Wesen denken ebenso.« Jannis' Stimme bekam einen sinnierenden Ton. »Diese kriegerische Spezies hat ein ähnliches Konzept wie wir entwickelt.«

»Du solltest dir die psychologischen Analysen dazu anhören«, sagte Lisa. »Diese Wesen haben ihre Aggressivität benutzt, ihre Aufmerksamkeit nach außen zu richten und die inneren Probleme nicht zu lösen. Und das Ergebnis war ihr dämlicher Heiliger Krieg.«

»Und das ist wirklich vorbei?«, fragte Jannis.

»Admiralin Jäger hat ein Team zusammengestellt, das explizit nach Hinterlassenschaften dieses Volkes suchen soll«, erklärte Lisa. »Auf diese Art wollen wir Schlimmeres verhindern. Es könnte schließlich passieren, dass irgendwo dort draußen eine andere intelligente Spezies existiert, die sich entwickelt und irgendwann auf ihren ersten Monolith trifft. Bevor die dann jemanden erwecken, sollten lieber wir nach den Monolithen suchen und sie aus dem Verkehr ziehen. Dem will ich mich anschließen. Außerdem …« Sie blickte hinaus auf die Bäume hinter dem Haus.

»Ja?«, hakte Jannis nach.

»Ich würde gerne Hinterlassenschaften von den Völkern finden, die ausgelöscht wurden«, sagte Lisa. »Es wäre eine ehrenvolle Aufgabe, deren Artefakte zu bergen, zu erhalten und ihre Geschichte zu erzählen. Nicht die Krieger sollen im Gedächtnis der Menschen bleiben, sondern die Philosophen, Künstler, die friedfertigen Wesen. Sie haben es verdient, dass man sich an sie erinnert.«

Die beiden anderen warfen einander einen Blick zu, erhoben sich und sanken neben ihr auf den Boden.

»Deshalb lieben wir dich«, sagte Jannis.

Kai streichelte ihr über den Arm. »Was er sagt.«

»Ich könnte für euch ein gutes Wort einlegen«, erklärte Lisa. »ZENTRUM sucht immer wieder gute Leute.«

Das brachte Kai zum Kichern.

Jannis sah sie entgeistert an. »Mir ist schon klar, dass es immer nur die Skandale sind, die es in die Medien schaffen, aber davon gab es jetzt genug. Ich wäre kein Held. Beim ersten Anzeichen von Gefahr würde ich das Schiff auf Fluchtkurs bringen und selbst in den Interspace-Pointer hüpfen. Rein geistig gesprochen, denn mein Körper bliebe ja dort. Danke, aber ich bleibe bei meinen Zeichnungen. Die verkaufen sich wunderbar.«

»Und ich beim Avatar-Modelling«, warf Kai ein. »Aber echt nett, dass du es uns anbietest.«

»Auch eine Art, Schluss zu machen«, sagte Jannis. »Man schickt seine Partner auf tödliche Missionen.«

Sie flachsten noch eine Weile herum.

Irgendwann kehrten die anderen zurück, und wie jeden Abend vernetzten sie sich. Es war ein Eintauchen in pures Glück. Das hier war Lisas Wahlfamilie.

Und um nichts in der Welt wollte sie diese missen. Sie blickte mit freudiger Erwartung in die Zukunft.

68 KALEN MCKENON

»Ihr wisst, dass ihr uns jederzeit besuchen könnt«, sagte seine Mom.

Kalen lächelte.

Glücklicherweise hatte sie nach dem Tod ihres Primärkörpers die Gesichtszüge beibehalten. Äußerlich war sie wieder Anfang zwanzig, woran er sich erst gewöhnen musste. Sein Vater hatte Eheverjüngung geltend gemacht. Ein Gesetz, das vor fünfzig Jahren durchgesetzt worden war.

Starb einer der beiden Ehepersonen, die andere lebte aber noch zwanzig Jahre weiter, wurde das Alter zu einem Problem. Deshalb wurde gesetzlich die Aufgabe des Primärkörpers gestattet, um mit dem Ehepartner im selben Alter relifed zu sein.

Dass Kalens Vater jetzt ein testosteronstrotzender Typ in den Zwanzigern war, machte es nicht besser. Sein eigener Vater war jünger als er.

»Wir besuchen euch nächsten Monat, versprochen.« Er winkte zum Abschied und deaktivierte den Monitor.

»Damit bist du offiziell der Älteste in der Familie, Dad.« Trisha grinste breit.

»Überleg dir gut, was du sagst«, erwiderte er. »Sonst lade ich mich in einen jungen Schönling, der sich auf deinen Partys einschleicht und dich blamiert.«

»Der war gut.« Sie nickte anerkennend. »Bleib bitte so alt, wie du bist.«

»Autsch.«

»Du bist quasi in deinen besten Jahren«, erklärte sie. »Das nennt man doch so, oder?«

»Ich glaube, das sagt jeder immer, egal, in welchem Alter er ist. Aber ich bin tatsächlich zufrieden, jawohl.«

»Wie alt bist du denn genau?«

»Wir wechseln jetzt das Thema.« Er legte das Pad beiseite, über das seine Eltern immer noch am liebsten kommunizierten. »Bisher ist kein Reporter bei ihnen aufgetaucht. Die nächsten zwei Wochen sind sie in diesem Honeymoon-Resort auf Luna. Da wird sie niemand angehen, das ist ein ungeschriebenes Gesetz.«

Wer in neue, jüngere Primärkörper wechselte, war stets bis oben hin vollgestopft mit Hormonen. Und das wollte man ausleben. Dafür gab es die »Honeymoon«-Resorts. Ob man allein hinging oder zu zweit (oder in einer größeren Gruppe), spielte keine Rolle. Aufzeichnungen jedweder Art waren verboten, damit sich jeder sicher fühlte und austoben konnte.

Kalen versuchte, nicht weiter über das nachzudenken, was seine Eltern dort so tun würden.

»Ha, du hast gerade daran gedacht, was Grandma und Grandpa da so tun.« Trisha verzog abschätzig das Gesicht. »Igitt.«

»Ha, Eigentor.«

Es tat gut, wieder zu scherzen, zu plaudern und offen miteinander umzugehen. Nach der Rückkehr war eine Menge passiert. Als Kalen die Augen in ZENTRUM aufgeschlagen hatte, berichtete Trisha noch immer, was geschehen war. Er ergänzte dann.

Im Folgenden hatte eine Menge sehr wichtiger Personen sie alle befragt und anschließend konferiert. Sie hatten Quartiere innerhalb von ZENTRUM bekommen, und gerade Trisha und er waren intensiv untersucht worden. Erst das Eintreffen des

Kampfschiffs *CROSS* hatte bestätigt, dass sowohl die *I4* als auch die *POLAR* zerstört worden waren. Da die Kolonie zudem ein Höllenloch voller Lava war, inklusive vergifteter Atmosphäre, war das Kapitel Hale abgeschlossen.

Die Nachbeben begannen aber gerade erst.

Trisha und er wurden tagelang von Spezialisten untersucht, schließlich wusste niemand, ob Amy Crest weitere Erinnerungen verändert hatte. Gab es zusätzliche Manipulationen? Im Abgleich mit dem letzten Engramm vor dem fatalen Einsatz in der Tiefraumstation fanden sie zwar gewisse Veränderungen in einfachen Gegebenheiten wie der Kommunikation, aber nicht mehr.

Die Enthüllung hatte Trisha zuerst einen Schock verpasst, doch schließlich waren sie zu der Überzeugung gelangt, dass ihr jetziger Zustand gut war. Sie wollten nicht länger irgendwelche Dinge über sich ergehen lassen. Admiralin Jäger sprach ein Machtwort. Sie durften gehen.

Zu Hause folgten ein paar ruhige Tage, bis zum ersten Mal Kalens Name in einer Nachrichtensendung fiel. Von diesem Augenblick an wurde es brenzlig. Zwar hatte er mit der Hilfe von ZENTRUM seine Adresse aus allen öffentlichen Speichern gelöscht – und wo nicht möglich, war sie versiegelt worden –, doch das würde niemanden ewig aufhalten.

Die anderen schauten vorbei, und sie besprachen sich über das weitere Vorgehen. Irgendwann würden sie Stellung beziehen müssen und das öffentlich. Keinesfalls wollten sie erneut für einen Vorfall verantwortlich gemacht werden, zu dessen Klärung sie stattdessen beigetragen hatten.

Die Entwicklung bekam eine Eigendynamik, als ZENTRUM unter dem Druck der Politik weitere Informationen preisgab. Plötzlich standen die Engramm-Manipulationen im Vordergrund. Trisha und er wurden namentlich erwähnt.

Seine Eltern meldeten sich noch vor ihrem Körperwechsel.

Sie boten an, es hinauszuschieben, wollten für ihren Sohn und ihre Enkeltochter da sein. Es war klar, dass in den Berichten auch Viviens Tod angesprochen werden würde. Doch Kalen war gewappnet. Er riet seinen Eltern sogar dazu, den Transfer jetzt zu machen, denn damit konnten sie sich aus der Öffentlichkeit zurückziehen. Eine Sorge weniger für ihn.

Schließlich tauchte Misa bei ihnen auf. Sie hatte gemeinsam mit Akiro Tanaka ein Gerät entwickelt, das durch Vernetzung Erinnerungsfälschungen entlarven konnte. Trisha und er benutzten es. Und tatsächlich fanden sich die Eingriffe.

Als Vivien gestorben war, hatte Amy Crest an zwei Tagen dafür gesorgt, dass Kalens Anwesenheit aus Trishas Erinnerung verschwand. Dadurch wirkte es, als sei er abwesend gewesen. Viermal hatte sie ihn kalt wirken lassen, obgleich er in Wahrheit Nähe gesucht hatte.

Umgekehrt war Trisha als launisch dargestellt worden. Er hatte sich daran erinnert, dass sie ihm die Tür vor der Nase zugeknallt hatte, was nicht passiert war.

Etliche dieser kleinen Nuancen erschufen einen unüberwindlichen Wall.

Es gelang ihnen in mehreren Sitzungen und Justierungen, all diese Veränderungen zu finden. Da es bei ZENTRUM noch die Sicherungen aus der Zeit des letzten Einsatzes gab, konnten sie die Erinnerungen korrigieren. Die emotionale Veränderung war umgehend spürbar. Die Nähe und Vertrautheit zwischen ihnen nahm wieder zu. Es war ein Gefühl der Freude.

ZENTRUM machte die Mission öffentlich zugänglich, als Misa bereit war. Sie und Akiro brachten die Technologie auf den Markt. Wer wollte, konnte sie benutzen. Trotzdem ging ein Ruck durch die Gesellschaft.

An diesem Punkt deaktivierte Kalen alle Nachrichtenkanäle. Er wollte seine Ruhe und nicht permanent anderen Personen dabei zuhören, wie sie ihn analysierten. Oder angriffen.

Oder verteidigten. Dass er eine Verteidigung überhaupt benötigte, war nämlich ebenfalls deren Schuld.

Trisha tat die Ruhe gut.

Sie kehrte zunehmend zu sich selbst zurück. Eines Tages fand er sie vor einer Leinwand wieder. Vivien hatte oft mit ihr gemeinsam gemalt, doch seit dem Tod ihrer Mutter hatte Trisha keinen Pinsel mehr in die Hand genommen, keine Leinwand mehr betrachtet.

Ab diesem Zeitpunkt malte sie wieder regelmäßig. Meist rote Blumen unter einem dunklen Horizont. Weiße Silhouetten in den Straßen einer toten Stadt. Es war ihre Art, die Ereignisse zu verarbeiten.

Deshalb trug sie jetzt auch Jeans und ein altes Shirt, beides voller Farbkleckse. Sie hatte das Wohnzimmer betreten, als Kalen gerade mit seinen Eltern sprach. Auf seinen fragenden Blick hin hatte sie den Kopf geschüttelt und war außerhalb des Erfassungsbereichs der Kamera geblieben.

»Ich gehe heute aus«, sagte sie.

Kalen, der gedanklich noch immer bei dem Gespräch mit seinen Eltern war, begriff zuerst kein Wort. Doch mit ein wenig Verzögerung wurde ihm das Ausmaß dieser Aussage deutlich.

»Du bist so weit?«, fragte er.

»Ich denke schon.« Sie wischte sich mit einem Lappen die Finger ab. »Jackson hat mich kontaktiert. Du weißt doch …«

»Der nette Kerl, mit dem du dich vor Moms Tod öfter getroffen hast?«

»Genau der.«

»Ich dachte immer, er sei schwul.«

»Wir wollten, dass du das denkst.«

An diesem Punkt atmete er langsam ein und wieder aus. »Nun, es hat funktioniert.«

»Nimm es nicht so tragisch.« Sie knuffte ihm in die Seite.

»Jedenfalls will er mich ausführen. Er hat natürlich von dem ganzen Mist gehört und versteht jetzt auch, weshalb ich damals neben mir stand.«

»Er wirkte nett«, gestand Kalen. »Sieht man davon ab, dass er sich mit dir verbündet, damit ich denke, er sei schwul. Deshalb hatte ich euch erlaubt, die Tür damals zu schließen. Anfängerfehler.« Er seufzte. »Bedeutet das, er mag ABBA gar nicht?«

»Doch schon. Aber mögen die nicht alle?«

Kalen lachte auf.

»Außerdem ... werde ich mir eine Wohnung suchen«, sagte Trisha. »Irgendwo in einer Stadt.« Bei diesen Worten wirkte sie schuldbewusst. »Es tut mir leid.«

»Hey.« Er bedeutete ihr, sich zu ihm zu setzen. »Es gibt nichts, was dir leidtun muss. Ich freue mich, wenn du diesen ganzen Mist hinter dir lassen kannst. Es wird Zeit zu leben. Nach dem Tod deiner Mutter ging es keinem von uns beiden gut. Wir mögen in einigen Bereichen unseres Lebens manipuliert worden sein, doch der Rest war simpler Schmerz. Wie ihn jeder erlebt. Ich habe deine Mom geliebt, genau wie du. Amy hat das ausgenutzt, aber letztlich hätte das nur wenig geändert. Ich freue mich, wenn du dein Leben jetzt voll und ganz auskostest.« Er räusperte sich. »Möglichst ohne Drogen und ... nun ja, Todeserfahrungen durch Klonkörper.«

»Davon habe ich genug.« Trisha winkte ab. »Ab jetzt kommen die Orgien.«

»Trish!«

»Ein Scherz. Nur weil wir die Menschheit vor der Vernichtung durch ein feindliches Alienvolk bewahrt haben, höre ich nicht plötzlich auf, deine gemeine Tochter zu sein.« Sie grinste frech.

Er zog sie in eine Umarmung.

Nach ein paar Sekunden löste sie sich und ging aus dem Raum. Vermutlich um sich für ihr Date herauszuputzen.

Lachend und mit Schmetterlingen im Bauch würde sie den Abend genießen.

Die Türklingel erklang.

Kalen holte sich kurz die Übertragung der Sicherheitskamera in den EyeSign, lachte auf und öffnete. »Falls du mich für eine weitere Mission anwerben willst, Admiralin, muss ich dankend ablehnen.«

»Sag nicht ›Admiralin‹, das klingt aus deinem Mund vollkommen falsch«, erwiderte sie. »Jetzt, da wir keine Arbeitsbeziehung mehr haben, erst recht.«

»Meine Antwort bleibt dieselbe.«

»Soll sie auch, sonst müssen wir uns vor anderen wieder siezen.« Sie hob eine Flasche in die Höhe, die überaus edel aussah. »Da ich zu viel arbeite und mein Sozialleben entsprechend leidet, habe ich niemanden, der mit mir auf das Ende der Untersuchung anstößt.«

»Die endet erst jetzt?« Kalen starrte sie an. »Ich dachte, das sei schon vor Wochen der Fall gewesen.«

»Ich wollte auch, dass du das denkst«, erwiderte sie. »Reicht doch, wenn ich den Stress habe. Ihr hättet euch nur die ganze Zeit gefragt, ob es schlecht ausgeht.«

»Äh, zu Recht?«

»Nein, alles super. Was ist mit den Gläsern?«

Er trat an die Anrichte, während sie die Flasche abstellte und den Mantel auszog. »Das war jetzt Glück. Hätte ja sein können, dass ich auch etwas vorhabe.«

Sie lachte auf. Sein Blick hatte wohl entrüstet gewirkt, denn sie sagte hastig: »Entschuldigung, aber ich gehe davon aus, dass mein Sozialleben und deines sich gerade ähneln. Wobei es in deinem Fall an der öffentlichen Aufmerksamkeit liegt.«

Kalen stellte die Gläser ab.

Nissa entkorkte die Flasche und goss ein. »Rotwein. Ein sehr alter, sehr teurer. Wurde mir versichert.«

Kalen war kein Spezialist dafür, aber in diesem Augenblick wollte er einfach entspannen. Sie tranken schweigend. Draußen begann es zu regnen, und kurz darauf verabschiedete sich Trisha.

Sie zwinkerte ihm frecherweise beim Rausgehen zu und murmelte etwas von »nicht zu lange aufbleiben«. Bevor er das Passende erwidern konnte, war sie weg.

»Wirkt, als habe sie sich gut erholt«, bemerkte Nissa trocken.

»Das hat sie. Sie trifft einen Freund, von dem ich dachte, er sei schwul.«

Nissa lachte laut. »Anfängerfehler. Lass mich raten, sie durften die Tür schließen?«

Kalen verzichtete auf eine Antwort und trank.

Sie schenkte nach. »Am Ende scheint sich doch noch alles zum Guten zu wenden. Ich wurde nicht mal entlassen, weil ich diese Sache zu spät gemeldet habe.«

»Die wissen eben, was sie an dir haben.«

»Es wäre zu öffentlich«, erwiderte sie. »Die Presse würde umgehend Fragen stellen. Mein Glück. Dieses Mal kommen wir wohl ohne politisches Opfer davon.«

Die Flasche leerte sich, und sie plauderten über ZENTRUM, ihr Privatleben (das ähnlich leer war) und die Welt.

Irgendwann kurz vor Mitternacht suchte Nissa seinen Blick. »Wo ist das Schlafzimmer?«

Er ging voraus.

Und damit verschwanden die letzten Schatten der Vergangenheit. Kalen war gespannt, was die Zukunft bringen mochte.